故事里的抗战

人民日报社◎编

人民日报出版社
北京

图书在版编目（CIP）数据

故事里的抗战 / 人民日报社编 . -- 北京 : 人民日报出版社 , 2025. 8. -- ISBN 978-7-5115-8896-8

Ⅰ. I247.81

中国国家版本馆 CIP 数据核字第 2025YP3429 号

书　　名： 故事里的抗战
GUSHI LI DE KANGZHAN

作　　者： 人民日报社

责任编辑： 曹　腾　季　玮

装帧设计： 新成博创 XIN CHENG BO CHUANG

出版发行： 人民日报出版社

社　　址： 北京金台西路 2 号

邮政编码： 100733

发行热线：（010）65369509　65369527　65369846　65363528

邮购热线：（010）65363531　65363527

编辑热线：（010）65369523

网　　址： www.peopledailypress.com

经　　销： 新华书店

印　　刷： 大厂回族自治县彩虹印刷有限公司

法律顾问： 北京科宇律师事务所　（010）83622312

开　　本： 710mm × 1000mm　1/16

字　　数： 210 千字

印　　张： 18.25

版次印次： 2025 年 9 月第 1 版　2025 年 11 月第 2 次印刷

书　　号： ISBN 978-7-5115-8896-8

定　　价： 59.00 元

出版说明

2025年是中国人民抗日战争暨世界反法西斯战争胜利80周年，铭记历史、缅怀先烈，弘扬伟大爱国主义精神、伟大抗战精神，意义重大而深远。

习近平总书记指出："伟大抗战精神，是中国人民弥足珍贵的精神财富""要讲好抗战故事，把伟大抗战精神一代代传下去"。党的十八大以来，习近平总书记曾多次深情讲述中华民族的抗战史和那些可歌可泣的英雄故事。矗立于民族记忆深处的伟大抗战精神，如不熄的火炬，始终照亮伟大复兴征程。

我们从《人民日报》精选了五十余篇与抗战相关的故事，既有亲历者饱含血泪的珍贵回忆，又有对抗战史实的权威记录。这些文章聚焦诠释抗战胜利主题，坚持和弘扬正确历史观，有重磅、有独家、有力作，用心、用情、用力，见史、见势、见思想，是在新时代继承和弘扬伟大抗战精神的有益参考。

目 录

亲历者说——再现烽火岁月／001

战场纪实——走进硝烟深处／091

缅怀先锋——抗战英雄图谱／185

亲历者说

——再现烽火岁月

南泥湾生活片断

/ 何维忠

伟大的号召

从 1939 年 5 月，国民党军队开始在边区周围，修筑起五道由沟墙和堡垒构成的封锁线，西起宁夏，南沿泾水，东迄黄河，绵亘数省。这些封锁线紧紧地包围住边区，隔断边区和外界的交通及经济上的来往，使边区经济发生了很大的困难。但是，蒋介石反动集团还不以封锁、包围、袭击为满足，又在 1939 年冬至 1941 年初，连续发动了两次反共高潮。

说实在的，对于敌人的军事进攻，我们并未放在眼里，他敢来，我们就揍他；而对于敌人在经济方面的封锁，的确给我们增添了不少困难。有一段时间，我们几乎到了没有衣穿、没有粮吃、没有日用品用的严重地步。

为了扭转这种困难的局面，粉碎敌人的经济封锁，党中央和毛主席及时提出了“发展生产、自力更生”的号召。这是一个伟大的、革命的号召。这个号召一提出，立刻受到边区全体军民的热烈响应。

这时，我们三五九旅为了保卫边区、保卫党中央，刚由华北前线调回陕北不久，驻在绥德、米脂、葭县、吴堡一带。王震旅长把部队安排好以后，立即赴延安向党中央、毛主席和朱总司令汇报和请示工作。对于部队参加生产问题，毛主席和朱总司令曾给了我们许多重要的指示，使我们印象最深刻。王震旅长表示态度说：“我们坚决响应党中央和毛主席的号召，保证在不影响战斗、训练任务的情况下，做到全旅生产自给。”

初到南泥湾

1941 年，三五九旅和总部直属炮兵团先后开进南泥湾、金盆湾、九龙泉、马坊、临镇一带。接着，又从榆林、神木、横山、葭县等地来了一些移民。这块寂寞了八九十年的地方活跃起来了。树林里、山崖下到处住满了部队，仅有的几个破烂不堪的旧窑洞，成了我们很好的办公室。早上，弥漫在山谷和树林上的炊烟，好像蒙在海洋上的一片雾气。晚上，满山遍野闪亮着若明若暗的灯火，好像在飞机上俯视城市的夜景。一天劳动之后，人们都围坐在篝火旁边说唱、聊天，他们有的谈着爬雪山、过草地和在冀中打鬼子的战斗故事，有的则津津有味地描述着革命胜利后的幸福情景。

我们初到南泥湾的时候，一方面必须抓紧时间开荒，以便赶上季节，按时播种；一方面还迫切需要解决部队的住房问题。当时，大部分部队都住在临时用树枝搭起的草棚里，有的甚至露营在野地上。避雨是茂密的树叶，遮风是齐眉的野草。挖地归来，同志们就躺在这个深草丛林中的窝铺里，做着香甜的梦。生活虽然艰苦，但同志们一想起当年国内革命战争时期，敌人围攻革命根据地和红军长征时期那些艰苦的岁月，那种常以茂密森林为“军营”，以茅柴最多之处为“床铺”，以枯草和禾草当“被盖”的情景，眼前的一些困难，就都觉着不算什么了。有些同志逗趣地说：“诸葛亮的茅庐还不一定能比上我们的窝铺舒服哩！”这时就惹得大家哄然大笑。

为了改变这种栖息树林、露宿旷野的情况，旅首长和各团负责同志决定在抓紧开荒的同时，抽出一定的力量突击打窑，提出了“建造我们的阵地，建造我们的家园”的口号。

打窑工程开始了。旅、团首长和全体同志一样，成天紧张地忙碌着，从这架山到那架山，察看地形，寻找打窑洞的地点。打窑的同志们天不亮就都起来钻到泥土里去工作。当收工号响后，大家走出窑洞的时候，满身都是泥土，如果你不仔细辨认，你就分辨不出谁是张三谁是李四。尤其是夏天，太阳光既毒又热，挖窑工作更是辛苦。为了节省衣服，大家只穿一条短裤，和泥土搏斗，浑身上下到处都是汗水，土粘上去把人变成了泥人。夏天蚊子、牛虻又特别多，光着身子劳动，身上经常被叮，长了许多又痒又痛的大疙瘩。

由于部队进行紧张繁重的体力劳动，特别需要改善伙食。但是，在当时这却是一件不容易办好的事情！粮食、油盐都需要组织人力到一百里甚至百里以外去背。有时每人还要背上柴禾去卖。背粮时布口袋不够用，战士就将自己的裤子扎起来当口袋用。一路上，要穿过遍地长满五六尺高的蝎子草、狼牙刺，杂七杂八的矮丛树，和密密层层的大树林。中间虽偶尔有几条羊肠小道，也因长期无人行走，已长满荒草荆棘，行走十分困难。有一次在逼近年节的前几天，因为部队缺乏粮食，七一八团陈宗尧团长就亲自冒着冰天雪地，带领战士去延长背粮。在回来经过延水时，他毫不犹豫地首先破冰涉水走了过去，使战士们深受感动。因此，虽然有些同志在雪地上摔了跤，但从没有人叫苦，都说："团长都这样，我们更不能叫苦了。"有时陈团长在路上还提出和大家竞赛，比比看谁走得快。因此同志们在陈团长的模范行动的影响下，情绪始终是高涨的。沿途老乡看到这支背粮部队，都感动地说："你们八路军真太辛苦了，本来我们应该送的，你们却来背了！""要在国民党时期，我们送还送不赢呢！"

粮食虽算有了保证，但吃菜也是个大问题。当时"打牙祭"指望杀猪是办不到的，只有靠同志们上山猎取。其实想吃肉也并不难，夏天山鸡的翅毛都褪落了，在没有换新毛以前常常可以跑步追捕它。要是做得好，山鸡肉可真香，管叫你吃后还想吃。如果能猎取一只野猪或野羊回来，那就可以大大改善一下伙食。河沟、水渠我们也没有放过，那里鱼、鳖、虾、蟹，样样都有。司号员韦少坤是从小就在水边上长大的。他最会摸鱼捞虾，只要他下水搞个把钟头，上来不是一脸盆小鱼，就是几只"王八"，保险不会落空。想吃鸡蛋也有办法，夏天是山鸡生卵期，在还未孵出小鸡之前，如果你能在野草间找到一窠，起码有十几个，足够几个人美美地吃他一餐。

王震旅长是湖南人，很会做几样南方菜，他常到伙房指导炊事员做菜，甚至亲自动手。泥鳅、黄鳝煎野芹菜，豹子肉炒辣椒，成为大家公认的美味。

爱吃茶叶也不难，挖些甘草和车前草煎水喝，又解渴又泻火。有一种黄芹草经过蒸馏后，可制成茶叶，泡水喝了，还能帮助消化。

其实生活中所遇到的一些问题，只是整个困难中的一部分，在开荒生产过程中，我们克服了更多、更艰巨的困难。

古语云："工欲善其事，必先利其器。"我们在 1940 年的农业生产过程中，就深深体会到了这句话的意思。原来我们两三个人才平均一把镢头，其他工具也很少。来到这里之后，面对这样大的开荒任务，工具当然就更显得不够了。因此王震旅长就提出每人一把镢头、一把锄头，每个单位四犋犁、八头耕牛的号召，并责成各级供给机关负责筹备。但是经费是有限的，单纯依靠拿钱购买远不能解决问题，因此，这仍然是走群众路线，靠大家想办法解决。凡是自己能够加工制造的一律不买，自己不能制造的也尽量利用废铁换，不得已时再拿钱买。我们常把自己生产的食盐驮到黄河沿岸一带，用一斤半盐交换一斤铁，并就地请工人打造。记得当时在我们驻地附近的一个小山上有一口半截被埋在地下的老破钟，也被我们警卫连刘连长带领大家将它抬了回来炼铁打成了工具。至于粪筐、扁担、绳子等小用具，全由各连队自行解决。战士们利用柳条、榆条编粪筐，熟练的一天就能编四五个。战士们都夸奖这些工具得力顺手，说："有了它们管叫荒山变良田。"

开荒热潮

南泥湾一带由于长期没有人烟，在这里想找一块熟地耕种是不容易的，即或偶尔发现一块土地有被前人耕种过的痕迹，但现在也荒芜得不成样子了。因此要想在这里发展农业生产，首要任务就是开荒。开荒在当时主要是靠两只手一把镢头，这在我们整个生产过程中，要算一项最艰巨、最困难的任务。

每天，天麻麻亮，同志们就起床，在单位首长的率领下，边走边哼着"早上工呀呼嗨，三个早工顶一个工……""从早上工哪呀呼嗨，一直挖到太阳落……"自编的秧歌小调向荒山进军。

同志们开荒热情很高。有时，炊事员送饭来了，生产组长就给大家在前面指定一个目标说："同志们，再加一把油，挖到前面 ×× 地就吃饭。"于是镢头就像雨点一样叭叭直落，前面稍微慢一点，后面就喊道："前面快些，挖到你的腿了！"片刻之间就开辟出一块新地来。有时，刚一开罢饭，就有很多同志拿起镢头掘起来，领队同志要他们多休息一会，他们总是不肯，说："不要紧，干吧！年轻小伙子，怕什么！"常常未等开工的哨子响，就都自动地干起来了。每当收工的时候，也常常要掀起几个新的

“冲锋”，这里有人提议：“再干五分钟！”那里有人说：“再突击一块地！”就这样，有时一股劲就突击一个山峁。

这里的荒地大多是狼牙刺地、蝎子草地、老蒿子地、猫儿草地和羊胡子草地等。这些荒地开起来既费劲又不好挖，有时为了砍掉一堆丛树，挖掉它的根，就要花很长时间。特别是狼牙刺和梢林，一不留神，就会被梢子打了脸和手，或被刺戳破衣服和肉。有的同志没有开过荒，拿工具方法不对头，搞了一天之后就打了满手血泡。但战士们的情绪始终是高昂的，谁也不叫苦，谁也不肯落后一步。

同志们在开荒中不仅有高度的热情，而且还创造了不少的办法。如有的单位抓住了“敌人”的特点，发明了一种“火攻”战术。即凡遇草深、荆棘多的荒地，开荒之前先把荒草荆棘点燃，顷刻间，满山烟火，迎风呼啸，风火过去之处，就出现一片片黑越越的平地。这样不仅节省了开荒的时间与同志们的劳动，而且还给我们待耕种的“处女地”上施了一层黑黝黝的肥料。在平地开荒时有一种“打包围”的战术，就是大家首先从周围开始，向中心进展。包围圈愈来愈缩小，大家情绪也就愈来愈高，一直到消灭这块荒地为止。在山地上开荒就采用“从中突破”的战术，这就是先从山下选择一点向上挖去，先把荒地分裂为两块，然后再向两边发展，把大块分成小块，最后“各个突破”。这样就不会一下子被大块荒地吓住，使战士们干起来有信心。

在开荒生产中，干部都以身作则，和广大战士一起生产劳动，这不仅起了积极的推动作用，而且密切了上下级和同志间的关系。七一八团政委左齐同志，在抗日战争中失去了右臂，不能参加开荒，但他也不肯站到生产战线之外，他一有空就帮着炊事员烧水做饭，唯恐误了吃饭时间使大家挨了饿。他经常挑着担子到山上去给战士们送水，大家喝了他送的水，都感到增添了新的力量。左政委有时还拿自己的津贴，买些红枣给大家做枣糕吃，当同志们吃着那香甜可口的枣糕时，都为左政委这种行动感动了，激起了无比的劳动热情。七一七团团长陈外欧同志，虽然左手残废，但仍和李铨政委以及副团长、参谋长等带领着他们的警卫员单独组织生产小组，和普通战士一样进行开荒生产。因驻地离荒地远，他们就搬到山上住，把电话架在山上。白天参加开荒，晚上就在山上办公。他们八个人负责开垦的这一架山，不仅面积大，而且草木丛生，乍一看，简直叫你觉得无法下手，决心不大的人，就会被这种困难吓倒，可是他们几个人谁也不胆怯。第一仗，他们先来了个“火烧曹营”，全歼了敌人“八十三万人马”，接着就打扫“战场”，选择场地进行开荒。

在轰轰烈烈的开荒热潮中，干部家属也不甘落后，她们为开荒生产同样贡献了自己的力量。她们除了自己纺纱，解决自己和孩子的吃穿以外，一有时间就去帮助战士们洗洗缝缝。补充团的干部家属们，为这事还开会作了决议，要求洗干净，补结实；手巧的人还要补得好看；耽误了的纺纱任务，以后补上；孩子多的可为附近战士洗补衣服；没有孩子，身体又强的，可去较远的单位为战士洗补衣服。这一点，对于刚从伪军解放过来的新战士感受最深，他们说："我们八路军，男的种地，女的纺纱，又帮我们洗洗缝缝，真是个革命的大家庭。"

（摘自何维忠同志的革命回忆录《南泥湾屯垦记》，天津人民出版社出版）（人民数据库资料）

《人民日报》1960 年 9 月 7 日

在敌后收抄整风文献

/ 武清忠

抱犊山阴云密布，狂风怒卷。1942年的鲁南山区，正面临着严峻的局势。一场残酷的斗争正考验着军队，考验着人民。这时，我在鲁南军区政治部新闻电台工作。在敌人分割的敌后，国内外的新闻、电讯都是经过报务员的手一字一字地收抄下来，然后经过译电员翻译才能在报纸上出现。我们的电台，就是在这种情况下，保证报纸按时出版。

这天我们刚抄收完一份电讯，宣传部王部长来了。见到他那严峻的神情，我猜想一定又有什么情况了。果然，他告诉我们：国民党五十一军和日本鬼子勾结在一起，对我们南北夹击起来了。军区机关立刻转移。要我们电台坚壁在老乡家里。一听说“坚壁”，同志们就不安静了，包围着王部长，纷纷要求随部队一块行动。

“同志们，坚壁不是让你们进保险柜，是让你们完成一项头等重要的战斗任务。”王部长打断我们的话说。同志们听了，你望我，我望你，不知道是什么任务在等着我们。

“是头等重要的战斗任务！”王部长重重地重复了一句。接着说：“党中央最近发了指示，要在全党开展一个整顿党风、学风、文风的运动，新华社从后天起连续播发毛主席关于整顿三风的报告。你们想，随部队行动，又转移，又打仗，没个固定的环境，你们如何完成这个任务？”

啊！原来留下我们收抄毛主席的报告！同志们望着王部长，再也没有什么话说了。

“对于留下，谁还有意见？”王部长又问了一句。

“没有！”大家几乎是同声地回答。

“光没意见还不行，你们还要把任务完成好，要求你们每天按时收抄，延安发的每一句话，每一个字，都不能漏掉……”接着，王部长又再三地讲了任务的重要性，说明整风运动是关系全党全军今后胜利发展的问题。要使这次整风运动取得好的成效，第一件事是把毛主席的报告从空中领到手。和我们新闻台一块留下的，还有政治部的几个译电员。“坚壁”的地方是劳山村。它坐落在抱犊山深处，只有十几户人家。二十几间又小又矮的草房，散布在半山腰里。如果不是袅袅的炊烟，就是走到跟前，你也无法相信这儿会有人家。来到的当天晚上，就架好电台。为了一字不漏地收抄毛主席的报告，我们特地把天线架在高高的柿子树的梢头。第三天晚上，新华社从延安开始播发整风文献了。第一个题目是：《整顿党的作风》。新华社电台的报务员拍发的电波又清楚，又有节奏，恰似深山幽谷中的泉水一般，滴滴哒哒，清脆悦耳地传来。我戴着耳机，好像不是在抄报，而是在听一首激动人心的交响乐！

为了快，译电员同志就坐在收报机房翻译。第一段一译出，就有人小声朗诵起来。

午夜，新华社拍出了休息十分钟的符号。我走出房外，看见一条黑影在一垛矮墙那边晃动。我急忙问了一声："谁？"

"是我，同志！"从声音听出是老村长。我走过去，只见他掂着一杆红缨枪，问他：

"老村长，你怎么还没睡？"

"咱们民兵都出去了，我给咱们电台放哨，你们放心……"

啊，原来是这样，我重新回到收报机旁边，感到身上又增加了一股力量，更加安心地工作起来。

也许有人认为，报务员、译电员的工作是单调的、枯燥的，一天到晚和滴滴哒哒的电波打交道，翻来覆去离不开那几个字码。其实，完全不是那样。我们的工作，是最幸福的，新华社发出的每一条新闻，每一份捷报，第一个阅读的是我们。特别是现在，在鲁南山区，第一个先读到毛主席整风报告的，就是我们。每当毛主席的一段讲话译出，同志们便围在小油灯下，争相阅读。译报的人手少，报务员同志也翻着译电本参加译报的工作。电台队长吕会英同志为了满足同志们阅读整风文献的渴求，决定每天抽出一个小时集体阅读当天抄收的报告。负责读报的，是在文工团当过演员的小孔同志。虽然队长规定每天只读一小时，我们时常是忘了时间，有时深夜了，小孔琅琅的声音还在响。

一天、两天、三天……我们不分昼夜地工作，交通员飞来跑去，把电稿转送到宣传部。房东李大娘看我们白天黑夜工作，便自动要求替我们做饭，帮我们挖野菜。开始她不懂我们是干的什么工作，后来不知从哪儿听说，我们能在空中和延安说话。一天晚上，悄悄地问我："孩子，你戴着那两个圆饼饼，真能听到延安说话？"我告诉她，"能，还能听到毛主席的话哩！"她高兴地点点头，打听延安到这儿多远，问毛主席可好，我们便一一告诉她。

担任取报的交通员老任，好些天没来了。我们都暗暗担心不要发生什么事。有的同志向吕队长提议下山去看看，队长不答应。因为上山之前王部长给我们规定了一条纪律：没有上级的通知，任何人不准下山。收的报送不出去，粮食也快吃光了。吕队长说："从明天起咱们不再吃煎饼了，喝粥，一定要坚持下去，把整风文献抄收完！"

从这天起，每顿虽然只喝一碗稀饭，可是谁也没有半点泄气。小孔同志读报的声音还是那么响亮，那么清脆。毛主席的报告，是我们的精神食粮。有了它，就是三天不喝稀粥，三天不睡，每个人也是精神百倍。

又过了几天，交通员终于来到了。他高兴地说："同志，给你们带来好东西了！"说着打开背包，啊！"整顿党的作风"六个大字光辉夺目地闪现在我们眼前。我们抄收到的第一份文献，已经油印出来了。同志们人手一本，一下抢光了。

通信员也带来了严重的消息：敌人对我中心区的“扫荡”加紧了，山口外的许多村安上了据点，因为敌人严密封锁，给养供应困难，我们只能吃些“救国粮”了。所谓“救国粮”原是从滨海军区运来的牲口饲料，是战士们给它取的名字。其实，对我们来说，这根本不算一回事，就是光吃野菜、嚼树皮、喝山泉水，也要坚持工作。

一天，两天，三天……十几天又过去了。我们抄收完了《改造我们的学习》《在延安文艺座谈会上的讲话》，现在又开始抄收最后的一个文件《反对党八股》了。这天晚上，我戴上耳机，正聚精会神地一个字一个字抄报，一只干瘦的小手伸到桌面上，那小手里是两个鸡蛋！我抬头看了一眼，原来是房东的小姑娘。她低声地叫着：“热的，你吃下去吧！娘说你……”我谛听着从延安拍来的电波，手下记着。那两个鸡蛋在我眼下，像是两颗火热的、跳动的心！虽然晚饭只吃了一碗粥，但心里饱饱的。工作，只有工作，这时我也不能说话，就是能说出千言万语，也说不完心里的话啊！

拂晓，一阵激烈的枪声把我从睡梦中惊醒。从经验知道枪声不远。我们跑向报房，准备拆下电台迅速转移。吕队长正伏在小油灯下，迅速地抄报。小孔坐在他旁边在译。他们似乎根本没听见枪声似的。我慌忙说：“情况，有情况！”吕队长向我摆了一下头，仍不作声，继续工作。我着急地问小孔：“还有多少字？”她头也没抬，说：“这是《反对党八股》最后一段，还有三百字。”三百字，按新华社拍发的速度，还要十分钟，怎么办？十分钟，敌人连一分钟也不会给我们啊！

老村长喘呼呼地跑进来，看我们仍在工作，着急地说："老吕啊！快走！敌人到沟口了！"吕队长没应声，外边又传来激烈的枪声。我们焦急地等了一分钟。吕队长抄到换页码的地方，这才把耳机迅速地取下，套在我的头上，只说了一个字："抄！"

老村长见我又坐到电台前，他更急了，抓住吕队长的手说："快转移啊！敌人到沟口啦！民兵正顶在那里呢！"

"村长同志，"吕队长说："我们还得几分钟。"

"一分钟也不能等了！"

老村长这时候不懂得，我们如果不抄完这一段，那是万金难买的损失啊！吕队长只得对他说："这是和延安通报，是收毛主席的讲话。"

老村长的脸上猛地紧缩了一下，胡子抖着，想说什么，又没说出口，转身向外跑，刚跑了一步，又回头说："你们收，收，我叫民兵顶住，一定顶住……"说着飞跑出去了。

吕队长从腰里拔出他的小手枪，向我们说："你们坚持最后几分钟，一个字不能漏，我到民兵那里去。抄完后马上向山后转移！"说完，随着老村长飞跑而去。

枪声越来越密，流弹从屋顶上呼啸而过。接着传来两声手榴弹的响声。看样子敌人真的一分钟也不给我们了。铅笔在不停地晃动，我们一秒钟一秒钟地算着。似乎新华社的同志知道我们这里的情况似的，不断地加快拍发速度。三百字，只用了八分钟就全部抄完了。我点完了最后一个句号，这才大声说："好了！

快走！”

我们迅速拆下机器，背在身上，听着枪声、手榴弹声，向后山奔去。

几天以后，《反对党八股》印出了。鲁南全区的整风运动，热烈展开了！

《人民日报》1961 年 2 月 27 日

在敌后办报的日子里

/ 周保昌

1942 年，这是敌后抗日根据地最艰苦的日子。当时，敌人的“扫荡”“奔袭”“蚕食”极其频繁。日本鬼子和他的爪牙“皇协军”，还有国民党顽固军，他们三位一体，共同对付我们。为了防止敌人的突然袭击，我们在一个地方很难住上几天，有时甚至一日三迁。在那种情况下，我们依靠了群众，战胜了重重困难，完成党交给我们的一项光荣而艰巨的任务——出报——把山东《大众日报》办得和其他抗日根据地的党报一样，像一面战斗的红旗，插在东海之滨的沂蒙山上。

那时的报纸只有四开大的一张，铅印，两日刊（后来改为日刊），每期容字不过两万，但在当时对于抗日军民所发生的鼓舞力量是难以形容的。那时整个山东抗日根据地被分割成鲁南、滨海、鲁中、胶东、渤海五个地区，中间有铁路，有公路，有河流，还有无数的封锁沟、封锁墙，靠什么来指导斗争呢？报纸，是最重要的武器之一。当时，党的重要政策、指示，通过报纸，传播给人民群众，而人民群众的一切实践活动，又通过它反映在报纸上；党的具有伟大历史意义的第一次整风运动的各项文件，由新华社广播，刊载在报上，成为敌后抗日根据地各级干部整风学习中最珍贵的材料；报纸也刊载了被全世界劳动人民日夜关心的苏德战场上苏联红军的冬季攻势和它的伟大胜利，这些，都曾在最艰苦的日子里鼓舞了我们。

当时，中共中央山东分局给报社的任务是：在任何时候，都要保证报纸出版，都要把延安新华社的消息收到。所以我们的工作经常是：一遇到敌人大“扫荡”，工厂就埋机器，报纸改出油印，外地只运少数，用电报播发社论；遇到小“扫荡”就坚持出报，而不管如何，新华社的消息一定要想法收齐。当时电台的同志始终是跟着编辑部一起行动，工作也是最辛苦的，常常是别人休息，他们还在工作；每次转移，总要等收完新华总社最后一班发报。辛苦还是小事，最担心的是电台遭受损失，因为它目标大，到一个地方两根竿子一竖，很容易暴露目标。记得有次敌人来“扫荡”，我们住的村子离敌人很近，情况比较紧张，如果加线以后再撤线，会影响我们的行动，后来电台同志出了个主意，不架线，两个人爬上树去，用手支着小架线杆，这样做既不暴露目标，又轻便，结果就这样做了，成绩很好，而且在树上支小电线杆的人还可以兼当侦察员，真是一举两得。

除了电台以外，还有铅字、机器一整套设备。这些东西既不能随身携带，也不是几头牲口可以驮走的。所以我们把工厂固定隐蔽在某个地方，同当时军区的兵工厂一样，我们的工人不仅每天工作十二小时，他们还要担负埋藏机器、保卫工厂的任务。一有情况，他们很熟练地把机器拆下来，分别埋在一定的地方，埋藏好后，工人就变成了游击小组，在自己厂的周围巡逻，一旦发现敌人要到这个村来，就打枪转移敌人，万一敌人住在这个村，夜晚就去袭扰敌人。

为了建设我们的工厂，工人们特别爱惜工厂的财产。大家懂得：从一台铅印机到一个铅字、一张纸，都来得多不容易呀！从济南买回的材料，其中有许多标题字是把它掺在大粪里推出来，而后又从粪里一个个拣出来的。有时要把敌人的据点打开，从那里缴获机器。材料愈困难，节约材料也就愈重要，那时，哪怕是极为细小的一小节铅丝倒在垃圾里，也要把它捡回来。

环境是那样地艰苦，条件又是那样地困难，但我们从来没有放松对报纸印刷质量的提高。在没有字模以前，一个铅字不知要用上多少次。后来，我们辗转从上海买到了字模，报纸也由两日刊改为日刊。从此字模和铸字炉也就成了工厂财富中的“宝中之宝”了。记得有一天的夜晚，突然发生敌情，情况紧急，工厂就把字模埋在附近的沙河滩上，埋好不久，突然天气变化，一场大雨，把字模冲走了，这消息真如晴天霹雳，惊动了多少人呵！上至分局、军区，下至县委、区委和村支部，都关怀这件事情，最后在莒南县委的亲自布置下，发动沿河滩三十里的人民一齐动手，终于在河里把一箱箱的字模找了回来。说到储存纸张，也煞费心计，大批的纸张总需要有个地方储存，但纸张这东西不同于机器、铅字，既不能随地埋藏，又容易燃烧，而且太集中了不能随机应付敌人的袭击，唯一的办法是依靠群众，群众的家就是我们报社的仓库，家家户户都为报社保存一点纸，需要的时候，去一头牲口就可以拉回二三十令。结果，敌人用尽办法也没有能够找到我们的仓库在哪里。

艰苦的环境，给我们带来许许多多困难，在与困难作斗争中，也锻炼了我们的革命意志，在那最艰难困苦的日子里，我们常常高声唱着：

“艰苦是我们的，
胜利也是我们的，
谁能熬过艰苦斗争的锻炼，
谁就能得到胜利的明天。
……”

这歌声在当时成为鼓舞我们克服困难，勇敢向前的力量。

《人民日报》1961 年 11 月 22 日

“敌后的敌后”闹生产

/曾　美

晋察冀北岳二分区的山阴、代县、崞县，东傍五台山，西靠同蒲路，南临滹沱河，北据万里长城。1938年以后，日寇沿五台山由南到北构筑了两道封锁线，并将滹沱河严密封锁，把山代崞与二分区分割开来，变成“敌后之敌后”。对这块小小抗日根据地，敌人经常出动优势兵力进行奔袭、“清剿”，实行残酷的“三光”政策。经过严酷的斗争，到1942年秋，整个地区没被“蚕食”的村庄，只剩下方圆二三十里的几个山村了。

战斗在敌后的敌后，物质条件极为艰苦。部队天天与敌人转圈，人不卸装，枪不离身。夏天，往树荫下一躺，铺着地，盖着天；冬天，战士们把夹衣装进些羊毛就当棉袄穿。没有鞋袜手套，战士们双手冻得像红萝卜，两脚皲裂得像松果。吃得更是困难，一天一顿稀饭，稀得能照出人影，由于营养不足，很多同志患着夜盲症。

1943年的严冬来临了，部队的棉衣还没影子。就在这个时候，聂荣臻司令员等首长到延安去路过我们这里。首长们对部队生活非常关心。聂司令员首先问："部队的棉衣搞到了没有？"我把情况告诉了他，他沉思了一会说："毛主席号召我们自力更生，开展大生产，这是我们克服困难的根本方法。现在如此，将来也是如此。应该告诉战士们，现在胜利在望，可是也还有许多困难。只有大家一齐动手就能排除万难……在这方面，陕甘宁边区的同志们，在毛主席亲自领导下，已经做出了很好的榜样，我们要很好地学习。我看这一带羊毛很多，你们自己能不能搞点生产？"

听了司令员的话，心里顿时豁然开朗，我立即把他的指示向分委作了汇报。分委当即召开专门会议，进行详细讨论，一致认为：毛主席这个英明指示不仅适用于其他根据地，也适用于我们这"敌后的敌后"。我们既能够也必须开展军民大生产运动。也只有如此，才能战胜目前的困难，坚持长期的对敌斗争，恢复和发展根据地，迎接最后的胜利。因此，决定首先发动大家纺毛线，打毛衣、袜子、手套，解决防冻问题。同时，为明年开展大生产做好准备，分委书记兼区队政治委员智生元同志率领直属部队留守中心区先动手，创造经验。我带部队继续打击敌人。

经过二十多天的斗争，当我带领部队返回中心区的时候，智政委一见面就高兴地告诉我：当他把毛主席的"自力更生"的方针向部队一传达，战士们都高兴地说："毛主席这办法好。长着两只手，为什么要瞪着眼挨饿挨冻？"司号员徐明杰，主动提出愿意教大家打毛衣、毛袜的技术。战士们自己捻线，自己编结，不几天的工夫，毛手套、毛袜子、毛围脖都出来了。

我请智政委给刚从外线回来的部队作一次动员。他让留在中心区的战士们都穿戴上自己打的毛衣、毛袜子、毛手套站在一边。刚回来的战士一见都很羡慕，纷纷议论说："这办法太好了，咱也学学！"大家正谈论着，智政委走到队伍中间，高声说："同志们！冬天到了，因为敌人的封锁，咱们的棉衣到现在还没有运来。现在有两条路，一条是继续等分区供给；一条是像留在家里的同志们那样，自己动手，自力更生，你们说该走哪条路？"

"自己动手！""自力更生！"回答的声音像打雷。动员以后，战士们立即行动，于是，一种崭新的生活开始了。

早上，部队照常分头下山活动。每当指挥员发出"原地休息"的命令时，转瞬间，几个人向一起一围，从挎包里、口袋里拿出捻线锤、木条针和羊毛、毛线，就开始了生产。开始，有的人抽不出线；有的人把木针插到线扣里，比瞄准都困难。但是，一下子抽不出长线，就一寸一寸捻；针儿插得慢，就一次又一次练。渐渐地熟练了，有的人拨得线锤飞转，一根根银线就像蚕儿吐丝一样，在迅速延长；有的人边走路，手中的木线还在飞快地交叉翻转。这情景，常常吸引着村里的老大娘和年轻妇女们。老大娘们经常用惊奇和钦佩的口吻对那些姑娘们说："八路军文武双全，会打仗，又会织衣捻线！"每逢这个时候，战士们情不自禁地唱起自己编的歌儿："一面打仗哟，一面生产！熬过黎明前的黑暗哟，曙光在前！人民的子弟兵哟，面前无困难！"……

没有多久，战士们都有了毛袜子、毛手套。司号员徐明杰还打了两件毛衣。正好他爸爸来看他，他送了一件给老人，老人高兴得满眼含着泪水，手捧毛衣对智政委说："咱老辈子也没穿过这个，这都亏毛主席想的好法子。我回去以后，一定告诉乡亲们加劲大生产。"

防冻问题解决了，此时已临寒冬，不可能搞农业生产。分委决定首先解决副食品——开设油房。

阳明堡附近的沿村，有个地下党员叫张建业，办法多，和群众的关系好，而且有些榨油的技术。这一带盛产胡麻，打出的油和香油一样好吃。我们找到张建业同志一谈，他干脆地说："没说的，只要是能为抗战尽一分力，就是叫我到虎窝里掏虎崽子，我也敢去。"我们对他说，这可不同于在根据地搞工作，弄不好，那会"赔上夫人又折兵"的。他满有信心地说："没关系，咱也来个登记注册，立门头，挂牌子，公买公卖，流水、老账样样有。再说，群众都心向我们，咱们头上也没贴贴子，怕他个啥？"说干就干，我们凑了一部分钱，选了几个政治坚定、会点打油技术的战士当"伙计"，就在敌占区开设起油坊来。张建业同志是经理又是账房。里里外外安排得没有一点破绽。

我们又用同样的办法开设了粉房、面房和毡帽房。就这样，我们利用敌占区的资源，减轻了根据地人民的负担，改善了部队生活。1944 年来到了，我们在驻地八塔和群众一同过春节。各中队都吃上了油炸糕、油炸豆腐、饺子、粉条。老乡们激动地说："毛主席指的这路子就是好！"

春节期间，分委决定，在广泛开展拥政爱民活动的同时，动员全体军民开展大生产。要求部队除了更积极地打击敌人、保卫群众生产以外，要自给三个月的粮食。指示传达下来，部队立即行动，一面积极打击敌人，一面为大生产作准备工作。没有农具，便破击同蒲路把钢轨抬回来，老乡们立刻送来了风箱，帮助盘起打铁炉，于是，叮叮当当，不几天锄、镰、锨、镢全有了。老乡们的工具坏了，也送来修。战士们给添铁加钢，不要报酬。战士们说："鱼帮水，水帮鱼，为了大生产，互相支援理所当然。"

大地回春，风和日暖，到处都散发着泥土的清香。这时候，五台的东沟里，代县的南山上，滹沱河的北岸，那些被日寇的"三光"政策洗劫过的地方，到处镐头飞舞，歌声荡漾。

部队每到一个地方开荒，都要先看好地形，放出警戒。敌人来了，一声警报，藏好工具，拿起枪就战斗。小股敌人来了，干脆消灭他；遇上大股，留下少数人与敌人转山头、打麻雀战，其余的人转移到另一地点继续开荒。战士们还在公路旁、封锁沟的沟沿上种了青菜。

金风送暑，田野飘香，秋收的季节来到了。半年前杂草丛生的土地上，长满了狼尾巴似的谷子和超过人头的高粱。为了预防外线鬼子来抢粮，我区队主力决定向外线出击，以吸引敌人兵力，保卫秋收。我根据地军民在"快收、快打、快藏"的口号下，男女老少一齐动手，几天工夫便收藏完毕。等到敌人觉醒过来外出抢粮时，满山遍野的庄稼穗子全没有了，只剩下群众为了掩护我们留下的“金纱帐”。

转眼又到了冬天，部队和去冬大不相同了。每人都戴上了又暖又软的毡帽，夹衣里絮上了厚厚的“毡套”，每人每天五钱油和盐，每月半斤肉，几年没用过的牙刷、识字本也都有了。粮食自给三个月更不成问题。这时真是个个身强力壮，满面红光，战斗、训练和工作，更加生龙活虎，朝气勃勃。

1945 年 1 月，我们敬爱的毛主席亲自给延安解放日报写了一篇社论 :《游击区也能够进行生产》，社论里以好几个兄弟部队和我们四区队为例，证明即使在“敌后之敌后”也能够和必须进行军民大规模的生产运动。当这天报纸通过重重封锁传到我们手里的时候，多少同志激动得热泪盈眶，有的同志举着报纸，对着西北方向默默地望了好久！

《人民日报》1961 年 12 月 31 日

彭雪枫同志二三事

——摘自一位老战士的笔记

/ 郭文杰

资料整理者郭文杰同志的来信

编辑同志：

我在核实《中国民兵》史料工作中，在确山档案馆里偶尔发现一份零碎资料，有些篇页已经霉烂，字迹模糊。我仔细一看，原来是一位老同志写的回忆录，笔者的姓名不详，笔录的时间不明，内容全是记载彭雪枫同志生前的一些事。看后颇受感动。我将其中能看清的部分，认真地抄录下来，有些部分又查阅了有关史料加以核实，整理出这份材料。

材料整理出来以后，我的心情一直不能平静：这位老同志是谁？他在哪里？我曾多次向档案馆的同志打听，他们都说不知道。我又向熟悉当时情况的老首长打听，并把稿子呈给他们看过。他们说，文中记的一些事有的也听说过，是属实的，至于笔者是谁，无法猜测。无奈，我只好以“一位老战士的笔记”为题寄给您。

河南省军区政治部文化处郭文杰

一位老战士的笔记

和彭雪枫师长初识于1939年冬，逾年以工作关系，常相过从，五年间亲承教益为时甚多，故于其言行，或得之于亲炙，或闻之于传诵，虽属琐屑遗事，确有卓越过人之处，堪为后人楷模、闻风兴起向其学习的地方。

相处五年间，每于夜半，过其住室，则必灯火荧荧，雪枫师长总是展卷阅读于灯下。虽在军事倥偬极端繁忙之时，从未少辍。如此勤于学习，持久不懈，诚为人所难及。

凡在四师的同志对他都有这样的印象，他是一个能文能武的儒将。这个印象，不仅概括了他十年内战中——“首登长沙城，八角亭光荣负伤”、民族解放战争中——“在豫东燃起抗日烽火，在淮北粉碎敌人扫荡”的克敌勇气和军事才能，同时也概括了他在我军政治工作上的成熟和多智。同志们都喜欢听他讲话，喜欢读他写的文章，都说他的讲话听着“过瘾”，他的文章读着“有味”，“说也说得透彻，骂也骂得痛快”。他出身贫寒，早年投军，没进过什么高等学府。他之所以会写会讲，完全是在党的教育下刻苦好学得来的。他的学习精神一直为四师干部、战士所赞颂。

在豫皖苏反顽斗争结束后，1941 年，部队进驻洪泽湖休整训练，司令部设在一个名叫半城的古镇上。由于频繁的战斗，读书机会甚少，他想趁此机会好好读读书。在半城镇东首的一所旧庙里，同志们为他布置了一个简陋的“书房”。庙虽破旧，倒还安静，庙的东窗近临洪泽湖，凭窗眺望，碧波万顷，霞光满湖，除暮鼓晨钟外，别无干扰。就在这里，他勤奋攻读了毛主席的《论持久战》《列宁选集》以及《孙吴兵法》等古今中外的政治、军事经典著作。读至深夜，实在困倦了，就伏案朦胧一下，警卫员为他轻轻披衣时，惊醒了他，他伸展伸展双臂，又继续读下去。同志们关心他的身体，多次劝他注意休息，他总是笑着说：“比起‘头悬梁、锥刺股’，我算什么苦读？我不抓紧时间读点书，就会输给工作的。”

他读书力求弄懂，一本书他总要反复读好几遍，不看懂不放手。《论持久战》一书，他读过数十遍，书中的签记、眉批有红有蓝，满书皆是。他还喜欢给别人谈自己读书的感受和见解，行军时谈，宿营时谈，兴之所至，往往谈到深夜。遇见不懂的地方总喜欢逢人就问。他还习惯于边读边写，在继“游击战术”之后，他又写出了“战略战术”的讲授提纲，作为抗大四分校的讲课教材，对提高干部的军事素质起了很大作用。

他在劝导四师同志们读书时曾说过：“一个军事家或者政治家，绝不是仅仅有一门知识就可以了，一定要有相应的各方面知识，正像一个外科医生不知内症，他决不是一个好医生一样。”

所以，他不仅读政治书、军事书，还爱看报刊杂文、文艺小说以及县志、药书等，为了弄清某些问题，他还把《金刚经》找来读过。当时他还有许多书友，经常在一起阅读聚谈，探讨一些疑难问题。当时边区联合中学有一个小同学叫宋琼，一直和他保持着读书讨论的通信联系，他工作再忙，也是有信必复，而且大多都是自己亲手写信，很少让人代笔。

……他总是不断教导四师的同志要爱民如手足，他常说："俗话说得好，你敬我一尺，我敬你一丈。革命军队如若不爱护老百姓，不知人民的疾苦，就将得不到人民的拥护。离开老百姓的军队就会像鱼离开了水一样，非涸死不可。"因而，谁要违犯了群众纪律，都会遭到他严厉的批评。

1943 年 4 月，淮北抗日根据地盱、嘉地区小麦泛金，丰收在望。这时，日寇倾巢出动，疯狂"扫荡"，妄图抢劫粮食。当时正在该区视察武装保卫夏收工作的彭雪枫师长立即动员群众，坚壁清野，并亲自带领部队和民兵在紫阳山西边的一个山头上与敌人展开了战斗。当时大家为了首长的安全，几次劝他转移到河北岸安全地带去，他总是笑而不答，从容地指挥战斗。直到月色西斜，敌人完全被击退后，他才和群众一起离去。雪枫师长和群众一起保卫夏收的佳话，当地群众至今还津津乐道。

1943 年 7、8 月间，淮河暴涨，大柳港河堤发生了严重危险，他亲自率领军民冒雨与洪水展开搏斗。虽然他身上曾多处负伤，平素又有严重的胃病，但他一直泥一腿、水一身，坚持数日，直到洪水落退，险情排除。这件事，淮河两岸人民一直铭记在心。

1941 年，为庆祝抗大四分校成立，专门组织了一个文娱晚会。附近群众闻讯，成群结队而来。见此情形，他立即下达命令，叫部队让出中间的位置，欢迎群众进场看戏。

每次部队出发前检查工作或战斗归来，他总是先到房东家和周围邻居家问好。不仅自己如此，还不断教育全师同志都这样做，他常说："我们如果与群众失去联系，一切工作就没有了根子。"在雪枫师长的言传身教下，全师干部、战士遵纪爱民，蔚然成风。在过春节时，老百姓门上有一副对联："对境我军情不厌，到家同志话偏长"，表达了四师和当地人民亲密无间、水乳交融的关系。

四师的群众关系，使淮北人民久久不能忘怀，而以身作则、爱民如手足的雪枫师长更是为人民所敬仰。1944 年他牺牲的时候，许多老人远自百里以外，赶来吊祭。有一个老人，因为自己卧病不能下床，就叫自己七岁的儿子买了一炷香，连夜送到灵前祭悼。当时守灵的同志见此情形，莫不啼泣有声。有一些战士当时因为得不到雪枫师长的确实消息，惧怕噩耗，怀念不置，常常从梦中哭泣而醒。

由于长期艰苦战斗，生活衣食失调，雪枫师长患着严重的胃病，同志们常劝他改善伙食，他总不肯。尽管到 1942 年以后，边区生活供应有所改善，但他依旧和大家一起吃大锅饭。直到陈毅军长到淮北视察工作指令他改善点伙食时，他才遵照执行。其实，只不过是把馍馍切成片，过过油，稍微适应点胃的消化能力，菜依然还是打大锅的。

雪枫师长与大家同甘苦的事，不胜枚举。记得有一年冬天，气候特别寒冷，后勤部门见他由于胃病的折磨，身体很虚弱，就为他做了一件棉大衣，他一见大衣即问：“各部队的棉大衣都发过了吗？”来人吞吞吐吐，未作明确回答。他立即看出了问题，对来人进行了严肃的批评，并将新大衣退给后勤部门。

某处有一个连长见炊事班做的馍掺了许多糠稗谷壳，就与炊事员争吵起来，并拿起馍去见彭师长。彭师长笑着看了看篮里的馍，又望望在场的同志们，没有说话，随即拿起一个谷糠馍，从大锅里盛了一碗野菜汤，坐下大口吃起来。那连长见此情景，即刻拿起馍篮走了。

当时在四师指战员中曾流传着一段佳话。他原来的行装很简单，只有一条被子，一条毯子，一条被单和随身衣服。那条被子还是 1937 年在临汾时别人送给他的，用了几年，已经破旧不堪，补了几大块补丁。1941 年他结婚的时候，供给部的同志们想在大喜的日子里给他换换被面，但遭到了他的拒绝。过春节时，同志们去给他拜年，摸着他被子上的补丁，个个深受感动，都提议让他换一床，他只是一笑而过，不让换。后来被子又破了，他爱人拿起针线，蹙眉摇头，说是实在不好再补了，他却笑着说：“淡饭充饥、粗衣挡寒嘛！”说着就接过爱人手里的针线，自己缝补起来，他爱人笑着摇了摇头，又找来一根针从另一头缝起来。就这样，缝了烂，烂了再缝，直到他牺牲时，陈列在灵堂前的还是那床补丁摞补丁的破被子。

雪枫师长克己奉公，一丝不苟，一贯如此。据说有一年夏天，他爱人前来看他，住了两天后要回去参加会议，突然电闪雷鸣，下起了瓢泼大雨。皖东北地区，多黄土丘陵，道路坎坷泥泞，非常难走，同志们商量着把雪枫师长的乘马拉了出来，要送她回去。雪枫师长一见，严肃地批评说："一个负责人用乘马送爱人，有这样的规定吗？让指战员们看到会有什么影响？"随即令警卫员把马牵了回去。他又转身指着门外的大雨问爱人："怎么？枪林弹雨还不怕哩，还能怕它吗？"他爱人一甩头发倔强地笑了笑说："谁说我怕啦！"说着一抹赤脚跑进了雨肚里。

《人民日报》1981 年 4 月 14 日

抗战中的一张小报

/颜　辉

1943年3月，新四军东南警卫团政委兼海启县委书记洪泽找我谈话，要我参加创办《东南报》，马力当主编，我和另三位同志当编辑兼刻钢板。他说：在“清乡”圈里办这么一张报纸，很不容易，也极危险，要有大无畏精神才行。团长王澄说：反“清乡”无论怎样艰苦，只要有《东南报》在，群众就知道县委还在领导斗争。

3月26日，《东南报》创刊号出版，刊登了苏中军区司令员兼政委粟裕的《反“清乡”紧急动员令》。4月1日敌人调集重兵，出动一个联队和伪军三个师共一万五千人，开始对四分区（南通、如皋、海门、启东）进行“清乡”。“清乡”圈内据点林立，密如蛛网；“清乡”圈周围遍筑碉堡，挖掘深沟，设立大小“检问所”一百五十多个，还从江南运来了五百多万根毛竹，修筑了长达三百华里的竹篱笆。兵分十几路，步兵、自行车队、汽车、汽艇一齐出动，采取“拉网”“梳篦”战术，企图将我抗日武装和领导机关一网打尽。

根据这一严峻形势，《东南报》的主要任务是报道部队群众反“清乡”斗争的胜利消息，鼓舞斗志，增强军民抗敌的胜利信心。它每两天出版一期，八开四版套红油印，敌情严重时三天一期，改出两版，直至1945年8月日本投降为止，迄未中断。报社设在海中区表东乡三友村农民尹祖陶（秘密党员）家里，距敌人据点巴掌镇、池棚镇仅三四华里。

我们白天外出采访，将钢板、蜡纸、油印机、白报纸藏在尹家屋后竹园的地洞里，敌人下乡时同群众一起跑反。晚上把东西取出来，进行编辑、刻写、校对、印刷，全套工序必须在拂晓前完成，并将废纸和油墨痕迹统统清除干净，然后钻进芦苇丛里睡一会儿。秘密交通员冒着生命危险，捎来各区、乡的稿件，并将印好的报纸送走。

《东南报》刊登过不少群众锄奸的故事，如“扎粽子”“下馄饨”“背娘舅”等等，开辟了《锄奸故事专栏》。还绘成连环画，出版了五期《东南画报》。而更主要的是向全县干部、群众传播了反“清乡”斗争的捷报和战地新闻，例如：东南警卫团和各区区队始终坚持在“清乡”圈内打击日伪军的战斗捷报；老七团、特务四团杀回“清乡”圈内，在耙齿凌、南坝战斗中毙伤加藤大尉、丹木中尉以下日军官兵一百余人，生俘日军14人，毙伤生俘伪军五百余人的战斗捷报；百发百中的“一等神枪手”、富余区队分队长王祥，一人在反“清乡”中先后击毙日军36名的英雄事迹；荣获“一等民兵英雄”称号的民兵队长何凤升，率领民兵长期围困袭扰富安镇据点，历时三个月最后将日伪军逼走的民兵战报；中秋节晚，海启各区、乡民兵和群众数万人拥向敌据点，人山人海，高呼“德国败，日本快，不投降，见阎王”口号，举行敌前大规模群众性武装示威的战地新闻；赵一德短枪队神出鬼没进据点锄奸，黄士奇小队长率四名短枪队员化装进崇海镇据点，击毙五名日军缴获一挺“弯夹子”机枪的战斗故事

7 月 1 日晚，全分区数万群众、民兵在主力部队掩护下，展开了声势浩大的破击战，火烧竹篱笆，锯倒电线杆，割断电线，挖断公路，使日伪军惨淡经营三个月的封锁线遭到毁灭性的破坏。《东南报》刊登了胡石言创作的《“清乡”谣》，真实地记录了这次英勇无畏的斗争场面。

《人民日报》1995 年 8 月 12 日

从战俘到反侵略战士

——忆延安日本工农学校

/ 赵安博

中国共产党及其领导下的军队和人民，为反抗侵略、赢得胜利有过许多成功的创造和实践，延安日本工农学校就是其中较为典型的一例。我本人曾有幸经历这段值得回忆和纪念的岁月。

1939 年 11 月，由于被八路军、新四军俘获的日军官兵日益增多，党中央、中央军委决定在延安创办一所能对他们进行系统教育，进而争取和团结他们的日本工农学校。为此需要一批懂日语、熟悉日本情况的干部。当时我在八路军一二〇师 359 旅政治部敌工科任科长，王震旅长知道我会日语，便向负责组建学校的八路军总政治部主任王稼祥推荐了我。那天王震旅长征求我意见，我当即表示同意，并很快赶赴延安报到。

延安日本工农学校

学校位于著名的延安宝塔山下，共有16个窑洞和一栋不大的平房。包括校长和炊事员在内的全体工作人员仅20来人。校长由当时日本共产党领导人野坂参三担任，我是副校长，分管行政和教务，同时兼授“中国话”课程。王学文、何思敬、李初梨、廖体仁、江右书等同志担任各课教员。学员以八路军、新四军从战场上俘获的日军士兵和下级军官为主，也有受我政治攻势和俘虏政策影响而投诚过来的日军士兵。

记得学校首次开学典礼，毛泽东同志和许多中央机关发来贺词，赠送锦旗。每逢新学员入校开学，朱德同志必定到校祝贺，并与大家促膝交谈。毛泽东、周恩来同志还参观过学校举办的展览会，观看学员演出。

随着抗战形势的发展，日本工农学校及其学员数量也在增多。山西、山东和华中等抗日根据地，也先后成立了总分校或分校。延安日本工农学校的在读学员也从最初的11人增加到后期的200—300人。整个抗日战争期间，各个日本工农学校总共培训了上千名学员。

日本工农学校及其活动，引起了日本侵略当局的极度仇视和恐慌。他们起先是封锁消息，到后来实在瞒不住了，便一边骂学员是“卖国贼”“贪生怕死”，一边派特务进行渗透。不过令他们失望甚至吃惊的是，多数被派过来的特务，一经与我们接触，也开始受到感染，自动供出其真实身份，和盘托出所谓“任务”。学校对此也不追究，仍以友人相待。如泷川直亮等人，坦白之后又经过进一步学习，最终也加入反对日本帝国主义的行列。

通往新生之路

日军士兵长期接受“皇国史观”教育，信奉所谓“与其活着受囚虏的耻辱，不如死去当护国之鬼”的信条，有的人被俘之初甚至相当一段时间内，表现出自暴自弃，悲观失望，并伺机逃跑或自杀。但无论前后方甚至在战场上，我们都不把这些放下武器的日军官兵作为敌人对待，严格执行“不杀”“不辱”“优待”“对愿回家归队者开释”的俘虏政策。我军将士的言行以及他们和老百姓之间的鱼水之情，在被俘日军的心灵深处引起强烈震动。因伤被俘的渡边俊夫住院治疗期间，同房间的八路军战士也是个病人，却主动关心照料他。有一阵不能自己起床的渡边患了痢疾，大小便需要人帮忙。这位战士无论白天黑夜总是有求必应，不厌其烦，甚至帮他清洗身上、衣服上的污物。多年后渡边回忆道：“从日本出发和妈妈、哥哥、妹妹分手时我都没哭，和这位战士分别时，我不禁掉下了眼泪。”学校在政治上充分尊重学员人格，待之以兄弟之情。1941 年 11 月，陕甘宁边区根据“三三制”原则举行参议会议员竞选，一位名叫森健的学员被推为候选人。按竞选规定，候选人演说时间为 20 分钟。考虑到森健的演说需要翻译，特许他 40 分钟，并由我当翻译。森健的演说既赢得了掌声，也赢得了选票，最后光荣当选。这件事在学员中曾引起很大反响。

在生活方面，学员们受到特别优待，衣食住需全部按高于八路军普通战士的标准免费供给，每人每月还享有3元钱的津贴，这相当于八路军连级干部的津贴待遇。每逢中国和日本的重要节日，还额外拨发会餐费。1941年初，因日寇加紧对我进攻和国民党的封锁，边区政府面临严重的物质困难，但仍然把工农学校作为第一类供给单位，尽最大可能提供所需物品。为克服困难，边区军民开展著名的大生产运动，情况逐渐好转，学员们的伙食也随之改善，主食由小米改为白面，一天两顿肉菜，每周吃一回大米、喝一次酒。刚从“皇军”那边过来的学员见此情况不禁感叹：“那边的伙食太差了，我们都吃不饱。像这里的伙食，在那边不要说吃，就连看都看不到”。

学校不设高墙卫哨，不搞打骂体罚，而是采用民主、自治的管理方式。学员们自己推选代表管理内勤，组织学习、生产和各类文体活动。他们自排自演的《前哨》《岛田上等兵》等话剧，颇受延安人士的好评。

针对学员们曾长期蒙受日本军国主义教育的实际情况，学校采用不同形式的教育方式，开设的课程有政治常识、政治经济学、社会发展史等。还有专题讨论，如日本军部、财阀为什么要发动这场战争，这场战争对谁有利等，还举办“二万五千里长征”报告会，日本“米骚动”廿五周年纪念会和“五一”劳动节纪念会等活动。学校的日本同志成立了“在华日本人反战同盟延安支部”，参加了“华北日本士兵代表大会”和“华北日人反战团体大会”，举行“日军暴行座谈会”，把亲眼所见的日本军队野兽般的行为揭露出来。通过学习和参加各种活动，学员们获知了关于阶级、阶级斗争、帝国主义和法西斯等基本概念，了解到社会发展规律，对这场战争的性质有了全新的认识。初进校时还是满脑子“圣战”观念的学员，在一段时间之后，他们由衷呼唤：“中日人民团结起来，把日本军队从中国赶出去”。要求“到前线去，和八路军在一起”。

当时也在与日本交战的美国，为如何对待日军俘虏伤透了脑筋，听说我们有一整套行之有效的做法，特派专人来延安“取经”。来访者是约翰·艾默生上校（战后曾任美国驻日本公使）等人，由我陪同接待。他们在延安逗留了近两个月，可随便进出延安日本工农学校，所接触的学员个个欢声笑语，与他们在重庆见到的那些戴脚镣、表情麻木的日军俘虏相比，真是天壤之别。美国人确实对我们的经验很感兴趣，但学员们却反问他们：“美国军队能用阶级观点对俘虏进行教育吗？”

抗日的日本战士

学员们毕业后，奔赴各个抗日根据地，开展对敌斗争。他们熟悉日军内部情况，了解其语言、风俗、习惯和心态，还有同学、同乡和朋友等旧关系，加之日军士兵对他们的敌对情绪也相对较少，因而能进行针对性很强的宣传瓦解工作，起到普通八路军战士无法起到或很难起到的作用。

——印发传单。宣传反战思想，反映官兵矛盾。

——阵前喊话。通报战争进程，宣传我军政策，鼓励日军投诚。

——电话交谈。利用敌人电话网开展对敌工作，效果既好又安全，还可探听敌军内部情况。

——送慰问袋。与对方先交换礼品，再互通信函，进而影响他们。

——挂鲤鱼旗。日本有在5月5日过男孩节习俗，这天把写有“不许打耳光”“给吃饱饭”等口号的鲤鱼旗挂到敌碉堡附近。

事实证明，大多数出身于劳动人民家庭的日军士兵，在放下武器，经过正确启发和引导之后，是能够醒悟，并回到劳动人民立场上来的。为了反对中日两国人民的共同敌人——日本帝国主义，他们甚至也不惜牺牲自己的生命。

毕业于山东分校的金野博，1944年不幸被捕。面对敌人的审讯和酷刑，他毫无畏惧，不止一次地庄严宣告：“只要我不死，仍要回到八路军中去！”最后敌人将他杀害。今天，在江苏省赣榆县（当年金野博被捕的地方）烈士陵园，竖立着一座高4.5米、呈手榴弹形的巨石纪念碑，上书“日本国友人金野博同志纪念碑”。

据统计，抗日战争时期在我八路军、新四军战场上，为中日两国人民解放事业奉献出宝贵生命的日本同志，姓名在录的就有近40人，还有许多没有留下姓名的。他们以自己的鲜血和生命，在反抗日本军国主义的斗争中，与中国人民共同战斗，他们将永远活在中国人民的心中。

欢庆抗战胜利

日本投降的消息传来，延安一片沸腾，到处都是欢庆之声，“日本投降了”“我们胜利了”。学员们自发涌向操场，高举火把，敲锣打鼓，互相拥抱，呼喊口号，场面激动热烈。8月16日，他们汇入了延安军民庆祝抗日战争伟大胜利的洪流，也学着陕北老百姓的样子，扭起了秧歌舞，庆贺这极度欢乐的时刻。

8月30日，在王家坪礼堂为即将告别延安回国的全体学员举行隆重欢送大会，八路军参谋长叶剑英同志到会。中日两国同志发表了热情洋溢的讲话，会场气氛十分感人。9月18日，学员们在边区军民的夹道欢送下离开延安。

回国后的学员，几乎全部都成为日中友好事业的积极分子。他们还以自己的亲身经历，撰文著书，揭露和控诉日本军国主义给中国人民带来的痛苦和灾难，赞扬和讴歌“延安精神”和我军正确、英明的俘虏政策。这在日本社会引起了良好、广泛的影响。

日本工农学校从诞生到完成其历史使命，虽然仅5年时光，但它是中国共产党及其领导下的军队和人民在抗日战争中的伟大创举和光辉实践，是世界战争史上的奇迹，其影响和意义必将永驻历史长河。

《人民日报》1995年8月11日

东京审判亲历回忆

/倪　征

远东国际军事法庭的设立

1945年7月26日，中、美、英三国发表《波茨坦公告》，随后苏联也副署。该文件第十项称："吾人无意奴役日本民族，或消灭其国家，但对于战犯，包括虐待吾人俘虏者在内，将处以严厉的法律制裁。"同年9月2日，日本在投降书上亦载明："我们为天皇、日本政府及其继承者承允忠实履行波茨坦公告之各项条款"。这当然包括审判日本战犯在内。同年12月在莫斯科举行的苏、美、英外长会议决议：盟国驻日最高统帅应采取一切必要措施，以使日本投降及占领和管制日本各条款一一实现。这个决议中国后来也给予同意。根据这些规定，远东盟军最高司令麦克阿瑟于1946年1月19日发布了《远东国际军事法庭宪章》。宪章规定了法庭对下列各种罪行有管辖权：破坏和平罪（即发动侵略战争罪）；违反战争法的罪行；违反人道罪。

经过一番筹备，远东国际军事法庭于1946年5月3日开庭。法庭的法官来自11个国家：中国、美国、英国、法国、苏联、荷兰、加拿大、澳大利亚、新西兰、印度、菲律宾。庭长是澳大利亚人，检察长是美国人。中国法官是梅汝教授，中国检察官是上海高等法院检察长向哲浚先生。法庭宪章规定，英语及被告的本国语言——日语，为法庭的通用语言。虽然宪章规定“法庭不受技术性采证规则的拘束”，但实际采用的还是英美法律体系有关规则。英美法律体系诉讼规则的特点为：（一）在刑事案件中较偏向于保护被告，采纳证据比较严格，不像欧洲大陆法律体系中，法官可以根据“自由心证”（或称“自由裁量”）来判断案件的是非，这使被告处于比较有利的地位；（二）对当事人（包括原告或被告）以及证人的审问，不像欧洲大陆法律体系那样由法官担任，而由双方律师担任（在刑事案件中，原告方由检察官担任），这样使被告律师有较大发言权，有时可以左右审判程序和进程。在东京审判中，美国借口日本辩护律师不谙英美的法律程序，特从美国招来大批律师，为日本被告作义务辩护人。这些美国律师飞扬跋扈，利用英美式诉讼程序的特点，竭力为他们推卸罪责，使法庭出现了“原告为被告辩护”的怪现象。

日本战犯罪行的暴露

盟军于1945年年底分四批逮捕了118名甲级战犯（身居高位、出谋划策、统率日军的战犯）。第一批受审的是以东条英机为首的28名。日本对中国的侵略，历时特别长，情节特别凶恶，影响特别深远。从1931年的沈阳九一八事变开始，历时14年，从1937年7月7日在卢沟桥开始的全面军事侵略起算，历时8年多。日军侵略暴行遍及长城内外的许多省区。伤亡的中国人达3500多万，财产损失5600多亿美元。所以，日本战犯中涉及中国的人和事也居多数。在此列举由我经办的土肥原贤二和板垣征四郎之案。

日本关东军特务机关头子土肥原贤二曾赴天津挟持清废帝溥仪赴东北当“满洲国”傀儡皇帝。七七事变后，在北平成立所谓“华北临时政府”，又在南京组成所谓“维新政府”，拉拢一批失意政客和败类，供其驱使，荼毒中国人民。许多恶毒政治攻势和暗杀行为，都是由土肥原贤二和后来当陆军大臣的板垣征四郎带头搞的。在日本陆军省秘密档案中的一份军情电报中这样写道：“华南人士一闻土肥原和板垣之名，有谈虎色变之慨。”

但是，由于当时国民党政府对于东京审判不予重视，甚至以为这是一场“战胜者对战败者的官司”，不需要提出什么证据。再则，为被告们辩护的美国律师蓄意捣乱。加之土肥原、板垣态度顽固，百般抵赖。以致在应由检察方面提证的第一阶段，法庭对其几乎无据可稽。也就是说土肥原、板垣之流，最后很可能免于一死，这是中国人民绝对不能允许的。

审判第二阶段中的迂回战

面对上述劣势，中国方面不得不考虑加强检察方面的力量。当时我正从海外考察美国和英国司法制度回国，即被邀以中国检察官首席顾问名义前往东京支援。同时被任命为顾问的还有上海律师鄂森和桂裕两位，以及曾留学日本的吴学义教授。

但是，检察方面提证的阶段已经过去，继续而来的是被告方面提证的阶段。按照英美法系的程序规则，被告也是证人。凡是证人出庭，先由举证一方的律师进行“直接讯问”。直接讯问后，对方律师可以对该证人进行“反诘”。由于对方律师和该证人处于对立地位，因此进行反诘的对方律师所提出的问题，都是与该证人的意向相反的。那时，律师所提问题，都是迂回进行、旁敲侧击的。目的是要该证人说出不利于该证人原来立场的话，或者使其证言矛盾百出，明显地不能被采用。担任反诘的律师也可以提出证据，诘问该证人，如被认为证据属实，即可被采纳。因此检察方提证阶段虽已过去，但在被告提证阶段，检察方仍可通过反诘，一方面攻击、驳斥被告方面的证言或证据，另一方面也可伺机提出检察方在第一阶段未曾提出的证据。中国检察组经过反复研究，认为这种迂回战术是可以采用的。但是，哪里来新的证据？

经过再度反复讨论，决定“就地取材”，就是要求盟军总部准许将经该总部密封的日本陆军省机密档案开启，让中国检察组寻找所需要的证据。经过一番交涉，盟军总部允如所请。精通日文的中国检察组秘书刘子健先生，会同吴学义教授及若干临时助手，开始了他们的“大海捞针”工作。经过一番努力，果然在陆军省档案中查到一些中国检察组殷切需要的日本陆军省与日本在华派遣军之间的往来电报，其中有前面提到过的那份“谈虎色变之慨”的电报。有趣的是，我在审判中反诘板垣时提出这一电报，以资证明这两名凶恶战犯在中国人民心目中的形象，当时土肥原的美籍律师华伦跳了起来，提出“反对”，说“这份电报讲的是一只老虎，与本案无关”。经我当庭解释“谈虎色变”这一中国成语所具有的含义后，庭长驳回了华伦的“反对”，也引起了法庭上的一阵笑声。另一例子是1939年3月间日本陆军省签发的《限制由支那返日军人言论》的通令。该通令列举由中国返日军人向亲友谈话的例子，不啻明白承认日军纪律的全部丧失。例如说：“作战军人，如经个别侦查，无一不犯杀人、强奸或强盗罪”；“强奸后如欲无事……最好杀之以灭口”，“我等有时将中国战俘排列成队，然后用机枪扫射”，如此等等，出于返日军人之口，群相转告，不啻是日军在中国暴行的自我写照。一纸通令，不仅坐实各种传闻，而且充分暴露日军上层领导不仅传令隐瞒日军暴行，还唆使日军士兵施暴。这样的证据，其证明力较诸个别证人到庭叙述个别事例更强。我在反诘板垣所举证人曾任陆军次官山胁时提出这件通令，山胁无法否认。这类证据和事例还有不少，恕不一一列举。

按照英美诉讼法，刑事被告可以作为证人为自己辩护，也可以放弃由其自己陈述的权利。当时狡猾的土肥原决定不上证人台受讯，使中国检察方面有所不利，因为这样就失去严予盘诘的机会。但是，恶贯满盈的土肥原和板垣常常沆瀣一气，狼狈为奸。因此，中国检察方在反诘板垣时，常用“一箭双雕”的方法，把二犯联系起来相提并论。例如，当我在反诘板垣时，为了证明土肥原和板垣合谋拼凑由唐绍仪和吴佩孚共同组织傀儡政府，我问板垣："你派往中国拉拢吴唐合作的土肥原，是否就是当年僭充沈阳市长，扶植傀儡称帝，勾结关东日军，策动华北自治，煽起内蒙自治，煊赫一时，无恶不作，而今坐在被告栏右端的被告土肥原？"言时戟指直向土肥原，怒目而视之。当时全场肃静，板垣闻此一连串的罪状，自己也莫不有份，遂亦赧然不知如何作答。但我所问的，包含许多内容，都已载明审判记录，并已深印听者脑际，板垣无法作答，已形同默认。

东京审判的结局

东京审判从 1946 年 5 月 3 日开始，直至 1948 年 11 月 12 日宣告判决为止，历时两年半。检察和被告双方共提出证人 419 人，文件 4300 余件，判决书长达 1213 页。审判历时如此之久，情况如此复杂，固然由于案情本身使然，但美国辩护律师利用英美法律的复杂程序，翻云覆雨，强词夺理，亦是使审判时间拖长的重要原因。

远东国际军事法庭于 1948 年 11 月 12 日庄严宣告：东条英机、土肥原贤二、广田弘毅、板垣征四郎、木村兵太郎、松井石根、武藤章 7 人被判处死刑；荒木贞夫、桥本欣五郎、俊六、平沼骐一郎、星野直树、木户幸一、小矶国昭、南次郎、冈敬纯、大岛浩、佐藤贤了、岛田繁太郎、铃木贞一、贺屋兴宣、白鸟敏夫、梅津美治郎 16 人被判处无期徒刑；东乡茂德被判处有期徒刑 20 年；重光葵被判处有期徒刑 7 年。第一批受审的被告，原来是28名，以上被判处罪刑的计25名，另外有松冈洋右和永野修身两名于审判过程中死去，另一名大川周明因发精神病，被宣告对他停止审判。

这次判决宣告后，并经盟军统帅依照法庭宪章规定予以核准。正待对上述土肥原等7人执行绞刑时，狡猾透顶的土肥原和广田竟向华盛顿的美国最高法院提出“上诉”。另外还有冈敬纯、佐藤贤了、东乡茂德、木户幸一、岛田繁太郎亦跟踪效尤。对7名被告判处的死刑亦不得不停止执行。美国最高法院竟准备“受理上诉”，后经美国司法部以联邦政府名义出面干预，最高法院才于1948年12月20日宣告对土肥原等的“上诉”，不予受理。这是一段奇异的“插曲”。1948年12月23日凌晨，上述被判处死刑的7名被告，其中土肥原、板垣、松井、广田、武藤是被公认的主要侵华战犯，终于在东京的巢鸭监狱内伏法。

东京审判从开庭之日起至执行死刑之日止，历时两年又七个月。由于对这第一批甲级战犯审判历时如此之久，人们不能想象如何还能再进行对第二批或第三批甚至第四批的战犯审判。远东国际军事法庭也就在1948年年底解体。

《人民日报》1995年8月25日

鬼子投降了

/ 邓友梅

1945年，我十四岁，在鲁中军区当通讯员。

战斗部队的通讯员，在人们眼里是“小鬼”，自己就觉得比班排战斗员矮一头。我所在的新兵营只有营部是固定成员，辖区农民参军后，先集中到我们这里，换上军装，编成班、排、连，进行基本军事训练和政治教育。一个月训练结束，各战斗部队再来人把他们带走。所以只有营部人叫我“小邓”，一走出营部我成了“老战士”。新兵们尊敬地称我“邓同志”，我就更装出点老气，难免还犯点小“自由主义”。开会时炊事班长就批评我说：“别的部队都批评老油条，咱们这儿倒出了个小油条！首长该多管管他。”

其实我那位首长对我还是很严厉的，什么都管我。举例来说：我们住在沂蒙山区老乡的家里，里外两间屋。他住里屋炕上，我在外屋搭个门板当床。晚上他叫我先睡。他坐在炕上凑近油灯看文件总看到半夜。有天我在半睡没睡时，他出来把我脱下的军装抱走了。我翘起头偷偷往屋里一看，他竟在灯下替我抓虱子呢。我正不知该怎么办，他突然猛拍了下桌子喊道："别睡了，起来洗衣服去！把军装穿这么脏，虱子都滚成蛋了！这么懒，你是抗日军人还是地主羔子？真给咱部队丢人！"一下使我满心感激变成一肚子委屈，大半夜里噘着嘴爬起来洗衣裳去了。

我也有轻松的日子，就是首长爱人来探亲的时候。首长是营部唯一结了婚的人。每批新兵送走后，新一批报到之前，除了开会总结，打报告，还有几天休整。驻地离他爱人不太远时，他爱人就来看他。她姓张，在沂蒙山中一个县当区妇救会主任。她来了，我就到文书、干事住的地方去住，晚上跟他们一块打扑克"吹牛"。张主任温和勤快。她一来除去传达命令和打饭，别的事都不用我动手。扫地，刷碗，烤烟叶她全包了，洗衣服连我的一块洗，比我自己洗干净得多。

1945 年七一前后，掀起参军高潮。我们把第一批新兵培训完，已是阴历 7 月初。休整时她又来看首长。同志们见到她就开玩笑说："啊，又到牛郎会织女的日子啦，挺守时间呀。明天晚上改善生活，你们别打饭了。叫小邓上炊事班领点肉跟面。"

第二天吃完中饭，我正准备去领肉，首长忽然说："昨天后勤部就来了通知，叫咱们领鞋去。你别管这些了，快去领鞋吧。"我听了很高兴，又有了半天的自由。

营部和后勤部隔着一座小山，有七八里地。中间经过两个村子。两村各有我一个朋友。一个村里是修械所，有个工人跟我一样在日本当过劳工，他在“旋盘”打下手，多少学会点技术。回国后逃出虎口参加革命，分配到修械所，还被定为“技术工人”，正常供给之外每月还发他几块钱“技术津贴”。跟我一比他就成了老财。有机会我就找他请我打牙祭。另一个村里是警卫连。早上看他们小号兵在山头拔号（就是练吹号），我常站在一边看，跟小吴成了伙伴。休息时我俩弄根木杆缠上蛛网到树上粘知了，下河摸鱼，只是有次偷了老乡地里一个萝卜吃被人发现了，回来挨了顿狠批，还扣我津贴赔了钱，从此断绝了往来。我想趁领鞋的机会看看他俩。不过先公后私，我要先领了鞋再看战友。

我到后勤部时已是下午一两点钟。正碰上两位领导干部急急忙忙往司令部走。我找到管理员，他指着鼻子没好气地说：“人家都领了，怎么你才来？再晚一会你就不用来了。”我说：“你吹。你敢扣我的鞋，还敢扣首长的？”他说：“领导们去紧急开会了。八成有战斗任务。一打包装上驮子，你还领个屁！”说着从口袋里扔出一堆鞋，叫我自己挑。我一看都是大号。首长好办，可没我能穿的。我叫他找双小的给我。他找了双稍小点的说：“找房东大娘给你把后边缝上几针，前边再塞点棉花不就完了。当年我们光着脚还爬雪山过草地呢！”

管理员是老资格，跟他没价钱讲。我拿了双鞋，可是挎包小，只能放下四双。我不愿手提着一双鞋走路，就找了根绳子把给营长穿的最大一双拴在了挎包带上，奔向修械所。

朋友看见我来了，照例去小店买来酒跟驴肉，招呼两个工友一块吃饭。边吃边聊，他们说刚接到通知，要在某村附近修飞机场，要他们厂帮助制造什么机器。我不喝酒，但趁他们说话的工夫吃了一肚子驴肉，吃到一半，厂部通知听紧急报告。我只好告别，这时太阳已经落山。

走到警卫营村外，正打算去找那小号兵，忽听村里吹起了进军号。不是一只号，好像全连的号兵在合奏。接着又响起了锣鼓，再一会可就听见歌声了："八路军来独立营，谁来参军谁光荣，骑着马来披着红，光荣光荣真光荣……"

村里人却潮水般拥向河边打麦场来了。一群青年敲着锣鼓，跟着是识字班姑娘和儿童团扭秧歌。民兵排着队。随后是抱着孩子的大嫂，背着粪筐的老大爷，一边纳鞋底一边走路的老大娘……我站到场边看热闹，一个大嫂推了我一把说："看啥咧，哟，队伍上的人还害臊呀？扭吧！"我问她："你村有啥喜事呀？"身边一个民兵奇怪地问我："啥喜事？鬼子降服了！你不知道？俺们都知道了，队伍上没传达？"这时有人领着喊起口号来："打倒日本帝国主义！毛主席万岁！朱总司令万岁！……"我不由得跟着喊起来，随后也就跟着扭了一阵秧歌，可一边扭一边觉得这事来得突然。难保不是误传。昨天学习时，大家发言一致认为狼死还要蹬三脚，日本鬼子垂死挣扎，要提高警惕，防备他对根据地疯狂突袭！我决定该赶快回去问一下真相，要是真的日本投降，我更不能在外瞎游荡。

我风风火火赶回驻地。一进村就看见老乡们有的拿着小凳，有的提着草垫子，说说笑笑地往村头打麦场上走。到了营部还没进门就听见里边说笑喊唱地嚷成一片。进了门看见当院摆了个大八仙桌。桌上还放着吃剩的炒花生，生黄瓜，有碗有盆。还有股酒味。院里不光有全营部的人，还有村长村支书和民兵排长，连房东老大爷也站在一边乐。有两人趴在桌边掰腕子，还有人在墙根拿大顶，两边都有人围着看叫好。首长大声喊道："行了行了，快参加群众大会去吧。别叫老乡们等着咱。今天没准备，明天叫炊事班杀头猪，咱们军民联欢！"

人们这才陆续地往外走，首长在门口看见我，我正为迟到懊悔，准备挨批评。他却笑嘻嘻地说："你可惜回来晚了，下午开会传达了日本天皇在广播里宣布投降的消息！还有上级的有关指示。我们没包饺子，做了盆菜把村干部请来一块庆祝呢。"

我说："我在外村听到消息了。可是没敢信。"

他说："我在会上正经听传达，猛一听还担心听错了呢。可细一想，咱们已经打了八年，牺牲多少人呀。行了。有话以后慢慢说，不是领来鞋了吗。来，营部的人都换上新鞋。去参加庆祝会。"

大家听了都过来拿鞋。等别人拿完，我给首长拿时，才发现拴在挎包带上的那双鞋不知什么时候掉了。急得我满脸是汗，原地打转，最后拿出包里我那双小一点的递给他。他看看包，问我："怎么，跑丢了一双？"我难过地点点头说："开会批评我吧。"正这时，号兵小吴气喘吁吁地跑了进来冲我叫道："这么喊你怎么就听不见，叫我追了三里地呢！"我睁大眼睛一看，他手里正提着那双丢了的鞋。我问："你在哪儿捡着的？"他说："还在哪，你跟我们扭秧歌扭掉的呗。是那位推你扭的大嫂交给我的。”首长先对小吴说了声：“我告诉你们连长表扬你。”回过头来拍拍我的肩膀说：“鬼子都投降了，你也该长大了，进步快点，不能老当通讯员哪……”这是我头一回见他脾气这么好。我问他怎么没见张主任啊？他说估计她们今天也要紧急开会，赶回区里去了。

我跟着首长去参加了群众大会。在这个会上我才听到区干部传达日本天皇宣布投降的消息。记住了七月初十这个喜庆日子，是阳历的8月15日。

《人民日报》2005年7月5日

灭绝人性的细菌战

/ 胡鼎阳　郑　黎　李　稳

65 年前，臭名昭著的日本 731 部队在中国东海边的港城宁波制造了灭绝人性的细菌战。

1940 年 10 月 27 日下午，侵华日军飞机在宁波市开明街一带上空，空投染有鼠疫杆菌的疫蚤及麦粒、粟米、面粉等物。3 天后这一地区即发生强烈鼠疫，短短数日内有 112 人死亡。在那一次惨祸中，我一家 7 口人死了 4 口，家破人亡。

我仍记得，当天早上 7 点钟左右，空袭警报突然响起，一架日本飞机窜入市区上空，撒下一片片传单。传单上写着："重庆正在闹饥荒，民不聊生，日本人民则丰衣足食，尚有余粮来接济你们……"侵我国土，烧杀抢掠，无恶不作，还说要好心接济？当时大人们说，这是黄鼠狼给鸡拜年，别理他。

当天下午 2 点左右，日机再次入侵。伴随着天空中呈现的一片淡黄色云雾，这次日机投下的不是传单，而是麦粒、面粉等物，散落在开明街、东后街、太平巷一带。日机过后，大家发现跳蚤突然间多了起来，而且只只都是红色的。后来证实，它们都是吸饱了鼠疫试验者血液的疫蚤，同时投下的麦粒、面粉也是染有鼠疫杆菌的。

当天晚上下了一场大雨，雨水把房顶上的麦粒、面粉冲到了屋檐下的水缸里。当时宁波大多数家庭的生活用水，就是这种接在缸里的“天落水”。一般市民不知道日军空投了鼠疫杆菌，没有任何防备，照样取水烧饭。

死神很快来临了。10 月 30 日，我家房客、滋泉豆浆店店主赖福生夫妇突然发病，第二天晚上夫妇俩便暴死。我看到他们死的形状就像火烤过的对虾，惨不忍睹。接着两天里，我们家附近不断有死尸抬出来。开明街、东后街、太平巷这几条街巷哭声不绝。又过了几天，我们开明街一带几乎成了死亡之街。母亲告诉说，已经死的至少有几十个人。

人越死越多，恐怖气氛散布在疫区每一个角落。11 月 1 日夜里，我 16 岁的姑姑和 7 岁的小叔也出现头痛眩晕、畏寒发热症状。他们吓坏了。第二天清早，全家 6 口人乘小船逃回了鄞县陈婆渡乡下老家。

但逃离疫区逃脱不了死神的威胁。当天午饭还没来得及吃，姑姑就全身发烫、红肿，变得神志不清，一会儿就咽气了。我们把姑姑草草安葬在老家附近的河塘边。又隔了一天，我们发现年幼的小叔也出现了姑姑的症状，两眼充血，伴随抽搐，不多时也死了。

过了几天，搜查队找到我家里，把我们母子带回宁波。防治组的消毒人员用硫磺烟反复熏蒸后，把我们安置到隔离医院，注射了预防鼠疫菌苗，接受观察，不准外出。接着，搜查队又先后接来了奶奶和大叔。一家隔离医院共收容了 193 人。到了 11 月下旬，医院确诊我们这些人鼠疫没有发作，注射了预防鼠疫的防疫血清后，开具证明释放出来。我和母亲、大叔终于死里逃生，捡回了性命。

我们从隔离医院出来后才知道，就在我们到乡下逃避瘟疫的日子里，爷爷因医治无效，惨死在一家隔离医院。没隔几天，奶奶也发病去世，同样被装进灵柩深埋在老龙湾。

日本鬼子给中国人民造成的灾难，真是罄竹难书。

（郑黎、李稳整理）

《人民日报》2005 年 7 月 20 日

鬼子血洗平川村

/ 李希颜 口述
李天仁 整理

1943年初春，日军第三十六师团调动二万五千余人发动了太行战役。从山西长治、晋城，河南林县、辉县四面八方向太行南区进行扫荡，这是日军对陵川县进行的第五次扫荡。日军所到之处烧杀抢掠，实行惨无人道的“三光”政策，老百姓苦不堪言。

我晋冀豫四地委、四军分区的党组织，为了迅速摸清国民党军队和日伪盘踞陵川的真实情况，决定抽调地委秘书处兼陵川工委书记李希曾、陵高县独立营侦察排排长兼陵川礼义一带武工队队长李海水同志，带领一个游击小组一行六人从平顺县寺头村出发，路经壶关县，首次对陵川县进行武装侦察。行军途中，游击小组在原庄岭遇到国民党二十七军特务大队两个武装特务正在路上抢劫行人，于是他们施巧计，一枪未发就活捉了这两个狗特务，并从他们身上搜到两张“特别通行证”。游击队员将计就计化装成国民党军队，经蒲水、寺家河、乔山、鲁山，掌灯时候路过礼义镇，夜宿平川村。

不料这一情况被日伪二区区长、狗汉奸李希仁知道了。他知道李希曾和李海水是共党要人，一直朝思暮想要把两人抓到手，再把陵高两县的共产党员、游击队、武工队一网打尽，这样他就是陵高两县的土皇帝，驻扎在陵川县的日军中队长福田中尉也得让他三分……想到这儿，李希仁立即向据守在陵川县野翻底炮楼上的日军小队长沙川报告了此事。沙川小队长马上集合三个炮楼的鬼子兵和驻地伪军一百多人荷枪实弹，一路急行军向平川村进发。

为了不被鬼子发现，在鬼子进村之前，游击小组顺河沟撤离了平川地界。走到乔西村，李希曾和李海水停下来和大家分析情况。李希曾说："鬼子和李希仁是冲着我和海水同志来的，抓不到我俩，他们一定要拿乡亲们出气，今天晚上乡亲们大难临头，我们用个什么办法能救乡亲们？"

几个人都认为不能在老百姓最需要的时候光顾自己一走了之，应该想办法解救乡亲们。李海水同志提出让李希曾带两名队员按原计划继续向附城方向侦察，其他三人趁机从这里直达野翻底去捣鬼子的老窝，来个调虎离山，解救乡亲们。大家都认为这个方案可行。

天还不明，鬼子兵就把平川村里三层外三层围了个水泄不通。各路口要道都加了岗哨，架着机枪，不准任何人出入。狗汉奸李希仁和鬼子兵小队长沙川，牵着狼狗带着鬼子兵到李希曾和李海水家进行抓捕搜查。可是打砸了一通，刨地三尺连个影子也没找到，急得李希仁和沙川又捶胸又跺脚像疯狗一样又嚎又叫，见门就砸、见人就抓，一连枪杀了村里八九个共产党员和老百姓，制造了一起惨无人寰的血案！

先是残忍地杀害了村牺盟会秘书、共产党员秦秃孩。而更惨无人道、灭绝人性、让人人咬牙、个个流泪的是村南头的窑院奶奶和她女儿麦麦的遭遇。窑院奶奶是一个五十多岁的孤寡老婆，和女儿麦麦一老一少相依为命。小麦麦是村里有名的俊闺女，十五六岁就出落得像月宫里的嫦娥，啥时候都是干干净净、鲜鲜亮亮的。只要小麦麦打街上一过，不论是干什么的，都会身不由己地停下手里的活计瞪着眼跟着看麦麦，而且看个没完，窑院奶奶更是视麦麦如命根子。可是就在那天，李希仁带着三个鬼子兵砸开她家的门，像野兽一样——

邻里们听得窑院奶奶先是声嘶力竭地哭叫求饶："老天爷呀！你们行行好放了她吧，她还是个十五六岁的娃娃啊！我给你们跪下磕头啊……"随着她哭天唤地的叫骂和叮当喀嚓的踢打声，窑洞里传出了啪！啪！两声枪响，之后就再也听不到窑院奶奶的声音了。然后就是小麦麦撕心裂肺喊爹喊娘的哭叫声，那声音凄惨得好似杜鹃泣血，使人胆战心酸，到后来惨叫一声，再不言语了。接着就见鬼子沙川和李希仁像土地庙的勾命鬼一样，狞笑着掂着东洋刀拎着裤子咿咿呀呀从窑洞里走出来。

可怜的窑院奶奶母女就这样活活地被李希仁和鬼子兵杀害糟蹋死了！

遇害的几位同志有的被倒挂在树上活活吊死；有的被割了耳朵、割了舌头活活疼死；有的在大街上被乱刀砍死……还有一个叫韩不七的老人，他在无意中撞见了残忍的杀人场面，吓得“啊”了一声，就被李希仁从嘴上砍了一刀，刀口直豁到了耳根后，下半个嘴唇耷拉到胸前，谁见了谁愤恨！八个人个个都是惨不忍睹！李希仁和日本鬼子的残暴和兽性一夜之间使平川大地的山河失色！大地举哀！

正当鬼子兵兽性大发，把村里老百姓统统集中起来挥着指挥刀大喊大叫的时候，慌慌张张来了两个鬼子兵，对沙川小队长叽里哇啦说游击队炸了他们的汽油库、切断了通往县城的电线、火烧了敌伪区政府……福田队长指示他们立刻返回野翻底。鬼子小队长沙川一听犹如当头一棒，急忙集合队伍，像丧家之犬夹着尾巴逃回了野翻底！

乡亲们说：要不是游击队捣了鬼子的老窝，鬼子决不会善罢甘休，平川村一定会血流成河！

《人民日报》2005年7月23日

香港秘密大营救

/ 王作尧

1941 年 12 月 8 日，太平洋战争爆发，9 日，日军攻占九龙，24 日英国港督杨格宣布投降。日军占领港九地区后，封锁水陆交通，大肆抓捕抗日人士。此前，由于国民党反共倒退的政策，对进步民主人士和文化界人士进行残酷迫害，致使他们当中的数百人滞留香港，来不及撤出，处境极为危险。

中共中央和中共南方局以及周恩来同志对此十分关切，相继以特急电报指示南委（中共南方工作委员会）和八路军、新四军驻港办事处，要求尽一切努力营救、转移困留于香港的重要民主人士和文化界人士。

1942 年 1 月上旬，广东人民抗日游击总队开会研究紧急营救方案。当时，我任游击总队副总队长兼参谋长，参加了会议。

东江抗日游击区与港九地区之间，开辟有两条秘密的军事交通线：西线，即陆上交通线，从青山道经荃湾、元朗、赤尾，进入宝安游击区；东线，即水上交通线，由九龙经西贡村、沙鱼涌、淡水，进入惠阳游击区。会议决定那些在国内外有影响的民主人士、国民党元老等，由水上交通线转移；其他绝大多数的文化界人士，则走陆上交通线；而后，分别转送至大后方或敌后抗日根据地。

为确保途中安全，我们在两条军事交通线上，分别设立了多处秘密交通站，派精干的交通员作向导，由便衣交通队分批分段护送。我负责九龙至白石龙（宝安游击区）西线段。1 月 9 日晚，第一批化装成难民的文化界人士（其中有茅盾、邹韬奋、戈宝权、于伶等）数十人到铜锣湾上了小船，拂晓前，乘日军哨兵换岗之机，小船冲出湾口，划出敌人的封锁线，天蒙蒙亮，在九龙悄然上岸。几天之内，在香港的几百名民主人士和文化界人士就这样安全转移到九龙交通站。11 日清晨，第一批数十人离开九龙，经荃湾、元朗，在赤尾通过日军封锁线，13 日顺利到达白石龙指挥部（宝安游击区）。

此后的 100 余天，800 多名滞港的抗日文化名人、爱国民主人士以及他们的家属沿着这些线路，神奇地从香港岛“消失”，他们中没有一人被捕。这次香港大营救，前后经历了 3 个月的时间，除了营救出著名民主人士、知名文化界人士外，还有数千名工人、学生和各国留港人员以及英国、印度军官，在全国、在海外华侨中，以至在国际上都产生了很大的影响。营救任务之艰巨，规模之大，时间之短，营救人员之多，不能不说是军事交通史上的一个奇迹。为此，我们受到中共中央通电嘉奖。

（贺建筑整理）

《人民日报》2005 年 8 月 2 日

走向敌后

——抗日战争时期的一页回忆

/季　音

1943年初冬的一天，我们几个从上饶集中营越狱出来的幸存者，悄悄地化装离开了太阳旗统治下的上海，来到南京附近的江宁农村。由于事先已通过地下党取得联系，很快找到了在那里坚持敌后斗争的江宁县委。次日夜晚，县委派人送我们通过了铁路线，摸黑在江边搭上一条小船，躲过江面来回游弋的敌舰探照灯光，渡过了黑沉沉的长江。

登上对岸后，天已微明。在交通员的带领下，继续往北走了一程。同行人告诉我们，此地已经是淮南敌后抗日根据地的边沿区。此时天已大明，远眺一个个村庄，在朝雾中升起缕缕炊烟，晨风吹来，清爽无比，一夜的疲困一扫而空，我们个个都十分激动。啊，我们终于又呼吸到了自由的空气，又回到了“家”。

淮南敌后抗日根据地包括淮河以南、津浦路以东一片广阔地区，是新四军二师经过几年与日伪军的抗战，才开辟出来的。到1943年，根据地已相对巩固，日伪军只是占领了六合、天长等一些县城和交通干线，广大农村则在根据地民主政府的控制下。那时，新四军军部和中共华中局也从苏北盐阜区转移到那里，军部设在天长县一个叫葛家巷的村子，华中局设在附近的黄花塘村（盱眙县境内）。离此不远有一个大王庄，是新华社华中分社所在地。我到军部报到以后，先被送到新四军二师教导队（抗大八分校）学习了一段时间，不久就分配到新华社华中分社工作，就在这个大王庄，我度过了抗日战争的最后一段岁月。

华中分社负责领导华中敌后苏中、苏北等几个根据地的新闻报道工作，任务很重。但出人意料，全社不到二十人。社长范长江，编辑主任梅益兼任党支部书记，副主任姚溱，下边只有吴青、鲁平等几个编辑。资料室主任赵扬。还有个电台，一个炊事班，这就是全部人马。机构高度精简，工作效率却极高。分社几乎每天都要向延安总社发稿，既有各支社发来的报道，自己也编写一些稿件，姚溱是一个才华横溢、思想敏锐的好编辑，他利用从敌伪报纸上获得的信息，经过筛选研究，写出了一篇篇有见地的形势分析评论，多次得到延安总社的表扬。当时分社除了向延安总社发稿外，还有一个任务，就是向华中局和军部首长及时报告国内外的重大新闻。那时物质条件欠缺，各部门都没有收音机，只有分社有一台用人力手摇发电的电台，收听中外广播电台播发的新闻。1944年正是世界反法西斯战争形势急剧变化的一年，特别是苏德战争更关系全人类未来的命运，领导同志对此都异常关心，为此长江同志经常奔波于分社与华中局、军部之间，传送信息。一天晚上，分社电台收到了一则苏德战场上苏军歼灭德寇数万、取得空前大捷的新闻，它表明苏联红军已开始战略大反攻。喜讯传来，全社振奋。长江同志拿到电讯稿，立即骑上马飞奔黄花塘与葛家巷，向首长汇报好消息。马，是当年敌后抗日根据地最快的交通工具。

我到分社以后，被分配到资料室工作。资料室里拥有各解放区的报刊，还有大量敌伪出版的报刊。淮南根据地与京沪沿线各敌占城市仅一江之隔，交通比较方便，因此敌伪报刊来得快，也来得多。从此我就全身心地投入了这项新的工作。我对资料工作做了个小小的改革，不只是把各类资料剪贴保存，还选择一些重要问题进行综合研究，写成若干篇比较系统的文字，供编辑室参考。这个小改革居然得到社领导的表扬。这年岁末，新四军军部召开先进工作者代表会，我被选为先进资料工作者，光荣地参加了这次简单而隆重的会议。

敌后抗日根据地的生活是艰苦的。主食经常是豆类杂粮，一年里只有很少几次“打牙祭”，才能尝到肉味。1944 年，延安开展大生产运动的经验已经推广到各解放区。为了改善生活，减轻根据地群众的负担，分社也开展了业余生产，在村边开辟了一块菜地，工余时间就积肥、拔草、浇水，忙个不停。我这个小伙子当然是主力，挑粪浇地成了我的专业。吃上了自己种的菜，味道格外鲜美。

苏中、淮南、苏北等几个抗日根据地，都靠近敌伪统治中心南京等大城市，她的存在与壮大，对敌伪是个极大的威胁，前几年敌伪军对这里进行了反复的残酷“清乡”“扫荡”，斗争十分尖锐。到 1944 年，战争形势的变化，迫使敌伪不得不收缩兵力，根据地也就相对稳定了。当然，敌伪据点与根据地相距大都只有几十里，形势还不容过于乐观，日本人惯于使用黑夜长途奔袭的办法进行偷袭，对此必须保持高度戒备。军部号召我们一面坚持工作，一面要随时准备迎接战斗，我们晚上天天要站岗放哨，密切注意周围的动向。

人民群众是抗日根据地得以存在和壮大的力量源泉，我们一刻也不敢放松群众工作。大家和房东老乡都相处得很融洽，帮助他们挑水、扫地、做各种杂务。当时，长江同志的夫人沈谱也从沦陷区来到了淮南，夫妇俩和房东亲密得就如同一家人。有一次，我看到沈谱在给房东大娘补衣服，大娘没有布，沈谱就扯下了自己一件衬衣的袖子，把衣服补好了。一天下午，村子里一户农家失火，分社同志都赶去救火，梅益同志带头爬上了正在燃烧的屋顶，把一桶桶的水泼向火苗，我也跟着爬上去灭火。不一会，火被扑灭了，老乡们面对着我们几个浑身又黑又湿的人，感激得说不出话来。每逢过年过节，我们就请老乡一起过来聚餐，真正是军民一家人。

时序很快进入了 1945 年春夏，敌后抗日战场上的形势越来越好。敌伪已完全无力“扫荡”，新四军却开始一浪接一浪地向周围城镇据点发起了进攻，前线不断传来振奋人心的捷报。胜利在望，分社在长江同志领导下，积极地开始了进入新解放城市的准备工作。

我永远不会忘记1945年8月14日这一天傍晚，传来了日本侵略者无条件投降的大喜讯，新四军军部附近几个村子沉浸在一片狂欢中，战友们热烈地拥抱，把军帽抛到半空，大声地高唱着“天亮了”，尽情欢乐，一直延续到深夜，许多人通宵未眠。

9月初，我们这支以长江同志为首的新闻队伍，跟随着部队，向刚解放的苏北重镇淮阴城进军，苏北敌后战场形势，掀开了新的一页。

《人民日报》2005年8月13日

“无人区”的炊烟

/ 李治亭

1943 年正是抗日战争最残酷、最险恶的年代。初春，我所在的鲁中军区的一个连队和第一军分区机关的一部分同志，迎着刺骨的西北风，冒着细碎的小雪，踏进了“无人区”。这是临朐、沂水、博山三县交界的地方。

这真是一个令人毛骨悚然的地方。我们走了好几十里路，见不到一丝炊烟，看不到一个人影，听不到一声鸡鸣、犬吠，田野满是枯黄的蒿草，村村镇镇全是断壁残垣。在一个小村庄旁边，几只乌鸦正啄食路旁的一具尸体。听到脚步声，乌鸦拍打着翅膀，向着光秃秃的山梁飞去了。这是我们进入“无人区”以来看到的第一批生物。

黄昏时分，我们连来到东峪村。从地图上看这是一个较大的村落，位置比较适中。按照预定计划，我们这个连队要跟随分区机关在这里落脚，并开辟这一地区的工作。

我们连在草地上休息时，我带着几个同志往村里走去。我们走进一家较大的院落，见院里枯黄的蒿草足有一人多高，窗台下长出的小榆树也有拇指粗了。我们拨开蒿草往里走，突然从草丛里窜出一只饿狼，后面还跟着三只小狼崽。我们又走进一间看来比较完整的草房，屋内一片漆黑，用手电一照，发现炕上倚墙坐着一个人。我们习惯地喊了声“老大爷”，却没有应声。走近一看，原来是一具尸体……

这块仿佛被瘟疫洗劫过的地方，原来是繁荣的山区啊！抗日初期，我们的部队曾在这一带打游击。这里是沂蒙山区的北麓、淄河的上游，优越的自然条件加上人民的辛劳，山区既富饶又美丽。每到春天，粉红的桃花，雪白的梨花，还有那簇簇的海棠花，整个山区披上了绚丽的云锦。金秋时节，梨子黄了，沙果红了，肥大的柿子把树枝压得打弯儿。再加上那远近驰名的烟叶、蚕丝和满山的牛羊，更使人恋上了这片土地。但是眼下这一切令人不堪入目。

日军对这里进行了反复的扫荡。接着，国民党顽固派钻进了这片地区。他们勾结日军，联合当地的封建势力，大肆制造摩擦。从此灾难的阴云便笼罩住这片富饶的山区。挣扎在死亡线上的人民，抛开了这残破的家园，扶老携幼奔向我鲁中根据地。可是，灭绝人性的日伪军在四周的山头修起了密密的碉堡，机枪、步枪瞄准了大小道路，见人就打，人们豁出性命往外逃，有的侥幸躲过了敌人的枪口，跳出了火坑；有的被敌人打死，或者被逼回去最后饿死在家里。经过这样几番折腾，美丽的山区变成了惨不忍睹的“无人区”。

全连干部战士看到这种景象，人人摩拳擦掌，义愤填膺。要想站定脚跟，首要的任务是扫掉一部分据点，打开局面。我们连配合其他部队以突然行动，首先打烂了近处的几个“乌龟壳”。在战斗的间隙，我们还突击进行了两项工作：一是寻找、安置还侥幸活着的群众和掩埋受难同胞的尸体；二是调查本地的受灾情况。干部、战士组织的工作组，扛着担架，带着药品，走进一个个荒凉的村庄。同志们低声呼喊着，在破烂的房屋和废墟里寻找被困的群众，进行急救安置。但是，不管同志们的工作如何细心，找回来的群众还是不多。据后来统计，在驻地鲁山一带的四十二个村庄，只找到二百多人。黑峪原是个两百多户人家的大村，只剩下了三户。而有的村庄，战士们走遍了大小房屋却不得不空着担架回到驻地。就是那些虎口余生的人，也早已被饥饿和疾病折磨得奄奄一息。许多刚中年的妇女秃了顶，年轻小伙子变成了又黄又瘦、满脸皱纹的老头，孩子们瘦弱得皮包骨头，连站都站不住。我们连有个班在离东峪三里路的一个小集镇上，就捡到了七个孩子。当时摆在我们面前的任务是：迅速帮助群众重建家园，恢复生产。而要做到这点，又必须首先解决群众的口粮，使他们早日恢复健康。我们决定将连队带的用粮匀出一部分给老乡，以救眼前之急。然后向附近的日伪据点展开了攻击，取得了一个又一个胜利。当我们押着俘虏，带着缴获的粮食和物资，返回驻地的时候，根据地送来的支援物资也到了。为了领导“无人区”群众生产自救、重建家园，泰山地委决定在这一地区成立临时工委。在临时工委的领导下，我们将粮食、物资逐人逐户地分发给群众。并派出卫生人员为群众治病。

就在分过粮食的当天傍晚，我信步走向村头。这里就是几天以前我们碰到饿狼的地方，如今，饿狼不知躲到哪里去了；原来那些残垣断壁，有的开始整理了；原来满布蜘蛛网的屋内，开始扫除了。战士们惊叫起来：你看，村落的烟囱里冒着一缕缕淡淡的炊烟，炊烟被微风一吹，轻轻飘散开来，宛如朵朵白云在天空游动——“无人区”复苏了！

炊烟升起，预示着鬼子的末日就要到了！

《人民日报》2005 年 8 月 16 日

地狱般的战俘生涯

——一位荷兰抗日老兵的痛苦回忆

/ 章念生

太平洋战争爆发后，日本侵占印度尼西亚（当时的荷兰殖民地），约有5万名荷兰人沦为日军的俘虏，其中约1.8万人被送去修建泰缅铁路，期间受尽日军的凌辱与虐待，3000多人被折磨致死。幸存的人受到极大的身心摧残，战后一直难以步入正常生活。岁月流逝，许多老兵已经故去，见证那段悲惨历史的人越来越少。为了找寻那些鲜为人知的历史故事，记者几经周折，采访到了当年的老兵费立克斯·巴克尔。

巴克尔住在荷兰北部城市阿森郊区的一个村庄。走进他家的院子，只见鲜花盛开，满目青翠。巴克尔对记者说，只有经过苦难的人，才会格外珍惜生活……

在他家那间摆满战争书籍的狭小书房里，巴克尔回忆起了悲惨的往事。

巴克尔是在印尼出生的混血荷兰人，1941年11月他16岁时加入荷兰海军陆战队。珍珠港事件后，荷兰海军与英、美盟国海军一起，同日本海军在爪哇海进行了激烈的海战。由于实力悬殊，3个月内荷兰海军损失了全部舰艇。日本军队于是从印尼北部登陆后南下，荷兰海军转到陆上进行抵抗。“我那时是侦察兵，手里的武器很落后，我用的是一杆1895年德国造的步枪，一次只能上5发子弹。士兵们抵抗得非常顽强，许多荷兰士兵被俘后惨遭杀戮。”

巴克尔告诉记者，他曾听一位幸存者讲述日军残害荷兰士兵的经过：一支由12人组成的荷兰陆战队小分队，在一座桥头担任阻击任务，弹尽粮绝后成了日军俘虏。被俘第二天，天没亮，他们就被拉出去，分别被绑在路旁的大树上。为了从荷兰士兵嘴里撬出情报，日军采取了极为残酷的手段。他们先是用刺刀一刀一刀地挑其中9个陆战队员身上的肉，听他们发出凄厉的叫声。折磨得差不多了，再用大刀砍下这9人的头。万幸的是，快轮到剩余3人时，日军接到立即开拔的命令。“这3人总算捡回了性命，但那个场面却成为他们永生的梦魇。”说到这里，巴克尔的眼中噙满泪花。

1942年3月8日，荷兰抵抗部队宣布向日军投降。12天后，巴克尔被送进位于东爪哇的一所战俘集中营，8个多月后，又经海路被押到泰国北碧府修泰缅铁路。途中，1500名荷兰战俘挤在甲板下3米的船舱里，每天两顿米汤，在海上漂了3天3夜。登陆后，他们又坐上闷罐车，走了5天5夜。白天酷热晚上奇冷，许多战俘死于途中。“尤其令人心悸的是，日军对待战俘残暴至极。挨拳脚、遭竹棍抽打是家常便饭。要是得了疟疾等病干不动活，就会受到惩罚。惩罚的方法很多，轻则让病号把石头举过头，只要手一软，日军的刺刀就上来了，直到病号昏厥倒地为止；重则将受罚者埋到坑里，仅露出脑袋。土坑往往还要由受罚者自己挖。惨无人道的“惩罚”使许多战俘丧命。每当看到这种场景，巴克尔就暗暗地说：“我一定要活下去，一定要看到日军被打败。”

日军随时准备销毁他们虐待战俘的证据。一般住着几千人的集中营四周都挖有很深的壕沟，4 个角架着重机枪，旁边是一个个很大的铁罐，里面装着原油。“当时我们都不明白那是干什么用的，后来才知道，日军已经从东京接到了命令，一旦盟军靠近，就先用重机枪从 4 个角向集中营里扫射，再将战俘的尸体拖进壕沟，倾倒铁罐里的原油，点火焚烧，待烧‘干净’了再往沟里填土。这样一来，这里就会平静如初，好像什么都没有发生一样。”为了避免这种惨剧，盟军经过周密部署，与当地游击队一起，采取突袭的方式才将战俘们解救出来。修完铁路，巴克尔又上山砍木头为火车提供动力，后又干过修桥、运输等各种苦力，直到 1945 年 8 月日本投降。

战后，从 1945 年至 1991 年前后，幸存的荷兰老兵一直要求日本为当初犯下的暴行道歉，并给予经济赔偿。1994 年，东京最高法院作了判决，承认日本军队当时做了十分残暴的事情，但对经济赔偿的要求不予理会。巴克尔本人从荷兰海军退役以后，经常呆在他的书房里阅读战争的书籍。他说：“我一直不明白：为什么日军当时会如此残暴，如此灭绝人性？”他苦苦找了几十年，也困惑迷茫了几十年，直到几年前，才找到了部分答案。他说，那些士兵作为军人需要服从命令，真正应该谴责的是当时的日本军政府。自从找到了“部分答案”，巴克尔算是得到了一种“心理解脱”，生活逐渐恢复正常。但他的不少战友却无法求得心理解脱，一辈子生活在痛苦中。

《人民日报》2005 年 8 月 17 日

我所亲历的“九一八”

/ 陈广忠

“九一八”之前，日本人在东北基本上是无法无天的。1931年夏天，常常有全副武装的日本兵，三五成群地到北大营来闹事，大家都恨得牙痒痒的，但长官不让动手。那时，在满铁沿线大小车站都有日本驻军，还有铁甲车昼夜不时来往巡逻，租界地也由日本的宪兵、警察维持。没人敢惹日本人。

9月13日到15日夜间，东北军曾连续三夜向东山嘴子东大营大操场做转移演习，目的是一旦日军进犯，不致临阵措手不及；同时也是为了暂避其锋，等待外交上的解决。

我们都抱着一种侥幸心理，盼着日本人没有那么大的野心——现在回想起来，那大概就是一种亡国奴心态吧。

事变前的那几个晚上，日本人每天都演习到很晚。一些经常上街的弟兄们回来说，城里的一些日本浪人在酒馆叫嚣，过几天就要“给中国人颜色看看”。

9月18日当天，日军在南满火车站的墙上贴了布告，说是奉天驻军近日举行秋操，满铁附近居民不要惊慌。我现在还记得，“九一八”那天正好是农历八月初七，我们发饷的日子。晚上十点多，我们都睡了，听到一声爆炸声——但没想到随后日本人就打来了。

爆炸后不多一会儿，北大营的官兵便听见了越响越近的枪声。很快，有炮弹落到了营区。直到连长来叫大家，我们才知道，日本人已经打进来了。

我们连长正好当天晚上是值日官。敌人打来了，团长又没在，他就把全营4个连的连长都集中在一起，然后下令把部队带入战斗岗位。这时候又来了命令，叫我们撤回来。大家都不明白，有的人哭了，有的人骂起来，有的甚至当面质问起了长官：日本人要我们的命，我们为什么不能还击？！我们急着等命令，谁知道等来的却是“不准轻举妄动，不得还击，原地待命，最好仍然躺在床上不动，枪库不要打开”等命令。我们眼睁睁地看着，火光下，西营房前人影晃动，枪声不断，不断有人惨叫着扑倒。日本兵闯入营房，见人就杀，有的人躺在床上不动，竟被日军活活刺死在床上。有的人虽然拿着枪，但不敢擅自还击，被日本兵追着开枪杀死。

连长一看没办法，说：咱打吧，别等命令了！我们这才打了。

在这次战斗中，我的嘴被打穿了，牙龈和牙都打没了。我这还算是幸运的。最后一清点，光我们一个班就死了6个人。

说来丢人，我们北大营一个旅万把人，有步枪有机枪有大炮，愣被五六百小鬼子打得弃营而跑。

在接下来短短4个多月的时间里，日军继续向辽宁、吉林和黑龙江的广大地区进攻：128万平方公里、相当于日本国土3.5倍的中国东北全部沦陷，3000多万父老成了亡国奴。“我的家，在东北松花江上……”凄惨的歌声，随大量难民涌入关内而传遍全国。

当年策划“九一八”事变的，是一批日本少壮军官：板垣征四郎，关东军高级参谋，战后被远东国际法庭判处绞刑；本庄繁，日本关东军司令官，1945年日本投降后自杀；土肥原贤二，日本奉天特务机关长，战后被远东国际法庭判处绞刑。

（新华社记者张宝印、徐壮志整理）

《人民日报》2005年8月19日

护送美军飞行员

/朱　泽

1944 年 8 月 21 日早晨，苏北盐城地区，浓雾还未散尽，新四军三师敌工部安排在敌占区的关系人，从敌占区湖垛北部把一个人带到建阳县敌工部，此人黄头发、蓝眼睛、高鼻梁、大高个子，身着米黄色军装。据关系人介绍说，湖垛乡下神台一个农民天刚亮在打麦场的草垛旁发现了这个外国人，腰里还挂着手枪，正往草垛里藏降落伞。

当时我就在县敌工部工作，敌工部长不在家，我主动接待，想起自己臂章上的字就是“新四军”的英文字母缩写，就指着臂章对他讲：“We are NEW FOUR ARMY。”对方立即露出信任的笑容，竖起大拇指，重复说：“NEW FOUR ARMY。”我继续用在乡间上学时学到的一点英语问他的姓名、身份、来历。他名叫赛伏尔，是美国援华飞行大队少校军官、重型轰炸机的机长。飞机轰炸日军时被击中，他感谢中国人民救了他。过了一夜，杨光群部长回来了。杨部长上过大学，能用英语同赛伏尔交谈，问他有什么意见和要求。当天下午，杨部长便找了一条敞篷船，派我护送赛伏尔到县总队部。船到了高作镇季陆墩子，我们被先期到达县总队部的其余 4 名美国飞行员发现，他们奔着叫着迎了上来，和赛伏尔相互拥抱、问好。

原来，那 4 名飞行员中有 3 人是被我万丰乡游击队营救的。8 月 20 日晚 8 时，万丰乡游击队到敌占区执行任务，在返回途中，突然见到空中有个很亮的火团，夹着轰鸣声，由东向西疾闪，随后一声巨响，很快就弄明白是一架美国远程轰炸机坠毁了。有人报告说，有一名美国飞行员降落在那里，腿部摔伤。游击队长彭达当即派 6 人前去营救。这 4 位飞行员是：领航员奥普莱特上尉、工程师斯特尔马中尉、副驾驶员卢茨中尉、射击手布伦迪奇上士。

飞机坠落在建阳镇南面金桥村的一个堤坡上。驻湖垛的日军闻讯后，纠集日伪军 170 人直奔飞机坠落的现场。我新四军建阳总队二营的士兵和民兵一起，先到一步，找到了坠落的飞机，打退了敌人。我新四军牺牲 4 人、伤数人，保住了飞机。

被营救的 5 名美国飞行员，被送到了新四军三师师部。时任三师副师长兼八旅旅长的张爱萍将军热情地接待了他们，并与他们合影留念。后来，张爱萍又派人把这 5 名飞行员护送到国民党统治区，最后送到大后方。40 年后，1984 年 6 月 11 日，在美国访问的国防部长张爱萍上将，会见了当年美军飞行员赛伏尔等 3 人，并共进午餐，重叙友情……

《人民日报》2005 年 8 月 31 日

夺牛之战

/ 王定烈

1944年，正是我军节节胜利，日本帝国主义垂死挣扎之时，不仅到处杀人放火、强征粮食、棉花、抓青壮年去日本当劳工，还想出一个新招数，就是抢走老百姓的耕牛。

这年春天，敌人在山东东平县计划抢五百头牛，并勒令限期在东平城内集中，再经汶上到济宁，装上火车运走。还说，谁敢反抗，皇军就要叫他“死啦死啦”。那些汉奸、走狗忙着下乡，见了牛牵上就走。谁要说个不字，当场就得挨鞭子，还要罚你亲自送进城才算了事。

原来，日本鬼子在东三省有个牛肉加工厂，他们将抢去的牛宰杀加工做成罐头，专供侵略军食用。牛赶进城里后，敌人就在牛的大腿上，打一个大圆圈火印，里面有个“军”字，表示专给日军用。这是敌人最恶毒的经济掠夺。我们决定以牙还牙。

3月6日晚，我率支队第三中队在梁山东北的西柳村宿营。

半夜里情报员跑来报告说，日本鬼子在城里集中了一百多头牛，第二天就要押到汶上去。因接到情报太晚，当我们赶到汶上县沙河镇北面的公路上时，敌人已经无踪无影。

经查明：原来是伪军两个小队六十多人，赶了一百二十头牛，他们怕我军伏击，半夜就出城，向南去了。这次让敌人占了便宜，我们很不甘心。我断定，敌人既然南去，就一定会北回！

7日晚，我们东去三十里，一面让敌发现我们向安驾庄方向走，一面留人就地监视敌人动向。8日晚，我们又隐蔽地折回沙河附近设伏。果然不出所料，9日上午将近10点钟，那两个小队的伪军摇摇晃晃地从汶上方向回来了。正巧，钻进了伏击圈内。我们突然开火，敌人猝不及防，死的死，伤的伤，没死没伤的，举起双手乖乖地投降了，一个也没跑掉。打了这个小胜仗，总算解了心头之恨。可是，那批牛毕竟被敌人弄走了，而且抢牛的事，还在到处横行。我们耐心地等待新的时机。

二十多天过去了。4月1日，我们又得悉：敌人第二天要押送一百六十多头牛去汶上。经我第一次打击之后，敌人就谨慎多了。这次是日军一个小队加伪军两个中队护送。

这次，我们得到的消息早。我一、三两个中队一起，兵力也多一倍。当天黄昏出发，一夜走了七十多里路，神不知鬼不觉地潜入敌二十里铺据点东面二里之遥的乔村。敌人做梦也不会想到我们早已严阵以待，在他们的眼皮子底下还有“八路”。

2日9点半左右，我站在乔村西北角砦墙上，用望远镜一看，嗬！敌人浩浩荡荡地从三官庙方向来了。队伍拖得很长，尘土飞扬。原来敌人把牛三头一组编在一块，共五十多组，加上二百多日伪军，哩哩啦啦拖了足有二三里长的一字“长蛇阵”。我们按预定方案，由郭瑞功、刘霞率一中队拦其头；由郄晋武、孙文轩率三中队打其尾；韩天明（支队侦察排长）带侦察员负责牵牛。

敌人快接近二十里铺碉楼时，我一声令下，快速进入战斗。在我突如其来的前后夹击下，敌人只顾抵抗，哪里还顾得牛呢？

说起来蛮有意思，那些披枷戴锁的畜牲，被枪声惊作一团。我们那些穿便衣的侦察员们冲入牛群，砍断绳索。它们好像明白自己解放了一样，翘起尾巴，跟上那些穿便衣的“八路军”，狂奔起来。

那群押送的日伪军，被我们活捉了三十多人。有的只顾逃命，有的钻进碉楼里打枪……

我看看怀表，指针已过10点钟了，即令司号员陈登寿吹起“收操号”。那些不会说话的“劳动者”，边跑边哞哞地叫个不停，也不知它们是因未遭受宰割之苦而高兴呢，还是肚子饿了。我们动员群众，把牛腿上的“军”字刮去，分散到各村各户，再回到农民家中耕地去了。而敌人呢？第一次虽然占了便宜得了牛，却丢了人和枪；第二次既丢了牛，又丢人丢枪，只好躲在“乌龟壳”里，再也不敢出来抢牛了。

《人民日报》2005年9月17日

战场纪实

——走进硝烟深处

坚持淮北敌后一年

/ 饶子健

1946 年底，我军在宿北战役中歼灭了国民党的六十旅、预三旅、预四旅，打死了国民党的军长戴之奇之后，正在休整，接到华中局和野战军司令部的指示：以我和王学武、赵汇川、王烽吾、陈元良、李任之、张灿明等同志组成淮北地委，为领导核心，并由九纵抽两个团、一个骑兵大队组成淮北挺进支队，西渡运河，坚持敌后斗争，重建淮北解放区，并且钳制敌人对山东解放区的重点进攻。

淮北解放区包括淮河以北、陇海路以南、津浦路以东和运河以西苏皖交界的广大地区，人口有三百余万，是原新四军四师在抗日战争中创造的老根据地。1946 年秋，国民党发动内战后，沦入敌手。九纵原是从淮北生长起来的一支部队，基层干部和战士大多数是淮北人。从淮北撤退后，广大的基本群众和我们的家属，遭到地主还乡团的百般摧残，已弄到家破人亡的地步。因而深入敌后，重建淮北，钳制敌人进攻，这一光荣而又艰巨的任务，完全符合全体指战员的期望。大家纷纷提出："我们是淮北人民的子弟兵，要和淮北人民共生存！""为淮北父老报仇雪恨！""坚持淮北敌后斗争，配合正面战场！"的口号。当时组织上任命我为这支部队的司令员兼政治委员。

经过短期准备之后，我们于1947年元月18日大雪纷飞的夜晚，在宿迁以北的埝头附近偷渡运河。由于船只缺乏，当夜没有渡完。第二天，有几架敌机沿渡口投弹扫射，企图阻挠我军渡河，但当敌人地面部队还没有摸清我们的底细时，我们已经胜利地过来了。白天宿营隐蔽，雪夜兼程向洪泽湖插去。第六天就与湖上坚持斗争的一百多个干部会合了。根据华中局指示精神，我们确定依托洪泽湖向陆地发展，方针是：集中力量歼灭土顽，在有利时机打击敌主力，发展地方武装，发动群众，重建政权。

我们踏上了故乡故土，会见了淮北的乡亲，大家兴奋地了不得。但敌人的残暴使人触目惊心，群众的怨恨使人听了下泪。

刚过来，地主还乡团正在兴高采烈地准备过旧历年，他们以为"天下已太平"，竟在他们的庭院门上贴上这样一类的大红对联：

"放三千爆竹，把穷鬼轰开，几年来被这小畜生弄得我一双空手；

点几炷清香，将财神请进，从今后望您老人家保佑俺十万缠腰。"

他们得意得太早了。正当他们用敲诈勒索来的鸡、鱼、肉、蛋、糕、馍馍在祭祀祖宗的时候，没想到我们从天而降，他们来不及收拾细软，又纷纷逃亡了。

广大的基本群众和军工烈属被蒋匪还乡团凶残地屠杀，被逼得死活不得。敌人先是强逼我方未撤退的军工家属、乡村干部以及农、青、妇等群众团体的工作人员“自新”，并且向他们每人勒索手续费十二块硬洋。接着是向群众倒算，都从1943年算起，张裴庄有十余户，后张楼地主还乡后倒算要退租二十多石、洋六十余万元。前谢嘴谢文秀一家被倒算要退租二十八石多。闸塘李玉琢家在土改中分到地主李祥春的一口石槽，地主还乡后，要李祥春把石槽给他抬回去，还要买鞭炮在地主门口放，表示“赔礼”，买几条洋烟去“讲情”。此外，还向群众派款买枪，组织“自卫队”，群众饿着肚子还得给他们扒圩子，盖炮楼，修据点，挖封锁沟……许多群众因为出不起钱，就被扒屋，牵牛，端锅，把人押起来吊打，而且绑人时还要“绳头钱”，打人还要“手工钱”。家住吴湾子的佃农廖方香曾任我方乡指导员，我军撤退后，他曾想到淮南逃难，到双沟又被敌人截回来了，还乡团逼他“自新”，并说“这家伙非常硬，新四军回来他还要干的。”一天半夜叫他出来问他：

“你为什么不自新？”

“我有什么可自新的？干共产党的事就是了！”当晚敌人就把他活埋了！当时他妻子正在生产，第二天他的孩子四处找不到他，后来在野地发现了他的腰带，哭着回去，妻子一听说就要拿剪刀自尽，被亲邻挽救下来。

一个逃难在外的军属老汉吴景均眼泪汪汪地对我说：“小儿被顽方枪杀了，儿媳也被土顽卖了。同志们，你们什么时候才能打到灵璧！我已经六十多了，不是为了要等着咱八路军为我申冤报仇的话，我早就不活了……”

这类事情是说不尽的。群众向我们哭诉他们无穷无尽的冤屈。面对着这种现实，我们只有战斗！

在淮北经常与我作战的敌人有十几个团：宿迁一线有孙良诚部三个团，泗阳一线有敌十旅、六十一旅，泗县青阳一线有桂系五十八师，加上各县的保安队，使我们处于包围之中，不断遭到围困，追击。我们依托洪泽湖，和敌人跳圈子，开始几个月几乎是天天打仗，夜夜行军，每夜总要走百把几十里。有些同志走着路就睡着了，有时虽在雪地里，一停下也睡着了，干部把马给病号骑，替大家驮背包。但敌人被我们拖得更疲劳，他们不敢夜间行军，纪律败坏，每过一地就拉伕，抢劫，奸淫，无恶不作，从香炉烛台到裹脚小鞋，都被他们抢劫一空。他们只顾“大炮一响黄金万两”的发洋财，哪有勇气打仗。所以往往我们走了一夜，第二天住下时他们才跟上来。但又不敢接近，远远地在那里盲目地打炮，放机枪，活像一群狗在远远地汪汪乱叫，却又不敢上来。我们用少数部队固守阵地监视着敌人，使大家休息，到黄昏时分，我们一出击他们就逃窜了。当我们把敌人拖垮时，就抓住有利时机，狠狠揍他一顿。

那年淮北闹水灾，加上还乡团回来烧杀抢掠，群众的生活十分困苦。部队经常缺粮，吃了上顿没有下顿，最困难时每人一顿饭只能吃到几两芋干，下洪泽湖挖藕，拾螺蛳，挖野菜充饥，从淮宝区运来点粮食，还要节省一部分救济群众。没有财政收入，战士的菜金每天还不够买二钱油盐，津贴费就根本谈不上了，常常是每人口袋里装两块杂面饼，在行军战斗紧张时吃。一次，我们赵汇川副司令员一边走一边啃干粮，战士问他：“不凉吗？”他说：“吃到肚子里就成热的了！”

在独立坚持的情况下，部队得不到休整的机会，人员得不到补充。弹药武器可以从战斗中解决，但衣服鞋袜却很困难，部队一年没有发一套单衣。老战士把棉衣改成夹的，夹的再改成单的；新战士没有旧棉衣，有的在热天只披一个包袱皮，有的没有鞋子把绑带裹在脚上，甚至穿家里带出来的长袍大褂，戴毡窝的都有。到了热天，洪泽湖边上的蚊子特别厉害，部队每人只能发一块纱布遮头，身上被咬得疙瘩连片，实在没办法，晚上只好烧起谷草熏蚊子。战士们俏皮地说：“洪泽湖边怪事多，夏天还要来烤火。”在陆地上活动时，时刻受到敌人的威胁，夜间又要保守秘密，有些好吸烟的同志也只能用衣服、被子把头盖起来伏在地下吸。大家精神虽很紧张，可是一到湖上大家就活跃起来了。夜里，湖水像明镜一样在月光下闪动，几十只小划子拉起帆来乘风疾驰，非常好看。战士们欢笑唱闹起来了：“麦子发黄柳叶青，我军主力大反攻，消灭蒋匪几十万……敌后坚持咱有功……”饿了就在湖里拾菱角、摘莲子吃，我们乘着这种“土兵船”一夜划行百余里。

1947年2月19日拂晓，我和支队直属机关及一团三营随二团刚到一个庄子，便得到敌人合围我们的消息。我们立即转移，走了一天两夜，才突出敌人的包围。22日我与地委部分负责同志带部队进入泗南。3月1日，我们攻克了敌泗南一带最强的据点——崔集，炮楼由二团二营五连共产党员王玉龙同志抱炸药轰开，第二天围困一天，毙俘敌七十余人。一团三营和二团二营3日攻占半城，敌人遗尸狼借逃窜，同日下午，一团主力一营赶到，一团三营又在孙园阻击青阳来援之敌，俘七十余人，获机枪一挺。到3月5日早晨，我们在高圩子又歼灭了来援之敌——徐州绥靖公署补充第二团的王个连和泗县保安队两个连，毙敌二百余人，缴获重机枪四挺，轻机枪二十挺，步枪二百余支，弹药三万余发，而且还缴获了一门五二步兵炮，当时无法带，送到洪泽湖上。这一仗部队武器弹药得到补充，士气更加高涨。群众看到土顽跑了，国民党军队也打了败仗，非常兴奋，纷纷组织武装，建立政权。没有跑掉的土顽向群众低头认罪，过去扒了群众的房屋的说“再给盖新的”，局面大大开展了。

5月间，我们开辟淮宝地区，5日夜晚攻打淮安重镇——蒋坝。在快要攻克的时候，因情况突然变化，淮阴之敌有两个团的兵力前来增援。我军于拂晓前撤退转移了，可是一团一营二连因为失掉联络，没有撤出来，被敌人包围在院子里。这个连在营教导员郭一萍、连长陈继忠、副政指耿德芳的率领下，与敌奋战终日，打退了十倍于我之敌的八次冲锋，予敌很大杀伤，黄昏退到湖堤上，由芦苇丛中安全突围了，并且把伤员都带下来了。

到6、7月间，斗争更加紧张、残酷，北边有孙良诚部，西北边有冯治安部，南边有敌五十八师，东北有敌六十旅和六十一旅，还有些安徽的地方保安团队，不断向我围攻。6月9日夜，部队沿洪泽湖跋涉了二、三十里稀泥，赤脚行军七十多里，跳出敌人对淮泗的合围。到了王大庙以西的胡场，与敌开火，连夜又渡过水深丈六的濉河一直往东，到了大董家。敌人以为我们又要回洪泽湖了，谁知我们连夜又一直向西，12日拂晓到了浍汤沟，消灭了敌人一个乡公所，打了胜仗，战士也不疲劳了。在西边转了几天之后，敌人又要合击浍汤沟。我们于18日下午由鱼沟以东的梁集出发，第二天拂晓到泗县以北的苌圩，不巧正碰到敌人怀里，连忙过濉河，经马厂、里塔，又过濉河，傍晚到马宅子。正想宿营做饭，当地群众来向我们说陈集住有敌人一个营，于是我们就又往东走，第二天早晨到达朱岗，刚驻下筑工事、做饭，青阳的敌人又赶到了。部队不顾疲劳，奋勇出击，击退了敌桂系五十八师四个连，毙伤敌三十余人，生俘十余名，缴获轻机枪四挺，子弹数千发。敌人溃退时连重机枪腿子都来不及扛就逃跑了。这次部队连续行军二百多里，走了一天两夜，许多同志都没来得及吃饭，而且在行军中三次与敌接触，部队毫无怨言。我们保全了自己，却把敌人拖垮了。

在艰苦的斗争中，华中局、华东野战军司令部不断给我们指示，使我们坚持了正确的斗争方针、行动方针和党的政策。正面战场不断的胜利支援了我们，鼓舞着我们，由于各正面战场的连续胜利，敌人没有疯狂多久，战局就改观了。刘、邓大军南下了，华东野战军到外线作战了，敌人阵势大乱，8 月 13 日苏北兵团南下解放盐城歼敌六千多人。我军反攻的形势直接影响到淮北。9 月底我华东野战军攻占津浦路西的永城一线，直接威胁津浦路，炮声已经隐约可以听见。淮北各据点的敌人纷纷撤走了。土顽则集中固守泗县、青阳等地。10 月 1 日，我们围攻青阳，晚八时发起攻击，当晚结束战斗，歼敌八百来人，泗东、泗宿一带的土顽一下连窝端了。各地群众纷纷来找本地的逃亡地主报仇，并敲锣打鼓慰劳部队，军民欢腾，热闹非常。12 日，华东野战军三纵队东越津浦路解放灵璧，当夜我们进逼泗县，敌人全部逃跑了，留下许多美帝国主义的“救济物资”——奶粉、饼干、毛衣、手套等等，我们分给群众，群众都不要，说：“蒋介石卖国，拿这些东西来骗人。”

华东野战军转向平汉路时，淮北又曾一度紧张。到 11 月 21 日，我们二次解放泗县城，敌泗县保安队八个中队全部被歼。伪县政府人员除伪县长许志远托故到南京开伪“国大”之外，全部就擒。从此淮北局势稳定下来，群众发动起来，斗地主，建立民兵，参军，支援前线……轰轰烈烈地展开了。1948 年初，仅泗南、泗宿、泗阳三县就有近两千名青年涌入我军。

淮北军民在敌后坚持斗争一年多，经过大小战斗六百四十九次，毙伤俘敌一万一千余人，终于在敌人围攻、追击之下，站住了脚，扎稳了根，开辟了地区，壮大了军队。我们过运河时两个团，一年多之后，除了建立了各县的地方武装之外，主力部队编成红淮军区一个独立旅。这一切没有党的领导和广大群众的支援是不可能的。回忆这一段历史，使我深刻地体会到：加强党的领导，密切与群众的联系，对我们人民军队的建设有多么重要的意义。

《人民日报》1960 年 12 月 8 日

沂蒙凯歌

/ 黄国忠

英明的决定

1941 年 10 月，日寇侵华军总司令畑俊六坐镇临沂，纠集了五万兵马，拉开大网，向沂蒙山区汹涌卷来。我一一五师师部和山东分局，在我们特务营的掩护下，从滨海地区北上，准备与山东纵队的领导机关会合，组成反“扫荡”的统一指挥机构。11 月 4 日，当我们行至留田时，日寇突然从四面八方合击过来。很显然，敌人已发现了我们的行动，妄想以突然袭击，先打掉我领导机关，然后彻底摧毁沂蒙山区抗日根据地。

我营四个连，分别坚守在留田四周的山头和隘口。我跟随二连守在留田东北五里多地的司马。从 5 日清晨，一直打到中午，仍不见行动的命令。举目望去，大路、小路、山谷、田野，到处是黄溜溜的鬼子兵。他们在飞机掩护下，步步紧缩着包围圈。看着这情景，我的心情越来越沉重。我知道，机关和首长的安全关系着整个山东的抗日斗争啊!

下午3点多钟，师部通信员飞马奔来，急促地对我说：“师首长要副营长立刻前去领受任务。”我立即跨鞍上马，直奔师部。

师部驻在牛家沟。当我赶到时，师部的茅屋里已经挤满了人。我们的营长，正、副教导员已经先到了。屋子里异常沉静，只有罗荣桓政委站在作战地图前，手里拿着红蓝铅笔，在讲着什么。我向首长作了报告以后，罗政委停止了讲话，走过来同我握了握手。他的神态、动作，就像周围没有发生任何敌情。看到罗政委那镇定自若的神态，我原来紧张的心情，立时平定下来。

罗政委回到地图前，严肃而又平和地继续说道：“现在我们不应该单纯考虑如何突围、保存自己，而应该考虑怎样才能既保存了自己，又能打破敌人的‘扫荡’，保住我们的根据地。”说到这里，他斩钉截铁地说：“我的意见应该向南突围。”

“向南突围？”这个出乎意料的决定，简直使我吃惊，大家也都露出了惊异的神情。

“是的，向南！向敌人的心脏临沂方向挺进！”罗政委重复了一句，接着便简要地分析了敌我态势。他指出：东面的沂河、沭河和台潍公路，都被敌人严密地封锁着，并布置了一个口袋阵。我们东去，正中敌人的毒计。北面，敌人正疯狂地向南压来，顽军又与山东纵队对峙着，北上定受日、顽夹击。西有津浦铁路，敌人碉堡、据点林立，戒备森严，不易通过。讲到这里，他声音洪亮地说："敌人正集中兵力向我中心区合围，后方必定空虚，这就给我们闪出了突围的空隙。我们趁机插到他的大本营临沂，就能变被动为主动。待敌人回师后，牵着他的鼻子，彻底粉碎他的'扫荡'。"听了罗政委精辟的分析，我心里象开了两扇窗子，顿时豁亮起来。

首长们一致同意罗政委的意见，并请他下达命令。罗政委在地图上先画了三条蓝色弧线，又画了一个红色的圆圈，然后又穿过三条蓝线画了一条向南转西的红线，在圆圈处停了下来。他把我们叫到跟前，先指着三条蓝线说："这是敌人的三道封锁线。"然后又移向红线说："这是我们的行军路线，由留田经张庄，穿高里，折转西南。然后，越过临蒙公路，直插诸满以南，在这里停下来。"他的手指最后落到被红圈围着的王沟附近。我仔细一看，王沟离临沂最多不过五十里路。罗政委等我们把每一个要经过的地点都记清之后，又向我们详细交代了经过这些地方应注意的事项。他对沂蒙山就像熟悉自己的故乡一样，连哪里有个隘口，哪里可以通过炮车，都非常清楚。这使我想起敌人"扫荡"之前，他曾指示所有参谋人员和部队连以上干部，必须把沂蒙山的地形摸透。为此，我们特组织了一个"参谋旅行团"（这是我们自己定的名字），爬遍沂蒙山区的每一个山头，翻越过每一个隘口，涉过每条河川。"旅行"结束之后，他又召集我们，对照地图，作了详细汇报。当时，我们对这次"旅行"的意义认识还不足，此刻才领会到，罗政委那时已为反"扫荡"做了准备工作啊！这次"旅行"，我们对沂蒙山更熟悉了。

罗政委向我们交代了任务之后，又给我们作了具体分工：营长和教导员带领一、二连作前卫；副教导员带四连居中卫护机关；我带三连担任后卫，掩护和收容掉队人员。他并要求部队一律枪上刺刀，压满子弹，随时准备投入战斗。最后他又宣布了行动纪律：坚决服从命令，不得自由行动；没有突出合击圈前，不许说话，不许咳嗽，不许发出任何响声。

领受任务完毕，天已黄昏。走出师部时，我仿佛站在一座雄伟的高山之顶，站得高，也看得远了。先前那种不知去向的紧张心情，完全消失了。教导员说："这真是个英明的决定。"

无声的战斗

夜幕下垂，雾气弥漫。留田周围的山头上，日本鬼子燃起的冲天大火，又把黑夜变成了白昼。枪声、炮声、马嘶声和鬼子的嚎叫声，不断传来。他们是那样嚣张、狂妄，仿佛敌酋一声令下，就能一举歼灭我们似的。

几千名机关人员和我们特务营，都集合在一块平地上，静静地等候着出发的命令。忽然罗政委率领作战科的同志和一部分侦察人员，从部队面前走过，先头出发了。罗政委安详地迈着步子，还不时向别人打着招呼。这一切，就好像他不是要带领几千人突破重围，而是去出席一次会议。这情景使我想起了他在梁山战斗中的情形。那是 1939 年 8 月，我们把六百多日本鬼子包围在梁山，罗政委决定全歼敌人。他部署完战斗之后，便来到前沿附近的一棵大树下。鬼子拼命想突出重围，战斗一开始就非常激烈。子弹、炮弹不断地在大树附近飞啸、爆炸。可是我们的罗政委，一面听着参谋人员向他报告战斗的进程，下达着命令；一面就像在乘凉，不停地摇着大芭蕉叶扇子。一直到战斗即将胜利结束，他才站起来拍了拍身上的土，摇着扇子离开了这棵大树。想到这些，我信心倍增。

7点多钟，部队以战斗的姿态出发了。几千人的队伍，一个紧跟一个，静悄悄地从仅一里多路的空隙中向南插去。我们逢山过山，遇水趟水，不久便接近了台潍公路。我们在公路右侧的小路上向南前进，公路上便是向北急进的日本鬼子大队人马。原来他们正做着在留田合击我们的迷梦啊！

我们直奔第一道封锁线张庄。快接近时，只见大小山头上一溜火堆，犹如一条蜿蜒的火龙。火龙的中间，闪出一段黑蒙蒙的缺口，看去只有一里多路。前面传下了罗政委的命令："三路纵队，跑步通过。作好战斗准备！"战士们一手提着上了刺刀、压满子弹的步枪，一手提着揭开了盖的手榴弹，迅速、肃静地向两山之间的隘口猛插过去。敌人盲目地射击着，子弹在头顶上尖叫着，我们理也不理，继续飞奔。整整过了半个多小时，敌人仍未发觉，第一道封锁线安全地通过了。

过了张庄，穿过一条小山沟，部队稍微休息了一会儿，又继续向南走。下半夜，到了高里附近。向前看去，大小山头上，又是火堆连着火堆。火堆旁，时隐时现地闪动着敌人巡逻兵的身影，而且每隔十分钟，便飞起许多绿色信号弹。前面传下"跑步跟上"的命令，部队飞速前进。当我们从两堆大火中间穿过时，只见我们的三名侦察员，穿着黄呢大衣，正举着信号枪发射绿色信号弹。原来他们掌握了敌人巡逻兵的规律之后，一声不响地干掉了巡逻兵，然后便穿上敌人的衣服，执行起“巡逻兵”的职责。

三星垂西，部队折转向西，越过临蒙公路。正像罗政委分析的一样，敌人后方空虚，戒备不严，我们又顺利地通过了第三道封锁线。五点多钟，我们便胜利地到达了目的地——王沟附近。就这样，我们没费一枪一弹，无一伤亡，安全地突破了五万敌寇的包围。而敌人却在源源不断地向留田方向开去。

第二天，我们的《战士报》上，登载着波兰记者希伯同志写的一篇文章。他称赞留田突围的指挥是神奇的。文章的前面，标着醒目的红字标题——《无声的战斗》。

调虎离山

我军突出重围，敌人的合击扑空了。他们一时摸不清我们的去向，没有马上调兵回转。就在敌人犹豫不定的时候，罗政委又果断地引导我们跨出了反“扫荡”的第二步。

部队在山坡上集合了。罗政委站在一块石头上，朝阳照耀着他高大健壮的身躯，显得神采奕奕，容光焕发。他开门见山地说：“同志们一定很关心我们下一步的行动，现在就来告诉大家，我们还要回到沂蒙山区去。”接着，他指出：我们虽然突破了敌人的重围，但这仅是我们的初步胜利，沂蒙山区是我们的根据地，沂蒙山区的群众是我们的靠山。要坚持抗日并取得最后胜利，就要有群众。因此，我们不能离开沂蒙山，不能丢了沂蒙山区的群众。我们所以离开了沂蒙山，是为了把敌人调出沂蒙山，消灭他们，保卫沂蒙山。现在敌人还没有离开我们的根据地，我们就要牵着他们的鼻子把他们调出来，然后再回到根据地，开展广泛的游击战争。消灭敌人，保卫根据地和广大群众不被摧残，这才是我们的全部胜利。

在罗政委的指挥下，我们又掉转头来，向沂蒙山区挺进。7日黄昏，我们到了诸满。8日，罗政委派人把我叫了去，指示说："敌人在留田扑空，正在摸我们的去向。我们要将计就计，暴露一下自己，把敌人调出我们的根据地。"他见我还没有完全弄清他的意思，又进一步说："垛庄、青驼寺一带，敌人抢劫了很多牲口、物资，准备外运。敌人必经石兰，你带上两个连在石兰附近打他的伏击。要打得狠、声势大、动作快，打了就撤。敌人正想寻找我主力决战，他的侧后受到威胁，又摸不清我们有多少兵力，就一定会调兵回来。"一切全明白了，9日清晨，我便带领部队到了石兰附近。

罗政委选择的这个伏击地点可真好。东西两面高山耸立，中间一条大道伴着一条沙河，自北而南，纵贯而过。只要占领了两侧的高山，敌人一到，我居高临下，把南北山口一卡，即使他有三头六臂，也插翅难飞，有腿难逃。为了造成浩大的声势，我们把全营的司号员都集中了起来，又把所有的轻重机枪组成了密密的交叉火网，单等敌人"光临"。

细雨纷纷，寒风习习。战士们匍匐在冰凉的岩石上，忍受着寒冷的侵袭。等了将近一天，依然不见敌人的踪影。天色渐渐暗淡下来，我正在考虑是继续等下去，还是撤回，通信员传来了罗政委的指示：坚决等下去。

黄昏，雨停了。正当大家等得心焦的时候，忽然从北面山口传来踏踏的马蹄声。接着，又出现了影影绰绰的人影。敌人果真送死来了。

日本鬼子根本没有料到我们会出现在这里，因此毫无戒备。他们押着抢掠的牲口、物资，队形零零散散，断断续续，如入无人之境。当他们全部进入我伏击圈时，我令通信员打了一发信号弹。立时，轻重机枪扫，掷弹筒、手榴弹炸，呐喊声、军号声，如山崩，似海啸，犹如千军万马进行大会战。敌人遭这突然袭击，又见声势如此之大，一时不知所措，立刻乱了阵势。刹那间，山沟里人撞马，马踩人，人喊马嘶，鬼哭狼嚎。战士们趁机从两侧山上像泰山压顶直扑敌群。经过约半小时的激战，打死三百多敌人，只有几个鬼子狼狈地逃走了。我们遵照罗政委的指示，没有追击，让他们为我们当义务宣传员去，我们简单地打扫了一下战场，立即转移。

第二天，据侦察员报告，敌人果真中了罗政委的“调虎离山计”，青驼寺、垛庄等地的鬼子纷纷外调。战士们打趣地说：“这一下可把敌人的鼻子牵住了。”

沂蒙飞兵

敌人主力外调，只留下一些小部队在山区进行“分区扫荡”、抢掠和搞伪化活动，并准备内外配合，继续对我进行合击。罗政委一面命令机关和抗大组成许多工作组，分赴各地领导群众开展游击战争，一面率领我们猛插中心地区。他指示：要不怕疲劳，见缝插针，有空就钻，狠狠打击敌人。

我们来到东蒙山，这里遭到敌人严重摧残。敌人的宣抚班和汉奸队，天天出动，召开群众大会，组织伪政权。罗政委指示：打掉宣抚班，制止伪化活动，鼓舞群众斗争情绪。

14 日上午，侦察员报告：青驼寺的敌人掩护着一个宣抚班进了龙口。我们两个连立即奔向龙口，把敌人秘密地包围起来。一个贼头贼脑的汉奸，站在一张桌子上恬不知耻地说："沂蒙山区的八路已被全部消灭了，这里成了'皇军'的王道乐土，你们已是'皇军'的顺民……"这家伙正胡诌乱吹得意忘形，嗖的一声，一颗子弹穿透了他的脑袋。紧接着，我们猛扑过去，吓得其他敌人抱头鼠窜。跑不及的，当场作了俘虏。

"追呀！"战士们怒吼着，枪打、刀挑，一气把敌人追出几十里路，直到青驼寺的敌人出动了援兵才停止。追击的路上，到处都是敌人跑掉了的鞋子、帽子，扔掉的枪支、包袱和一具具尸体。战士们把枪支拣起，其他东西原封不动，他们说："留下这些东西让老乡们来参观参观'大皇军'的'赫赫战果'吧！"

龙口追击战的当晚，我们便转移到大谷台。这里地形荫蔽，又较富裕，便决定在此休整两天，补充粮秣。两天刚过，接到情报：敌人正在调兵遣将，准备合击大谷台。果然，17 日晚上，敌人的几千人马，从四面八方直奔大谷台而来。就在同一天晚上，我们也神不知鬼不觉地穿过临蒙公路，一夜之间便来到凤凰山下。次日，鬼子大炮对大谷台周围空荡荡的山头，从早晨一直轰击到天黑。我们也在凤凰山下美美地睡了一天。

19 日，我们又一下子飞到了敌人的中心据点垛庄附近。

当晚北风呼号，大雪纷飞，漫山遍野立时成了银色世界。四连的战士们，顶风迎雪，在垛庄附近埋伏起来。天刚亮，垛庄的鬼子果然又耀武扬威地出动了。等他们进入我伏击圈，我一阵猛烈射击，便把他们打了个稀哩哗啦，丢下二十多具尸体，狼狈地缩了回去。这一仗虽不大，对鬼子的震惊可不小。

鬼子连续遭我沉重打击，恼羞成怒。24 日，旧寨的敌伪军二百多，直扑我驻地北村，当即被我击退。垛庄的鬼子闻讯后，仍不甘心，连夜纠集了七百多人，第二天拂晓再次来犯。我们决定彻底挫挫他们的锐气。激战一天，打退敌人三次疯狂的冲击。黄昏，我一连迂回到敌人侧后，两面夹击，毙伤敌人近三百名，残敌被迫撤退。

这一仗，把留在我根据地内鬼子的气焰打了下去。他们固守在据点里，少数人轻易不敢出动。根据这个情况，罗政委率领机关的一部分人员去山东纵队，部署外线部队的反“扫荡”战斗，我们仍留在内线活动。

我们根据罗政委的指示，忽而东，忽而西，时而分散，时而集中。今天配合机关和抗大组成的工作组发动群众，明天又带领民兵破公路、炸桥梁、割电线。白天分散打击敌人的宣抚班、抢粮队和伪政权；夜晚又集中起来，长途奔袭敌伪据点。我们就像一群千变万化的孙悟空，穿插在沂蒙山区，飞行在敌人稠密的点线之间，使敌人合击扑空，伪化不成，蹲在据点里也胆战心惊。与此同时，群众性的游击战争也普遍开展起来。县大队、区中队、民兵联防、游击小组，到处展开了地雷战、麻雀战、破袭战。广大群众也都实行了坚壁清野，连水井都掩埋起来。人们以“三空”（搬空、藏空、躲空），来对付敌人的“三光”，迫使敌人寸步难行。

沂蒙山区到处都在燃烧着斗争的烈火。

在我坚持沂蒙山区内线斗争的同时，我外线部队也广泛展开了活动。我教旅部队在滨海钳制了敌人的大量兵力。山东纵队除一部坚持内线斗争外，一旅在鲁南、泰山区、泰西区，不断袭击敌伪据点，截击向沂蒙山区调运的敌兵。二二旅在滨海，五旅在胶东，也连克十多处敌伪据点，有力地支持了内线的反“扫荡”斗争。

我们特务营，愈战愈强，仗也越打越大。11月底，我们把六百多敌寇围困在绿云山附近，白天打了一天，敌人反复冲击，也没能突出去。夜晚，我营在山东纵队二旅一个营的密切配合下，一个猛袭，敌寇便大部被歼。

敌人在我内外夹击下，在山区已站不住脚，便陆续向外围据点撤退。太平洋战争爆发后，敌人外调更加频繁。我们趁此时机，经常抓住其一路痛击。我们又与地方武装和民兵密切配合，围碉堡、拔据点，连续拔掉诸满等据点多处。

这时，山东纵队一旅主力也由外线跳入内线，向敌人发起了声势浩大的攻势。不几天，敌人在沂蒙山区安下的据点，有的被攻克，有的被迫撤掉，沂蒙山根据地的人民又重见天日。

《人民日报》1985 年 9 月 7 日

抗战期间的冀热辽根据地

/ 李运昌　李楚离　詹才芳
李中权　曾克林

1938 年 7 月的大暴动受挫折后，我们在冀东又以星火燎原之势，坚持游击战争，创建了冀东军分区（即晋察冀军区第十三军分区），而后发展成为抗日的冀热辽军区（辖五个军分区），一直到全国抗日战略反攻的到来。

我们吸取了大暴动胜利后战略总撤退这一严重教训，得出了处理好战略进攻与战略防御两者的关系，并依据实际情况，适时地转换两者的关系，从而自 1940 年 7 月建立了冀东军分区以来，（后又改为晋察冀中央分局、晋察冀军区领导的第十三军分区）执行了一条适时地实行对敌进攻的战略方针，和适时地实行对敌战略防御的方针，使得我们在战役战斗中打了很多胜仗，冀东根据地得以坚持，并发展成为冀热辽军区。

下面记述的是几次大的战略进攻和战略防御。

1941年6月，日军调集关东军和华北驻屯军各1个师团，伪满军2万人，伪治安军一部，连同驻冀东日伪军共8万余人，对我冀东实行第二次“治安强化运动”，对基本区的丰（润）、滦（县）、迁（安），丰（润）、玉（田）、遵（化），蓟（县）、宝（坻），三（河）地区进行了一个月的“扫荡”“清剿”，我主力部队退到玉田南部，遭敌合围，受到损失。我军分区接受教训乃于8月率十二团、十三团主力实行敌进我进的作战方针，挺进外线热河南部一带，开辟伪满关东军已统治9年的锦承铁路以南广大地区，并相继解放了兴隆、平泉、青龙、承德等县境内的广大人民，建立了三个联合县，扩大了我军分区的活动范围。这是我们对伪满的第一次战役进攻。

1941年夏，日军对我基本区进行一个月的“扫荡”“清剿”后，误认为冀东八路军已遭致命打击，“不足为患”，遂于1941年10月底，将日军主力二十七师团调离冀东，同时，由山东冀中等地调来伪治安军7个集团（集团相当于旅）、8个独立团，共23个团3万余人，接替冀东防务。并于11月初，向我冀东根据地开始“扫荡”，继续实施其所谓“第三次治安强化运动”，企图歼灭冀东八路军，摧毁我根据地。冀东军分区经过详细讨论，决定利用群众条件好，群众武装多等有利条件，对伪治安军采取积极进攻的战略方针。从1941年11月14日至次年2月5日，战役分5个阶段，持续80余天，打了23仗，毙俘敌7000余，缴获3000余支枪，轻重机枪70多挺，炮8门。捷报传到后方，人心大振。

在建立冀东游击根据地基本区的同时，我们对敌进行游击战争的战略进攻，大力开辟新区。

冀东分区党委于1940年12月在盘山召开了会议，详细总结了冀东各方面的工作经验，于1941年先后对铁路南、滦东、热南进行了开辟工作，建立了青年报国队、秘密锄奸小组、妇救会、儿童团等组织。路南于1941年后基本成了我们的游击区，与山东的胶东遥相呼应。到1942年秋，青龙河以西、滦河以东的整个地区，已经是比较巩固的游击区了。

在热南由于伪满统治甚严，人民生活极其艰苦，我们去的工作团和武工队带着人民急需的食盐、布匹、杂货，人民喜欢极了。热南区也与路南、滦东相继开辟成我们的新区了。这三大块新区的开辟成功，使游击根据地的面积和人口增加了一倍。

1942年4月，日军大举对我冀东第四次“大扫荡”，施行第四次“治安强化运动”。我以防御战略，主力转移外线热南继续开辟热河新区，内线留少数主力与游击队同敌人周旋。待到8月，敌撤退休整，留部分日军及伪军采取战略守势，我则适时进关，进行战略反击，恢复基本区。

在三个月的反击作战中，我们集中主力打日军，整个反击作战70余次，共歼灭日伪军2960人，俘伪军991人，其中击毙日军田蒲少将、伪治安军总署顾问高宇麻大佐、绿川中治大佐等日军2000余人。冀东丰润县“潘家峪惨案”的制造者佐佐木大佐也被我击毙，伪治安军五集团司令刘化南负重伤，此战受到晋察冀军区的通报表扬。此役，我也付出重大代价，前后牺牲包森副司令员、刘诚光主任等数百同志。他们的血洒在冀东的大地上，永远为人民怀念。这次战役又叫作复仇战役。

正当我对敌“第四次治安强化运动”展开反击节节胜利之际，粉碎其“第四次对我之扫荡”时，紧接着敌对我进行更残酷的第五次“治安强化运动”。

在此严峻情况下，我们适时地坚决地在1940年初调3个主力团打入关作战，此时部队已在关外打了很多胜仗，军政素质大为提高，士气旺盛，毅然以不入虎穴焉得虎子之气概，全力展开战略反攻。此次战役缴获虽不多，但杀敌很多，是打了一次恢复基本区的政治仗，冀东人民盼望八路军回来如大旱之望云霓，我们以实际战斗行动，满足了人民要求，我基本区大部分恢复了。敌人的五次“治安强化运动”被粉碎了。

当年6月间，趁青纱帐起，我又执行了恢复基本区第二战役行动。整个恢复基本区战役历时5个月，我共歼敌3570名，恢复了基本区，并开辟了新区。

经过1943年两次进攻战役，除蓟县二区未恢复外，冀东其他基本区全恢复了，并扩大了新区。是年7月，中央及晋察冀分局根据斗争的发展，决定将冀东十三地委改为冀热边特委，十三专署改为冀热边行署，人口达360多万。并新成立了五、六、七、八、九、十等6个区队。1944年初，世界反法西斯阵线节节胜利转入反攻，日军也面临着灭亡的命运，但仍作垂死挣扎。他们调来华北特别警备队万人和大批伪满洲军蒙古骑兵队，部署于长城沿线及北宁路沿线，大搞特务破坏活动。我各部开展打击敌特活动，先后打死了长期在马兰峪进行特务活动的日本大特务千叶，并逮捕了杨店子据点内的特务和汉奸。我们又历经3个多月的夏季攻势和第三次恢复基本区战役，至8月结束，共打死打伤和俘虏日伪军3500名，缴获各种枪1300支。我完全巩固了1943年恢复和发展的地区。

9月份以后，敌调集6万兵力，再次对我冀东基本区大举进行“扫荡”。10月1日，我反“扫荡”开始，缴获武器弹药甚多，获得中央首长表扬，延安新华社广播了这一战况。此次战斗，我也受了意外损失。10月17日，冀热边特委在丰润北张庄子召开地方干部会议，遭敌八旅团5000多日军分路合击，特委委员、组织部长周文彬，宣传部副部长吕光，地委书记丁振军，秘书长李彬，卫生部长王少奇等同志，在战斗中光荣牺牲，仅有部分同志突出重围。

1944年10月，中共中央和晋察冀中央分局、军区决定，将冀东军分区（即第十三军分区）改为冀热辽军区，并成立中共冀热辽区党委、冀热辽行署。

1945年1月，正式成立冀热辽区党委、行署，在三营屯附近召开了庆祝冀热辽军区成立大会。从此，冀热辽军区便成为全国敌后19个抗日根据地之一，隶属于晋察冀中央分局和晋察冀军区领导。

1945年初，敌人调兵到冀热辽实行“集家并村”政策。我们猛烈地开展了打伪满洲军的作战。到3月底，春季反“扫荡”告一段落。冀热辽军区各部队在两个月内共作战89次，打死打伤和俘敌3398名，缴获甚多。

1945年5月，苏军已攻克柏林，在国际形势空前有利条件下，为加速日军的灭亡，我党中央号召根据地军民向敌开展进攻，扩大解放区。晋察冀军区部队于6月份开始夏季攻势。我冀热辽军区奉命以主力向外线出击，解放锦承路以南的“人圈”，并相机深入锦承路北开辟热河、辽西地区。

8月8日，苏联对日宣战，9日，百万红军进入东北。中国军民对日本侵略军进行全面的战略反攻。我冀热辽军区奉命挺进东北直接配合苏军作战。冀热辽军区部队，派出8个团、1个营、3个支队，4个分区司令员、4个地委书记，2500名地方干部，共1.5万余人出关，分三路进军东北。西边两路十四、十五军分区部队，首先解放热河全省，并接收了承德、赤峰等城市；东路我十六军分区部队及军区二梯队，攻克山海关后，即乘火车接管了锦州。9月5日到沈阳，并分兵到南满、吉林。然后，派曾克林同志乘苏军飞机到延安，向党中央汇报，为党中央及时送去信息。中央据此决定了“南防北进”的战略方针，派2万干部，21位中央委员和10万部队去东北。

留在冀东的部队，解放了冀东除铁路线外的县城18座，歼敌3万余，缴枪2万余支，把冀中同平北根据地连成了一片。冀热辽军区部队创建的冀热辽抗日根据地，成为收复东北的前进基地，又为以后部队进军东北开辟出通道。

聂帅在1964年与我们一次谈话中也说冀热辽部队为晋察冀分担了任务，减轻了敌人的压力。1937—1945年间，我们共歼敌伪6万多，这还不包括大反攻出关配合苏军作战，解放冀东消灭和改编敌伪10万多的数目。党中央和晋察冀分局、军区不仅从路线方针政策上及时指示我们，还先后派来大批红军干部来冀东工作，他们是：包森、陈群、刘诚光、曾克林、彭寿生、赵文进、李中权、詹才芳等。

我们的根据地除沿长城线和基本区有较巩固区外，大部分地方是游击区，其余是我之隐备区。人民表面应付敌人，暗中帮助我们。我们的人化装后进唐山、平津什么都可以买到，唯敌情严重，几乎天天有仗打，所以冀东县团以上干部牺牲较多，石家庄、唐山、遵化、盘山的烈士陵园里，都埋着牺牲烈士的遗骸。

一切为抗战胜利，为民族独立解放而牺牲在冀东、冀热辽大地上的烈士们永垂不朽！

《人民日报》1987年8月27日

刘老庄战斗

——缅怀八十二烈士

/ 倪戒非

1943 年 3 月 18 日拂晓，侵华日寇王牌军六十五师团的 3000 余名步、骑、炮兵，在师团长川岛的带领下，从淮阴城开出，过了废黄河、盐河，朝北面“扫荡”。一直到了涧桥、刘老庄。他们企图袭击我淮海抗日根据地党政军机关。

我新四军三师十九团四连八十二位指战员，奉命掩护淮海区党政机关和人民群众转移，在刘老庄就地牵制、阻击日军。

四连是个英雄连队，具有南昌起义和红军长征的光荣历史。

连长白思才、指导员李云鹏接受战斗任务后，率领全连迅速进入纵横交错的交通沟。

走在前面的 30 多名鬼子尖兵进入伏击圈时，受到四连出其不意的射击，一个个应声倒地。后面的鬼子见势不妙，抱头鼠窜。日寇指挥官川岛大校慌忙紧急纠合各路敌军迂回包围四连，切断前来增援的民兵。

上午八点钟左右，鬼子步兵一个约四五十个人的小分队，在火炮、机枪的掩护下，向四连阵地发起第一次冲锋，四连以猛烈火力扫射，击退了鬼子的进攻。在敌人面前，英雄的连队没有一个人胆怯，他们结成一个沉重的铁锤，向日寇的脑袋打去。

在机关枪的咯咯声和手榴弹的咆哮声中，四连打退了鬼子的五次冲锋，田野上留下了许多鬼子的尸体。指导员李云鹏仍和往常一样沉着，他站在大家的中央，放开嗓子，挥着拳头鼓动讲话：

“我们八路军、新四军是抗日的队伍，日寇是中国人民的死敌，我们要坚决打到底！”

“保卫根据地，保卫人民！”战士们的回答，像汹涌的波涛怒吼。

“同志们！这是考验我们的时候了！我们要为党的事业战斗到底！为民族解放战斗到底！同志们！我们要坚持党的光荣传统，要做模范，要做英雄。一个也不做孬种，一个也不当俘虏！”指导员高亢的声音，盖过了敌人隆隆的炮火声。

“保持党的光荣，不做孬种，不当俘虏！”同志们异口同声像雷鸣一样地响应。

充满着仇恨和愤怒，大家把一切伤痛和饥饿，都抛到九霄云外去了。徒手的炊事员们，也拿起了武器；司号员除了背着军号，也增加了一支长钢枪。他们是新的生力军，补充那些已经负伤或牺牲的同志。

重伤员没有呻吟，没有哭泣，他们忍着剧痛，一个个怒睁着两眼，不愿意放弃自己战斗的岗位；有些轻伤的同志，一面流血，一面坚持战斗，不肯丢下自己的武器；卫生员把药袋放在地上，小心地为伤员包扎。药毛巾用完了，他们把棉衣里的棉絮撕下来用，战士们腿上的裹带也解下来当作绷带布用了。

日军的进攻越来越凶。他们用机关枪对着路沟两头处打过来，迫击炮、掷弹筒像热锅炒的苞谷似的，前后左右到处爆炸着，有几颗炮弹落在了沟心里。敌人是想用猛烈的炮火毁灭四连这个坚强的堡垒。

“同志们，赶快用背包堵起来！”白连长嘶哑的声音叫喊着。

大家立即拿起背包拼死地推上去，几分钟堆起了两段短墙头，挡住了敌人的炮火。

突然，李指导员的头部中弹，他一声不响地跌倒地上，鲜血喷涌，淌满了脸。战士们惊叫起来：“指导员！指导员！”

指导员惨白的脸上被鲜血染红了，但他不感到一点痛苦似的，嘴角、眉间露出笑影。他慢慢地摇着右手，喃喃着，意思叫大家不要管他。

白连长跑过来，抓住李指导员的手，哽咽着说不出话来，仇恨的烈火冒上了他的头顶，烧干了他满眶的眼泪。

敌人又冲锋了！白连长跳起来，将驳壳枪一丢，端起一根上着刺刀的长枪，鼓着血红的眼睛，喉咙里迸出粗哑的声音：“同志们，上起刺刀拼呀！”

敌人第六次冲锋被打下去了。战士们雪亮的刺刀上染上了日军的血。可是在敌人猛烈炮火下，突围还没有成功。子弹打完了，怎么办？连长发话了：“我们决不让敌人抓住一个活的，也不让敌人得到一支好枪。这都是我们用鲜血换来的。同志们，把机关枪和多余的步枪统统破坏掉！”

战士们握紧上好刺刀的钢枪，决心同日军肉搏！

日军借着夜幕降临，像蠢猪似的涌到四连阵地前沿，四连战士们手端刺刀一跃而上，与日军展开白刃格斗，刀枪撞击之处，发出日军的惨叫声。战士们的刺刀捅弯了，就用枪托砸，枪托砸碎了，就用铁锹砍、牙齿咬，一场悲壮的白刃战，终因敌众我寡，八十二位勇士全部壮烈牺牲。四连共打死打伤日寇500余人。

刘老庄八十二烈士抗击日寇、忠勇殉国的革命英雄主义精神，永远活在淮阴和全国人民的心里。

《人民日报》1995年5月26日

盐阜反“扫荡”

/ 王成志

1942 年底至 1943 年冬，是苏北抗战斗争最艰苦的阶段。

1943 年 2 月上旬，日军集结第十五、十七、三十五师团及独立混成第十二旅各一部，以及伪军李实甫、徐继泰等部两万余人，完成了对苏北抗日根据地之盐阜地区的包围，企图以大兵压境之势围歼我新四军领导机关和主力部队，确保其苏北与南京、上海、杭州之间占领区的安全。

我中共华中局和新四军首长未雨绸缪，于 1942 年底就率领华中局和军部首脑机关向淮南地区转移，并为粉碎日伪军的“扫荡”，保卫苏北抗日根据地作出了一系列的部署：在全体军民中进行动员，增强反“扫荡”的必胜信心；精简党政军机关，充实基层单位，加强反“扫荡”的骨干力量，发动群众坚壁清野，大力改造地形，以利我之隐蔽和限制敌之行动；开展伪军、伪组织的工作；肃清匪特奸细，控制会道门和流氓分子等等。与此同时，第三师师长兼苏北军区司令员和政治委员黄克诚，决心采取敌进我进、内线与外线、分散与集中相结合的战法，全面展开反“扫荡”作战。并部署第八旅主力和第七旅之第二十一团及盐阜地方武装在内线坚持斗争；师部及地方党政机关一部，分散转移至盐城以东与苏中交界地区隐蔽待机；第七旅主力和第八旅之二十二团转至淮海区，配合第十旅行动，以策应盐阜区反“扫荡”作战。

此时，敌人为了集中兵力向我盐阜区大举“扫荡”，首先于2月12日，由宝应、淮阴、淮安、湖垛和涟水等地出动，向国民党军韩德勤部合击，迅速占领了风谷村、车桥、曹甸、泾口。韩部不战而溃，一部投敌，大部在我军掩护下退入我淮海抗日根据地。

16日，敌在占领韩部所控制的地区后，立即集中一点四万多人，采取拉网式战术向我盐阜区发起大规模“扫荡”。

17至19日，日伪军进占阜宁、东坎等地，并以舰艇封锁沿海各港口。20至26日，在飞机掩护下，又向黄海之滨的八滩、六合庄地区实行梳篦式的反复搜索和“清剿”。日伪所到之处，许多群众惨遭杀害，无数妇女遭受侮辱，不少村庄化为灰烬。

面对敌人的凶狠和残暴，我盐阜军民立即投入了艰苦的反“扫荡”作战。第八旅主力和第七旅一部在地方武装和民兵的配合下，分散坚持内线斗争，灵活地避开了敌人的合击，并到处伏击和袭击敌人，予敌以沉重打击。第七旅主力及第八旅一部转移到淮海区，与淮海区武装协同对敌人发起了积极反击，相继攻克沭阳县城东南的钱集、西南之龙集等据点，歼灭俘虏日伪军近一千人，缴获枪支六百余支。与此同时，第一、第二、第四师在苏中、淮南、淮北地区，广泛袭击当面的日伪军据点和交通线，有力地策应了第三师的反“扫荡”作战。我军这一系列斗争的结果，使日伪在“扫荡”圈内到处扑空，处处挨打，侧背受到严重威胁，被迫停止了全面“扫荡”。

自27日起，日伪转而对我阜宁东、西以及射阳河以东地区进行分区“清剿”，并修筑公路，安设据点，推行伪化政策，企图予以长期控制。第三师内外线部队密切配合，积极打击敌人，相继袭击阜宁、湖垛等据点，予日伪军以大量杀伤。地方武装和民兵积极开展袭扰战，破坏交通线，摧毁伪政权，使日伪军顾此失彼，到处挨打。

3月11日，各路“清剿”之敌被迫向新浦、淮阴、盐城等地撤退。我第八旅根据军部的指示，立即集中兵力在内线实施反击。16至19日，连续在黄营子、单家港等地，以伏击、袭击手段打击撤退之敌，歼灭日伪军三百余人。25日起，第三师各部展开了全面反击。主力部队、地方武装和民兵密切配合，内外线部队互相策应，以攻坚、“围点打援”、伏击、破袭等手段，向对我危害最大之日伪据点和交通线展开攻击。各部不顾疲劳，不惜伤亡，奋勇作战，连克据点十余处。第八旅主力一部在对敌坚固的中心据点陈集实施围攻时，守敌八十余人垂死挣扎，负隅顽抗，我即与敌展开白刃格斗，致敌伤亡惨重，终不能支，遂丢下死尸，向阜宁城逃窜，又被我迎头截击，日军中队长崖畅也以下八十九人无一生还。八旅二十四团在强袭滨海县城东北的八滩战斗中，与敌展开了反复的争夺，激战八小时，毙日军中队长山本以下八十余人，毙伪军二十余人，俘伪军七人，缴获机、步枪一百余支，弹药一部。

日伪军在撤退中也伺机反扑。3月18日，我第七旅第十九团四连，为掩护党政机关和人民群众安全转移，在淮阴以北之刘老庄，英勇抗击一千余日伪军的合击。连长白思才和指导员李云鹏率领全连八十二名官兵，在开阔地里，利用抗日沟作阵地，进行了英勇顽强的抵抗，苦战整日，打退敌人多次冲击，毙敌一百七十余人。在弹尽粮绝的情况下，同敌人展开肉搏，最后在敌猛烈炮火轰击下，八十二名指战员全部壮烈牺牲，谱写了一曲气壮山河的战歌。战后，朱德总司令赞扬刘老庄八十二烈士是“我军指战员的英雄主义的最高表现”。三师党委命名四连为“刘老庄连”，并决定3月18日为刘老庄八十二烈士殉国纪念日。淮阴县抗日政府和人民群众为烈士举行公葬，建造了一座高大的烈士纪念碑。

至4月14日，日伪对我盐阜区历时五十余天的大“扫荡”被彻底粉碎。

此次反“扫荡”作战，我军民紧密配合，共毙伤日伪军一千零七十余人，俘七百八十余人，攻克据点三十余处，挫败了敌消灭我新四军领导机关和主力部队并控制苏北的企图，大大鼓舞了我抗日军民的斗争热情，为以后恢复和扩大苏北抗日根据地创造了有利条件。

《人民日报》1995年7月18日

淞沪会战

——全民族抗战

/ 刘志青

淞沪会战，是1937年8月13日至11月12日中国军队抗击侵华日军进攻上海的战役，又称作“八一三淞沪战役”。

淞沪地区位于长江下游黄浦、吴淞两江汇合处，扼长江门户。由于1932年一二八事变后《淞沪停战协定》的限制，中国军队不能在上海市区及周围驻防，市内仅有淞沪警备司令杨虎所辖上海市警察总队及江苏保安部队两个团担任守备，兵力薄弱。然而，日本在一二八事变以后，即在上海虹口、杨树浦一带派驻重兵，专设日本驻沪海军陆战队司令部，驻沪兵力有海军陆战队3000余人，大批日本舰艇常年在长江、黄浦江沿岸巡弋。

1937年，日本侵略军制造七七事变，侵占平津后，企图侵占上海，而后进攻南京。8月9日，驻沪日本海军陆战队官兵两人驱车闯进虹桥机场进行武装挑衅，被中国保安部队击毙。日军以此为借口，要挟中国政府撤出上海保安部队，亦向上海增兵。

8月13日，日本海军陆战队以虹口区预设阵地为依托，向淞沪铁路天通庵站至横滨路的中国守军开枪挑衅，并在坦克掩护下沿宝山路进攻，被中国守军击退。

8月14日，中国政府发表《自卫抗战声明》。同时，军事委员会以京沪警备部队改编为第9集团军，张治中任总司令，辖3个师1个旅及上海警察总队、江苏保安团等部，担负反击虹口及杨树浦之敌任务；苏浙边区部队改编为第8集团军，张发奎任总司令，守备杭州湾北岸，并扫荡浦东之敌。

8月15日，日本政府发表声明，声称“为了惩罚中国军队之暴戾，促使南京政府觉醒，于今不得不采取之断然措施”。同日，日本下达编组上海派遣军的命令，以松井石根上将为司令官，下辖第3、第9、第11师（欠天谷支队）等部，作战任务为“与海军协同消灭上海附近的敌人，占领上海及其北面地区的重要地带。”

与此同时，蒋介石下达全国总动员令，将全国临战地区划为5个战区，沪杭地区为第3战区，冯玉祥任司令长官，顾祝同任副司令长官，并任命陈诚为第3战区前敌总指挥。决定以主力集中华东，迅速扫荡淞沪敌海军基地，阻止后续敌军登陆。

8月17日，中国军队再次向虹口、杨树浦方面之敌反击。第87师攻占日海军俱乐部，并击退敌多次反扑。第88师在八字桥、法学院、虹口公园等处与敌反复争夺。8月19日，中国军队又一次发起攻势，以从西安到达的宋希廉所属第36师加入战斗，与第88师、第87师一起，经昼夜激战，突破日军阵地全纵深，攻入汇山码头。日军凭借坚固工事顽抗待援，中国军队进展困难。第36师第215团第2营300余名官兵攻入华德路十字街口，突入巷内与敌展开白刃格斗，不料被日军以坦克阻塞路口，遭到火力袭击，全部壮烈牺牲。

在此期间，中国军队亦与日本航空队展开激战，并积极攻击进犯的日本陆军和舰艇，击落日机47架，炸沉日巡洋舰1艘，中国空军队员阎海文、沈崇海等壮烈牺牲。

8月18日至20日，日军第3、第11师先后由日本出发，至22日到达上海以东120公里的海域，换乘小舰艇准备登陆。第3战区鉴于敌登陆威胁增大，遂以第9集团军专负上海市区之作战，以新编成的第15集团军（总司令陈诚）负责吴淞镇以下沿江防线的作战。

8月23日晨，日军上海派遣军第3、第11师在优势火力掩护下，于川沙河口、狮子林、吴淞一带强行登陆。24日，中国第15集团军先后进至上海，向登陆之敌发起反击。9月1日，日军1000余人围攻狮子林炮台，第98师一部与敌反复白刃搏斗，多数牺牲。9月5日，日军集中30余艘军舰，掩护陆军向宝山发起猛攻，中国军队顽强抵抗，守卫宝山的第18军第583团第3营500名官兵，在营长姚子青率领下，浴血奋战，击退日军数次冲击，奋战2昼夜，多数壮烈牺牲。

9月上旬，由于日军不断增兵，战争逐步升级，中国军队也陆续增援，不断调整部署。9月11日以后，蒋介石自兼第3战区司令长官，顾祝同任副司令长官。以陈诚的第 15 集团军为左翼作战军，以张治中的第 9 集团军为中央作战军，以张发奎的第 8 集团军为右翼作战军。9 月 21 日，再次调整部署，朱绍良任中央作战军总司令兼第 9 集团军总司令；陈诚任左翼作战军总司令，下辖第 19 集团军（薛岳为总司令）和第 15 集团军（罗卓英为总司令）；张发奎任右翼作战军总司令，下辖第 8 集团军（张发奎兼总司令）和第 10 集团军（刘建绪为总司令）。

9 月下旬至 10 月初，日军第 101、第 9、第 13 师等增援部队陆续在上海登陆，加入上海派遣军之作战。至此，日军总兵力达 20 万人。尽管日军在武器装备上占有很大优势，但至 11 月初仍未能获得决定性胜利，却付出了重大代价。日本统帅部急于在上海方面取得预期战果，决心采取新的措施。11 月 5 日拂晓，日军利用大雾、大潮在杭州湾的全公亭、金山咀登陆，对淞沪实施迂回包围。中国右翼军部分沿海守备部队已抽调支援市区作战，猝不及防，阵地相继失守，战局急转直下。日军第 10 集团军于 11 月 6 日占领金山，力图与上海派遣军达成合围。蒋介石被迫于 11 月 8 日下令全线撤退，日军于 11 月 9 日占淞江、11 月 12 日占上海。至此，战役结束。

淞沪会战从 1937 年 8 月 13 日开始，至 11 月 12 日结束，历时 3 个月。日军投入 10 个师 28 万人的兵力，动用军舰 30 余艘、飞机 500 余架、坦克 300 余辆；中国投入 70 余个师的兵力，动用舰艇 40 艘、飞机 250 架。中国官兵同仇敌忾，斗志昂扬，以劣势装备与敌人拼搏，毙伤日军 4 万多人，粉碎了日本帝国主义速战速决的迷梦。

淞沪会战期间，上海人民以各种方式积极参加抗战，支援前线。各界群众都组织了救亡协会。文艺界救亡协会、学生界救亡协会、上海市纱厂工友救亡协会等团体，都开展了宣传、募捐、演出、慰劳等活动。全国各界民众积极支援上海抗战。湖南学生战地服务团和福建省民众组织的慰问团，都到前线进行慰劳。海外华侨踊跃捐献，支援祖国抗战，到 10 月 16 日，捐款已达 330 余万元。

中国共产党领导的抗日武装挺进敌后，也从战略上配合了淞沪抗战。

因此，淞沪会战，是中国全民族的抗战。

《人民日报》1995 年 8 月 3 日

神头岭

——日寇“伤心岭”

/ 王书范

1938 年 2 月，日军华北方面军以 3 万余人的兵力，向晋南、晋西发动进攻，至 3 月上旬先后侵占长治、临汾、风陵渡等重要城镇，并继续向晋西黄河各渡口进犯。八路军第 129 师师长刘伯承、政治委员邓小平为策应第 115 师和第 120 师在晋西、晋西北的作战，牵制向黄河河防进攻的日军，并配合晋南国民党军作战，于 3 月上旬奉命进至晋东南的襄垣地区，侧击由东阳关向潞城、长治进犯的日军第 108 师团，并破坏东阳关至长治的公路。

3 月 14 日，刘伯承师长、邓小平政委率第 129 师主力进至襄垣以东的浊漳河畔，设师指挥所于杨家庄。师指挥所的作战室里，墙壁上挂着缴自日军的五万分之一军用地图，邯长大道被红笔醒目地勾了出来。刘伯承、邓小平、李达和各旅领导及作战参谋正坐在作战室里，研究着神头岭伏击作战方案。刘伯承师长部署是：

以第 385 旅第 769 团袭击黎城，并阻击涉县出援的日军；以第 386 旅在潞河村与微子镇之间的神头岭地区设伏，歼灭潞城出援之日军。我们袭击黎城驻扎之敌，目的是吸引涉县、潞城之日军来援，在必经之路神头岭予以伏击。邓政委要求各部队按照刘师长的部署做好一切准备工作，打好神头岭伏击战这一仗。神头岭实为一道山梁，光秃秃的只有一二百米宽，公路从岭中间蜿蜒而过，路面比两旁的土坎略低，猛一看，这里地形很难埋伏大部队。刘师长带着大家察看了四周的山峰沟壑和道路后说："我们原定决心不变。兵法上说：'兵者诡道，去留不定，见机而作，不得遵常'。当敌人以为地形对我不利而疏于防范时，我偏偏一反常态，可收出敌意外之效。此处地形狭窄，我方兵力难以展开，但敌人的装备比我们好，展开更加困难，骑兵也没法机动。"在返回的路上，刘伯承师长又讲了这次伏击战的战术问题，他说："这次采用'吸敌打援'战术，先要袭击黎城驻扎之敌，以吸引涉县、潞城两地日军来援，在必经之路东、西黄须和神头村予以伏击，袭击是手段，伏击才是目的。我之所以把这种战术叫'吸敌打援'，它的关键点在打援。"经过刘师长的讲述，大家对刘、邓首长的这次作战方针和部署都心悦诚服，表示坚决打好这一仗。3 月 16 日拂晓前各部队按照师首长部署进入伏击阵地，并完成了一切战斗准备。

3 月 16 日 4 时，八路军第 129 师 769 团 1 营袭入黎城，与日军展开激战，歼其百余人，于拂晓前即主动撤出城外，向西北乔家庄转移。与此同时，第 769 团主力在东黄须、西黄须击退由涉县来援的日军。第 771 团特务连烧毁赵店镇公路大桥，切断了黎城、潞城之间的交通。黎城日军受到我军袭击后，潞城的日军即以步骑兵1500余人向黎城增援。8时30分，其先头分队汽车2辆、骑兵20余人通过神头岭，因赵店镇公路桥已毁，被阻于浊漳河边。9时，其本队进到神头岭地区，虽进行了侦察，却未发现八路军的伏击部队。9时30分，当日军全部进入我伏击地域时，我埋伏于神头岭北端的第771团由正面出击；埋伏于公路西侧的第772团和东侧的补充团，实施夹击，迅即将日军截成数段，喊杀声、枪炮声震耳欲聋。日军遭到突然袭击，顿时混乱，且由于地形限制，兵力兵器难以展开，死伤惨重，一部窜入神头村内，凭借房屋窑洞负隅顽抗。战至11时30分，除百余名日军窜回潞城外，其余全部被歼。被阻于浊漳河南岸的日军，亦被第771团特务连歼灭。以后，由黎城来援的日军，被阻于浊漳河北岸。由潞城两次来援的日军，亦大部被第772团歼灭。16时战斗结束，八路军第129师以伤亡240余人的代价，歼灭日军1500余人，缴获长短枪550余支和骡马600余匹，以及其他大批军用物资，给侵入晋东南日军以沉重打击。

这次战斗，是一次漂亮的速决全歼的伏击战，又一次杀出了八路军的威风。战后不几天，日军汽车部队的一名伍长在日记里写道：“第108师团这样的损失是从来没有的，潞安到黎城的道上鲜血这边那边流着，我们的部队通过其间，真觉难过，禁不住流下滚滚的热泪。”

神头岭，成了日军丧魂落魄的“伤心岭”。

《人民日报》1995年8月3日

冲破黎明前的黑暗

/陈　浚

1941年秋到1943年秋，华北敌后战场出现了黎明前黑暗的情况。能不能战胜这种极端困难，关系到抗日根据地的生死存亡，也关系到中国的前途和反法西斯战争的全局。

日本帝国主义预定三个月灭亡中国之初，根本没有把中国共产党的力量估计在内。万万想不到，它攻占的华北竟成为八路军纵横驰骋的广阔天地，共产党广泛发动了华北沦陷区一切不愿意做亡国奴的人们，拿起武器，点燃了人民战争的烈火。日寇为确保占领区，调兵60万，回师华北。又不断吸取“扫荡”失败的教训，1941年制定了“三分军事、七分政治”的方针，捏合军事、政治、经济、文化各方面的力量，进行“总力战”。

军事上，加强“肃正讨伐”大扫荡与蚕食政策结合，分进合击、分区“扫荡”与急袭、奔袭相结合，建据点碉堡，挖护路沟，筑封锁墙，步步为营，割裂和肢解我根据地。

政治上，“以华制华”分期推行“治安强化运动”，依靠伪政权，建立保甲制，实行连坐法，组织“维持会”，先秘密，后公开，由据点向周围蔓延，甚至伸进根据地几十里。

经济上，实行“三光政策”，破坏春耕、秋收，摧毁我军民生存基础。严密封锁，禁止一切军需品和民用必需品运进根据地，掠夺各种物资，“以战养战”，支持长期侵略战争。

文化思想上推行奴化教育，宣扬中日“共存共荣”。大量散发伪报章杂志，腐蚀中国人的民族意识和抗日情绪。恶毒进行反共宣传，制造谣言，挑拨离间党政军民的关系，瓦解民心士气。

日寇的“总力战”，一度造成敌进我退，根据地日益缩小的严重态势。到 1941 年秋，敌在华北把 4500 多个据点、7900 多座碉堡连结起来，构成大大小小的囚笼，包围和割裂根据地。像群众描绘的那样：“抬头见岗楼，迈步登公路，无村不戴孝，到处冒狼烟。”

中共中央、毛主席号召华北军民，认清困难，咬紧牙关，冲破黎明前的黑暗，就必能迎来胜利的曙光。在中共中央北方局和八路军总司令部的领导下，团结一致，坚决执行中共中央的决策，实行精兵简政，展开对敌的全面斗争和生产自救运动。

实行精兵简政，规定军队人数不能超过当地人口总数的 2%，脱离生产的行政人员，不能超过 1%。晋冀鲁豫边区，先后三次精减，政府系统脱离生产人员，从 2.5 万多减少到 1.2 万人。1942 年 1 月，中共中央作出《关于抗日根据地土地政策的决定》，各根据地再一次发动减租减息的群众运动，实行“二五”减租，分半减息。切实减轻了农民遭受的深重经济剥削，群众得到了看得见的利益。为保卫切身利益，掀起拥军参军的热潮。

1942年秋到1943年夏，华北连续大旱，灾情发生后，各根据地成立了党政军民联合救灾委员会，发动群众生产自救运动，有组织地挖野菜、捋树叶、摘野果，充当粮食作为度荒的主要方法。政府对重灾区，减免公粮，调拨救济粮以工代赈；政府组织长途运输，从山西非灾区运来5万公斤“救命粮”。129师发出《关于生产节约，度过灾荒，迎接胜利的决定》，提出要有计划地节约粮食，用蔬菜、野菜和树叶代替粮食，据4个军分区和1个团的统计，挖野菜、摘树叶82万多斤。八路军总司令部规定每人每天吃8两野菜、4两树叶。彭德怀副总司令带头吃野菜树叶，上山开荒。在中国共产党的领导下，根据地军民终于战胜了百年不遇的大灾荒。就在同样的灾荒下，河北、河南的敌占区和国民党统治区，饥民流离失所，卖儿卖女，敌占区有20万难民，逃入根据地；国民党统治下的河南灾区，一年饿死300万人。

结合武装斗争，我对敌发动了强大的政治攻势。由50到70人组成的武装工作队，像成百上千柄尖刀，插进敌占区腹地。到处举行群众大会，宣传党的各项政策以及根据地的建设和人民生活，广泛宣传对伪军伪组织人员的政策，宽大与镇压相结合，立功受奖，死不悔改、罪大恶极的严办。在敌占区内新建的小块游击据点，形成新的包围与反包围，粉碎了敌人的“囚笼政策”。

日寇在发动太平洋战争之前，指望从中国战场上抽出主力部队，先后“扫荡”了华北各个抗日根据地，从 1941 年秋到 1942 年秋，日寇进行千人以上到万人的“扫荡”132 次，万人以上到 8 万人的“扫荡”27 次。我军反“扫荡”作战达 1.2 万多次，打死打伤敌军 8.3 万多人，我军也付出重大代价，伤亡 6 万多人。战斗的频繁和激烈，由此可见。日本帝国主义发动太平洋战争之后，兵力更加不足，但是却没有一天放松过华北敌后战场。只是“扫荡”的兵力，都是由包围我根据地的据点抽调拼凑起来的，只能进行分区“扫荡”，短促突击，但更加残暴，有计划地一小块一小块地摧毁我根据地。可是敌人顾此失彼，后方空虚，给了我“敌进我进”的良机，有利于我武装工作队钻进敌人肚子里，再开辟新的根据地。而深入我根据地“扫荡”的敌人，兵力分散，规模不大，遇我群众性游击战。我军民用较小的牺牲，打死打伤更多的敌人。1942 年 8 月到 1943 年 7 月，同上年相比，对敌作战增加 1 万多次，死伤敌人增加 3 万多，破坏铁路 159・5 公里、公路 1 万多公里，平毁护路沟 1 万多公里，推倒封锁墙 1000 公里，拔掉敌据点 600 多个，攻克县城 13 座。反“蚕食”，反“总力战”，造成了向敌后之敌后进军的浩大声势，不仅恢复了失去的根据地，而且在敌占区生根、开花、结果，敌占区越来越缩小，抗日根据地一天比一天扩大，华北敌后走过了发展——缩小——再发展的“之”字形的曲折道路。

党中央、毛主席的预见和制定的英明决策，激励华北军民焕发了高昂的爱国主义精神，磨练出百折不挠的革命精神，凝聚起大无畏的奉献精神，迸发出石破天惊的巨大威力，冲破了黎明前的黑暗，打开了局部反攻的通道，奔向抗日战争的最后胜利。

《人民日报》1995年9月2日

首战平型关

/白　刃

首战平型关，是八路军出兵华北打的第一个大胜仗，也是中国全面抗战后第一次打的大胜仗。

1937 年 7 月 7 日，日本帝国主义在北平卢沟桥，发动了大规模的侵华战争，声言三个月灭亡中国。日寇占领平津后，于 9 月中旬分三路南下和西进，以三个师团西进攻取山西，右翼沿平绥铁路占大同逼近雁门关，左翼经蔚县、广灵等地，妄图突破平型关，与大同的日军会师雁门关进攻太原。

中共中央于 8 月 22 日召开洛川会议，讨论我军对日作战的方针，确定以独立自主的山地游击战，但不放弃有利条件下的运动战。

会议期间，中国工农红军加紧改编为国民革命军第八路军，朱德任总指挥，彭德怀任副总指挥，叶剑英和左权任正副参谋长，任弼时和邓小平任正副政治部主任。下辖三个师：第 115

师、第120师、第129师。第115师师长林彪、副师长聂荣臻（后改为政治委员），罗荣桓和肖华任政治部主任，周昆任参谋长。下属343旅，旅长陈光，政委周建屏；344旅，旅长徐海东，政委黄克诚。另编有独立团和骑兵营。全师一万五千五百人。

改编后，第115师在三原举行抗日誓师大会，罗荣桓、肖华、陈光和徐海东率部经白水，从韩城的芝川镇东渡黄河。林彪与聂荣臻开完洛川会议，为了赶部队，冒大雨骑马到西安，换火车至潼关渡黄河，到山西的侯马，与部队乘山西特有的窄轨火车北上，经太原至原平下火车。

部队在太原火车站，受到学生和市民的热烈欢迎，可是从原平开赴前线，沿途遇到溃退下来的国民党军，一批批像潮水般涌来，士兵用步枪挑着抢来的老百姓的小鸡和衣物。问他们为何退下来？回答是日本人的飞机、坦克和大炮非常厉害；问他们为何不同鬼子拼杀？回答是还没见日军，长官先跑了，没人指挥。看到我军开往前线，他们感到很奇怪。

9月23日，聂荣臻到达平型关东南的上寨村，便和先头来看地形的林彪研究作战方案。林彪摊开地图说，大队日军正向平型关进犯，这里地形好，可以打一仗。聂荣臻听他介绍周围地形，也认为居高临下伏击敌人，是个便宜仗。

为打好这一仗，召开了全师干部动员大会，林彪讲了敌我情况，谈了胜利条件和注意要点。聂荣臻说：“这是我们同日本侵略军第一次交锋，全国人民都在看着我们，这个仗必须打好，打出八路军的威风来，振奋全国人民的抗日情绪。”接着他介绍日军板垣师团的情况：“板垣征四郎是个中国通，1929 年即在关东军当参谋，参加制造九一八事变和组织伪满洲国，因此很快从大佐升任中将师团长。板垣师团的武士道精神很强，在日军中有些名气。板垣进攻华北，遇到的都是不战而退的国民党军，所以部队的气焰十分嚣张。”听完首长的讲话，同志们异常激动，都下决心打大胜仗。

从平型关山口到灵丘东的河南镇，是一条狭窄的沟道，中段十几里地全是险要的深沟，这条沟叫乔沟，沟底只能通过一辆汽车。9 月 24 日深夜，343 旅两个团，冒着倾盆大雨出发，战士们身上穿的单衣全淋湿了。更糟的是山洪暴发，有些河沟水至胸口，急着过河的几个战士，被山洪冲跑。大家只好手挽着手在激流中蹚水前进。

拂晓前雨过天晴，部队进入伏击阵地。天亮后，传来阵阵马达声，板垣师团第 21 旅团的辎重和后卫部队四千多人，一百多辆汽车和两百多辆马车，在泥泞的乔沟窄道上缓慢前进，坐在汽车上的鬼子兵摇摇晃晃，得意洋洋，从雁门关南下，未遇到任何抵抗，根本没有防备。

按照作战命令，陈光的 343 旅是主要伏击力量。杨得志和邓华的 685 团，堵住前面的日军，并封锁其南窜道路。李天佑和杨勇的 686 团正面向敌人冲杀。徐海东指挥 687 团在蔡家峪西南，包围分割日军的后卫部队，切断其退路。

清晨 7 点钟，林彪和聂荣臻进入山顶指挥所，在树林边用望远镜观察，看见长列的汽车和马车在深沟里滚动。参谋们报告各伏击部队传来的敌情，日军已全部进入伏击圈，林彪与聂荣臻决定将敌人切成几段消灭之，发出攻击号令！

伏击一开始，敌人的指挥系统被打乱了。但他们毕竟是训练有素的板垣师团，受过武士道精神的熏陶，遭到突然袭击猛醒过后，开始顽强抵抗，有的躲在车轮和辎重后面射击，有的与我勇士们白刃格斗，有的和我健儿们相扑，抱着打滚，用拳头打，用牙齿咬，有的抢占有利地形反抗，有的跑进山洞里射击。我们的战士还用内战时那一套，喊着“缴枪不杀，优待俘虏”，日本兵听不懂，射出子弹作回应，战士们只好掷进手榴弹将他们炸死。

板垣征四郎，自从发动侵华战争以来，一路横冲直撞，如入无人之境，想不到在平型关被我迎头痛击，一时慌了手脚，急调在蔚县和涞源的部队，火速向平型关增援，走到中途，遭到杨成武的独立团和骑兵营的狙击，在灵丘地区被我歼灭三百多人，不敢再前进。

平型关伏击战，从清晨打到中午，我八路军以劣势装备，战胜武装到牙齿的日本强盗，歼灭板垣师团21旅团一千多人，击毁敌人的汽车一百余辆，缴获大车二百余辆，长短枪一千余支。其他武器辎重很多，单是军用大衣就足够全师每人一件。此外还缴获一批军用地图和秘密文件。

平型关大捷迅速传遍全国震惊世界。各地爱国人士发来大量贺电和贺信，连蒋介石也来电祝贺：“有日（指9月25日——作者注）一战，歼敌如麻，足证官兵用命，指挥得宜。捷报南来，良深嘉慰。”接着蒋介石又给朱德总司令发来嘉奖电。程潜、阎锡山、杨虎城等国民党军政要员，纷纷来电祝贺。

平型关大捷，是中国工农红军改编成八路军，出征华北后打的第一个大胜仗！也是中国全面抗战后打的第一个大胜仗！给恐日病和亡国论者有力打击！有人感到奇怪，为什么久驻华北的几十万国民党军不能打个小胜仗，而刚到前线的八路军一万多人，却能打这样辉煌的大胜仗？原因很简单：中国共产党顺应民意，决心抗日救国；八路军指战员同仇敌忾，不怕流血牺牲，人人憋了一股劲，恨不得与日寇决一死战。平型关一战，我军伤亡五百多人。单是686团9连，就打剩下十几个人。副团长杨勇负伤后继续指挥战斗。连长曾贡生带着战士冲下公路与鬼子白刃格斗，在肉搏中光荣牺牲。

平型关大捷，打出中国人民的志气，打出八路军的威风！尽管事隔近七十年，中国人民永远不会忘记！

《人民日报》2005年7月5日

太阳旗下的刽子手

——侵华日军炮制的“新国民运动”真相

/ 吴庆彤

历史的责任

1943年，日本侵略军在河北省任丘、高阳两县制造“新国民运动”惨案，大批同胞遭到杀害，给我留下了难以忘却的记忆。那时，我在冀中军区第九军分区司令部当译电员，住在高阳县的南马村，军分区司令部曾几次向晋察冀军区报告情况，由我翻译成密码电报发出去。我作为活着的历史见证人，有责任把那段屈辱、悲惨的历史，告诉我们的子孙后代。

为了写得准确，2005年6月6日至12日，我前往河北省石家庄市、保定市、任丘市和高阳县，在各级地方政府有关部门协助下，查阅了“新国民运动”惨案的历史档案和有关资料。河北省社会科学院抗日战争研究中心的同志们，提供了一批很有价值的史料，包括日本战犯和战俘留下来的笔供。我还在任丘、高阳两地与数位历史见证人进行了座谈，到会的各位老人回忆了许多历史情况。大家说起1943年的“新国民运动”惨案，日本鬼子的惨无人道，依然历历在目，依然怒气冲天。

太阳旗下的刽子手

日寇准备在华北实施的“新国民运动”计划，是日本华北派遣军司令部制定的。它包括四方面内容：一是建设华北，完成“大东亚战争”；二是剿灭共产党，肃正思想；三是确保农业生产，降低物价；四是革新生活，安定民生。不难看出，先两条是目的，后两条是装饰。敌人含针对我抗日军民的鱼水关系，以所谓“巩堤拦水，淘水捉鱼”为手段，达到离间之目的。侵华日军华北派遣军司令官冈村宁次决定，“新国民运动”首先在冀中任丘、高阳两县进行“突击示范”，并从该部抽调特务团三十分队和“剿共委员会”50多名日本特务，经训练后，由华北派遣军情报主任参谋山崎少佐和他的助手恒尾带领，组成“突击示范队”，到任丘、高阳两县推行罪恶的“新国民运动”，妄图成功后在华北推广。

日军炮制的“新国民运动”的主要做法是：把群众召集在一起，强迫背诵“反共誓约”。其誓词有六条：“一、皇军及中国军警到达村落时，村民决不逃避；二、皇军和中国军警问话时绝无虚伪之陈述；三、今后绝对拒绝八路军及其军政机关所要求的一切破坏行为；四、绝对迅速提供所得的确实情报；五、严守回心条例及布告等，决不违犯；六、以上各条如有违犯，任何处罚情愿甘受其苦。”日寇要求每个人都要背熟这个“誓约”，发誓效忠“皇军”，甘当“反共”的新国民，并要求立即照办，检举共产党、八路军及抗日分子。凡是背不过的、不检举的和表示不满的，就不是“东亚解放的新国民”，就要立即处罚。“新国民运动”的推行过程，就是日本侵略军对中国人民惨绝人寰大屠杀的过程。这伙毫无人性的野兽，用活埋、毒打、刺刀刺死、指挥刀砍死、洋狗咬死、不给吃饭、不给水喝等法西斯手段，残杀不屈服的任丘、高阳两县人民。

8 月 23 日，“突击示范”在任丘、高阳两县同时开始。山崎和恒尾在驻地日军和伪军的配合下，分别到任丘、高阳各村示范。山崎指令恒尾先走一步。恒尾在高阳县李果庄强制群众跪在地下背“反共誓约”，背不过的，就用刺刀逼着扒房檐，谁掉下来就杀谁。村民齐亭章等 4 人掉下来了。恒尾狂叫：“大日本皇军到中国来是干什么的，就是来杀人的！”说着，将指挥刀往水里一蘸，把 4 个人的头颅砍下，他还把鼻子凑到刀上嗅一嗅。恒尾在东良淀村反共誓约大会上，用刀枪逼着老百姓背誓约。村民王书年双目怒视敌人，就是不背。恒尾要活埋他。王书年赤手空拳去夺恒尾的指挥刀，被砍掉了右手，又用左手去夺。恒尾慌张地掏出手枪，啪啪数枪，王书年壮烈牺牲。

屠杀并没有吓倒英雄的两县人民。多数村庄的群众拒不参加“反共誓约”会。山崎、恒尾一计不成又生一计，诱逼任丘和高阳两县 16 岁至 45 岁的男性青壮年到城里参加“反共誓约大会”，妄图用更加残忍的手段令两县人民屈服。由于我抗日军政机关采取了一些对应措施，组织人员劝阻，广大群众才没有上当，但仍有2.25万人（其中任丘1.5万人，高阳7500人）被诱逼进城。敌人的诱逼词是：去了发给良民证，皇军见了给打立正，去去就回来。哪个村不去，就是八路村，房子要烧光，人要杀尽。谁家不去，谁家兜着。这部分人进了城，立即被扣押，才知道上当受骗了。

10月14日，高阳县“反共誓约大会”的会场设在城隍庙大院，房上架着机枪，周围站满了端着刺刀的宪兵，台上摆着12口铡刀。恒尾分管高阳县的“新国民运动”。他手持木棍，天天到庙内来检查，看谁不顺眼就把谁按倒一顿毒打，3天内被打得头破血流的有300余人，仍一无所获。山崎宣布实施“饿死法”的10月22日傍晚，高阳南路台村的王林子、何大兴、翟章饿急了，以为怎么也是死，乘敌不备跳墙逃跑，结果被抓回。恒尾指使日本兵将他们吊打了一夜，鬼喊神嚎，全庙的人都惊慌失色。第二天，恒尾来了，当众把已被打得快死的王林子，用指挥刀大开膛，掏出心肝肠子，喂他的洋狗。接着把其他两人枪杀。同时，威吓说：“谁要跑，一样一样的！”死亡并没有吓倒有骨气的中国人民，有数十人冒死弄开大梢门逃出。其中有3人被敌人发觉堵回屋内。恒尾拽出北路台村18岁的李小牛，恶狠狠地说：“死了，死了的！”李小牛面不改色地回答：“死了，死了的。不怕！”恒尾将刺刀从李小牛前胸穿透后背。他仍然挺立，呼喊：“乡亲们，这就是当亡国奴的下场！谁能出去，要报仇，打日本！”后又被连刺数刀，英勇牺牲。在场的难友个个眼里含着泪水，从心里敬佩这位年轻的英雄。

10月18日，任丘的“反共誓约”大会会场设在城东南角的广场上。会场四周架着机枪，里边挖了很多埋人坑。荷枪实弹的日伪军把会场围了个水泄不通。山崎说，我们这是“淘水捉鱼”。你们“老百姓是水，八路军是鱼”，来了就别想回去。并宣布了“三不准”“十枪毙”：一、见了皇军不准逃跑。二、皇军问话不准说不知道。三、皇军要东西不准不给。交头接耳枪毙、说话枪毙、流动枪毙、解手枪毙、吃东西枪毙、吸烟枪毙、咳嗽枪毙、吐痰枪毙、抬头枪毙、逃跑枪毙。会场一片恐怖。

汉奸们耀武扬威，呐喊着叫大家背反共誓约六条。山崎拔出指挥刀，大声逼问：“谁是共产党，八路军？谁给八路军藏枪？谁和共产党八路军通气？”会场鸦雀无声。山崎暴跳如雷，令汉奸李弼臣、张介福拉人到台前逼问。第一个被拉上台的是任丘县麻家坞村村民王虎，他面对敌人愤怒地大声说：“六条不会，八路军我不知道！”敌人立即把他推到坑里活埋。埋后又刨出来再次逼问，王虎依然坚定回答：“不知道！”敌人把他打得皮开肉绽，不省人事。接着又拷打了几个人，敌人用尽种种残酷手段，没有得到一点信息。后来又把群众关押在圣人殿、城隍庙和汽车站3个大院里，一个村、一个村地拷打讯问。3天中，有150多人被毒刑拷打，近百人伤残。被关押的乡亲们，面对敌人的酷刑、屠杀，纷纷起来反抗。任丘县有130人从敌人的监视下向外冲，鬼子开枪射击，有30多人当场牺牲，近百人逃跑成功。在大家向外冲时，东关的陈卜高喊着“中国人誓死不当亡国奴！”扑上去夺了一鬼子手里的枪，被另外几个鬼子开枪打死……

山崎见两县群众不当刀枪下的顺民，惨无人道地提出实施“饿死法”。断粮断水七天七夜，不让吃、不让喝。在断粮断水两三天后，被关押的老百姓开始吃地上的野草、树叶、树皮、衣服里的棉絮，喝草帽接的雨水，甚至自己的黄尿。断粮断水的第七天，被关押的两县群众成片晕倒，有些人开始死亡。山崎无可奈何，才允许给每人喝一碗凉水。日本鬼子用尽了伎俩，要群众说出八路军的武器弹药、粮食、文件藏在什么地方，但是收到的仅有应付敌人的破鸟枪，得到的只有假情报。老百姓为了赎回自己的亲人，也被迫交出一些粮食、棉花和伪钞。

因为饥渴，被关押在两个县城的群众，死亡的人一天比一天多。山崎决定从两县挑出3500多名年轻人送进“感化院”，其他老弱病残陆续放了出来。受难的群众，被亲人抬着、搀扶着离开县城。我亲眼看到我的房东刘维汉被诱逼进城参加“大会”，十几天后被敌人放回来，已被折磨得好像换了一个人，一位身体结实的壮年人，衰弱得走路都晃晃悠悠。他失声痛哭诉说在敌人那里受苦受难的情景，至今深深地刺痛着我的心，使我永生难忘。在两县县城被关押的群众，有400余人因饥渴、屠杀、殴打致死（包括回家救不活的）。其中高阳县被关押的群众当场死亡35人，回家后不久死亡98人。一时间，两县村村戴孝，处处哭声，成了发丧的世界。被胁迫去“感化院”的人，没有一个人被“感化”，后来在我军民的帮助下，全部逃了出来，大部分人参加了八路军。

在此后的“新国民运动”突击示范大检查中，山崎在任丘县指令驻鄚州镇日军小队长小久保，在八方村和东铺里村召开“反共誓约”大会，把很多群众逼进水坑，把青年妇女拉到老爷庙强奸，将4名中年妇女的衣服扒光，先用刀把乳房割掉，最后用刺刀一一剖腹杀死。临走时，还将该村的房屋全部烧光。小久保为考验“新国民”的忠诚，命令鄚州镇和五里以内的村庄，不管男女老幼，听到钟声跑步到北关外集合，晚到10分钟的砍头；准时到的排成队，男女老幼一律脱光衣服，用肚皮去贴冰。因天气寒冷，时间长了肚皮和冰凝结在一起，再也爬不起来的，小久保命日本兵从冰上硬拉，将肚皮拉破，鲜血流在冰上。这个野兽竟哈哈大笑，命令将拉破肚皮的人，一个一个扔到冰窟窿里，叫作“冰炸肉油条”。又一次，小久保在鄚州召集邻近村庄500人开“反共誓约”大会，他亲自用指挥刀逼着群众背“反共誓约”，不论会背不会背，他都要从人群中往外拉人，逼问村里有无八路，谁是共产党。一连问了15个人，都回答“不知道”。结果把15人全部活埋了。接着，又拉出13人，连问也不问，就叫日本兵用刺刀全部刺死……

11月28日，恒尾带领驻高阳县的日伪军，先在南坎苇、庞口、杨庄等村屠杀了11人。在召开“反共誓约”会时，让三四十名男女青壮年脱光衣服，用凉水往身上浇。并说：“为了让你们背过誓约六条，先浇浇你们，让你们清清头！”随后，恒尾和驻旧城日军小队长山井，两人冷笑一阵后，便开始逼问群众：“谁是共产党干部？”张玉见无人答声，鬼子要动手杀人，便站出来说：“我知道！”山井问他：“干部名册和武器文件，藏在什么地方？”张玉愤怒地回答：“要命有命，别的什么也没有！”山井一刀砍下张玉的头，看看刀崩了一块，他狰狞地说：“好硬的骨头，还得试试！”随后又砍了张中元的头。敌人到庞口村时，边开“反共誓约会”，边挖埋人坑。先活埋了程老九，接着又指问群众谁是干部、谁是共产党员？第一个被指问的是王合，王合气愤地指着敌人说：“共产党员、干部我死也不说，他们还得活着，埋你们这些狗强盗！”恒尾气炸了肺，又指问了6个人，都异口同声地回答：“不知道！”被问的人全被活埋。活埋李文成时，敌人逼着他的父亲李湘江亲手埋了自己的儿子……在短短的几个月里，恒尾在驻高阳日军尤马中队配合下，践踏了全县162个村庄中的160个，到处烧杀抢掠，无恶不作，使许多村庄，变成了饥饿之乡，死亡之乡。

为死难同胞报仇

1943年11月下旬，中共九地委书记兼第九军分区政委张庆春、司令员魏洪亮，在任丘县边关村召集42地区队（有3至5个连兵力的主力部队）领导和任丘、高阳两县的县委书记、县大队领导参加的紧急会议，决定集中兵力，彻底粉碎敌人的“新国民运动”，为死难的同胞报仇。要求42地区队、县大队紧密配合，积极寻找战机，只要敌人的“突击示范队”出动，就要不惜一切代价，彻底歼灭它。区小队和民兵要不分昼夜地袭扰敌人，接应被关押在县城“感化院”的群众外逃。同时，命令24团、34地区队在清苑、安新、蠡县、肃宁等县积极活动，牵制敌人，不让各县之敌支援任丘、高阳两县；也不让任丘、高阳两县之敌，集中兵力搞“突击示范”。

1943年12月4日，我42地区队获悉：驻高阳旧城据点日军加藤中队的一个加强小队和伪军两个中队，将于5日经西良淀渡口到潴龙河东岸的百尺村搞“突击示范”。42地区队政委李惠芹立即在南龙化村，与高阳县委书记丁廷馨，县大队长甄树南、副政委李和等人一起研究决定，在敌“突击示范”返回西良淀时，伏击消灭该敌，并进行了周密的部署。在李惠芹政委统一指挥下，42地区队一连、高阳县大队和第三区小队，由南向北穿过任丘至高阳的公路时，被敌人指派放哨的群众见到自己的军队喜出望外，高喊着：“平安无事喽！”迷惑敌人，使我伏击部队悄悄地进入预定地点。

5日下午5时，当日伪军从百尺村搞“突击示范”回城，经过西良淀时，我军放过伪军和民夫，待鬼子全部进入村内伏击圈后，政委李惠芹一声令下，房上、屋内步枪、机关枪、手榴弹顿时打成一片火海，打得鬼子狼嚎鬼叫，乱作一团。副连长刘发田见加藤哇哇叫着指挥几个鬼子反扑，立即带领一个班冲上去，把加藤和几个鬼子逼到临街的一个厕所里，用手榴弹把他们全部炸死。其他鬼子也被我英勇的战士消灭。两个中队的伪军缴械投降。部队在打扫战场时，一位老大娘急忙拉着几个战士到她家去，打开大柜，从里面抓出一个鬼子来。原来这个鬼子被打得乱窜，逃到老大娘家，用手比划想躲起来，大娘急中生智，把他锁进了大柜里。当我军打扫战场时，这个鬼子成了我军的俘虏。

1944年1月，我42地区三连和任丘县大队攻克赵北口敌人据点，全歼守敌。鄚州日军小队长小久保，十分惊慌和恼怒，急于寻机报复。我军抓住他这个心理，拟定了“围点打援”战术。1月24日，先以部分兵力袭击王庄碉堡，诱敌增援。我42地区队三连和任丘县第五区小队埋伏于小荀各庄。小久保带领日军40多名，从野地奔向小荀各庄，抢占了村头一块坟地，架起重机枪，向村内开火；随后，带日军冲向村里。我三连连长张云祥待敌人冲到距离阵地40米处，命令司号员吹起冲锋号。顿时，我军步枪、机枪、手榴弹一起开火。打得敌人东逃西窜，伤亡大半。小久保及其残部被我压缩到坟地，三次反扑，均遭迎头痛击。我三连组成36人的突击队，由三排长柴云山带领冲进坟地，与敌人展开肉搏战。三排长柴云山和三班谢班长在肉搏中，结果了杀人魔王小久保的性命。其他日军也全部被我歼灭。当地群众无不拍手称快，家家包饺子，庆贺自己的胜利。

这场由侵华日军统帅冈村宁次谋划、日本特务山崎一手操纵的“新国民运动”“突击示范”，到1944年初，历时5个月，总共屠杀我两县和平居民853人，打伤打残1900多人，烧毁民房4300多间。在我军民的沉重打击下，最终遭到了失败。

历史不该忘记

日本法西斯在侵略我国的战争中，为了吓阻中国人民起来反抗，迫使中国人民甘当亡国奴，不仅制造了震惊世界的南京大屠杀，而且在所到之处还制造了许许多多骇人听闻的惨案。据河北省社会科学院统计，日寇侵华战争期间，在我国华北地区制造惨案1540起，屠杀和平居民25万余人。其手段之残忍、野蛮，在世界战争史上也是绝无仅有的。我在本文中揭露的“新国民运动”惨案，在华北算不上是一起大的惨案。我知道在晋察冀边区范围内，日军制造的屠杀我同胞千人以上的惨案就有：河北省正定城郊惨案、藁城梅花镇惨案、丰润县潘家峪惨案、栾南县潘家戴庄惨案、平山县黄金寨惨案，山西省天镇惨案、应县下社惨案、阳高县城惨案、灵丘县城惨案、崞县县城惨案等。日军在我国其他地区制造的惨案更是不计其数。尽管战争的硝烟早已散去，但是饱受创伤的中国人民，对过去遭受日本法西斯野蛮屠杀的历史，绝不应随着岁月的流逝而忘记。应当趁历史的见证人还在，抓紧一一清理，用各种工具记录下来，留给历史和后人。这对于史学工作者研究抗日战争的历史，对于我们开展爱国主义教育，对于驳斥日本右翼势力美化侵略战争、抵赖战争罪行，都具有非常重要的意义。

总之，我认为中日两国人民都是日本军国主义发动侵华战争的受害者，我希望中日两国人民以史为鉴，世世代代友好相处，共同努力，防止类似的悲剧重演！

《人民日报》2005年8月12日

“新升隆”轮遭遇日寇轰炸

/ 陆华君　田豆豆

抗日战争的烽火已熄灭，但历史已经深深镌刻在战火映红过的每一片土地上。“新升隆”轮的惨痛记忆，埋藏在洪湖的藕花深处，埋藏在洪湖人民的心中。我们翻开这页历史，揭开了中国新闻史上这无比惨痛的一幕。

抗日战争爆发不久，中国共产党于1938年1月11日在汉口创办了自己的机关报——《新华日报》，这是中国共产党创办的第一张向全国公开发行的报纸。

1938年10月，武汉陷入日军三面包围之中。国民党中央政府决定弃守武汉，转移到重庆设陪都。10月22日下午4时，我十八集团军（八路军）驻武汉办事处（简称“八办”）处长李克农和新华日报社长潘梓年率领“八办”和新华日报最后一批工作人员100余人，乘“新升隆”轮撤离武汉，西上重庆。

第二天上午9时许，船行到现湖北省洪湖市境内长江北岸的燕子窝（在今燕窝镇东1公里处）。为避免日机轰炸，“新升隆”轮停船靠岸，除留少数值班人员外，其余全部上岸，疏散到附近村庄。上岸人员分成几个小组，向群众宣传抗日工作。

到下午3时30分，大家未见日军飞机，陆续上船。突然，空中响起飞机轰鸣声，4架日军飞机从长江对岸飞临轮船上空，在船顶上盘旋两圈后，猛然俯冲，连投几枚炸弹。一枚烧夷弹投中轮船，前轮立即起火。敌机又轮番低飞，用机枪扫射，肆虐近30分钟。“新升隆”轮在熊熊火焰中逐渐下沉。在苍茫暮色中，经寻找和清点，有80多人伤亡。新华日报潘美年、李密林、项泰（女，胡绳胞姐）、程德仁、罗广耀、陆从道、李鉴秋、胡炳奎、王祖德、罗仁贵、潘香如、季履英、胡宗祥、许厚银、易竟成、李元清等16位记者、编辑和工作人员不幸遇难，为国捐躯。

据脱险的同志回忆，轮船上烈火燃烧之时，项泰还在船上为受伤同志包扎伤口，李密林不顾自己安危，在船上奋力扑火救人，以自己的牺牲保全了多数同志。

惨案发生后，当地群众全力展开救护，及时为伤病员送来衣物。他们还帮助幸存人员乘木船沿内荆河行进，于11月1日到达江陵斗湖。11月3日，新华日报幸存人员沿长江堤步行到沙市，11月5日抵达宜昌，再分三批到渝。潘梓年等是第三批到渝的。船一到码头，就受到南方局领导和先期到达的报馆职工热烈欢迎，喜悦和悲愤之情交织在每个人的心里。大家一再表示：要办好党报，为烈士复仇，为中华民族解放努力奋斗。

为了悼念遇难烈士，12月5日，新华日报在重庆社交会堂举行了庄严隆重的追悼会，参加会议的有各界爱国团体和爱国人士以及中外记者共5000多人，人们同申愤慨，抗议日寇暴行。毛泽东、周恩来、朱德等给死难者敬献挽联、花圈，邓颖超亲题悼念诗。国民党政府机关要人林森、于右任、陈立夫、孔祥熙、孙科、张群、邵力子等也献上花圈和挽词。吴玉章代表党中央向烈士致敬默哀并讲话："烈士们在敌机轰炸下，不惜牺牲自己，抢救其他同志和同胞，这表现出中华民族优秀儿女的伟大精神。一定要为死难者复仇，争取民族彻底解放，不把日寇驱逐出境，抗战决不中止！"

《人民日报》2005年9月28日

揭秘日军“死亡战俘营”

/杨　竞　宋　嵩

第二次世界大战期间，在太平洋战场上，被日军俘虏的数十万盟军战俘遭受残暴奴役和非人虐待，其中“巴丹死亡行军”和“泰缅死亡铁路”等虐俘暴行，因战后被远东国际军事法庭判定为与“南京大屠杀”齐名的日军在亚洲犯下的三大暴行而广为人知。然而，在日军设立在本土和占领地的数以百计的战俘营中，以“高度专业性、高死亡率和高级将领被押”为特点的日军奉天（今沈阳）盟军战俘营，却鲜为人知。

太平洋战争初期，日军共俘虏盟军战俘约35万人。为充分利用战俘的人力资源支撑侵略战争，日军抛出“以战养战”的战时策略。时任日本内阁首相兼陆军大臣的东条英机曾坦白，“在日本我们对于战俘具有自己的观念，那么在待遇上自然也多少要与欧美有所不同；应充分利用他们的劳动力和技术来增加我国的生产，并应该努力使其有助于大东亚战争的实行而不使有任何人力浪费。”1942 年 8 月 22 日，日本陆军省次官木村兵太郎致函关东军参谋长笠原幸雄，指出要调用 1500 名盟军战俘以提高满洲工作株式会社制造机床的能力，来满足日本加紧生产防空高炮、军火和飞机所需要的机床设备。

1942 年 11 月 11 日首批盟军战俘共 1428 人到达沈阳，其中美军战俘 1328 人，英军战俘 84 人，澳大利亚战俘 16 人。国际红十字会视察报告显示，截至 1943 年 11 月 13 日，奉天盟军战俘集中营在押战俘人数为 1274 人，年龄最长者 57 岁，最小的 21 岁。

战俘有空军地勤人员和机修人员，及其他军种的机械维修人员

战俘初到时的第一落脚点，是位于奉天北大营地区一处废弃的旧时中国军营，房屋长久无人使用，十分破旧。战俘营四周由里外两道铁丝网包围，高约 1.5 米，两道铁丝网之间约两米宽的中间地带被规定为“无人区”，任何未经允许进入这个区域的人格杀勿论。

到达沈阳的战俘都具有军中技术背景，有空军地勤人员和机修人员，也有其他军种的机械维修人员等，这些技术背景成为他们被挑选来沈阳的重要原因。战俘被派到日本人的工厂劳役，从事机床安装、机械加工、零件锻造等工作，有的被派到工厂的设计室从事图纸绘制工作。部分战俘分别按照制钢、制铁和土木等劳役类别被派遣到奉天盟军战俘集中营分设在“满洲皮革株式会

社”“满洲帆布株式会社”和“中山钢业所”及“东洋木材株式会社”的第一、二、三派遣所劳役。在押期间到日本人的工厂里做劳役的战俘累计达 77241 人次。

由于日军战俘观的扭曲，盟军战俘在此遭受了残酷的虐待。幸存美军战俘奥利弗·艾伦说，在奉天战俘营，起床、点名、吃早饭时间都是早 6 点。这种毫无道理的时间表要求战俘必须遵守，给日军看守提供了许多惩罚战俘的机会，“惩罚形式不仅有不许吃早饭，还有在雪地里罚站、挨打，甚至被关禁闭，一切全凭当值日军看守的个人心情而定。”战俘甚至莫名其妙地就会招致日军看守的毒打，无论是士兵还是将军、年长者或年轻者都是如此。

日军对战俘施以极其严酷的管理，设置了一系列惩罚制度，如“重营仓”（单人禁闭）、“重谨慎”（集体禁闭）等。资料显示，战俘营日军司令官曾因 1944 年 2 月 19 日当日战俘营的禁闭室无人被关禁闭而对战俘提出表扬。

1943 年 7 月 29 日，日本人在距离战俘劳役的工厂“满洲工作机械株式会社”以东不足一公里的奉天大东区其民街 1 段 38 号北，建成了一座高度专业化的永久性战俘营，战俘从北大营迁址这里。战俘营四周设有两米高的围墙，墙上设有高压电网，围墙的四个角落分别设有瞭望岗楼，戒备森严。

死亡率是欧洲战场上德国战俘营死亡率的 13.3 倍

奉天盟军战俘集中营曾是日军大肆标榜的模范战俘营，经常有日军宣传机构前来采访、拍照或拍电影，宣传战俘们生活得如何“安逸”。然而，战俘们的真实生活，却是劳役、饥饿、寒冷和疾病的折磨，加上缺医少药和非人虐待，随时笼罩在死亡的阴影下。

以美军战俘为例，他们在菲律宾战场被俘后，经历了残酷的“巴丹死亡行军”和艰难的“地狱之船”的海上跋涉，身体状况已经极差。到达沈阳后，发生了大批战俘集中死亡的现象，仅1942年到1943年间，盟军战俘就死亡225人。国际红十字会驻东京代表朱诺在视察沈阳战俘营后确认，“他们甚至穿着衬衣和短裤，没有办法更好地熬过寒冷的冬天，许多人死于肺炎和反复发作的疟疾。”

1944年2月19日，编号为898号的美军战俘托马斯·布利斯特在“满洲工作机械株式会社”劳作时被挤到电动车和厂房柱子间，右腿严重受伤。21日开始出现坏疽症状。由于战俘营医院缺医少药，就连基本的手术器械和手术室都没有，23日，布利斯特因气性坏疽不幸死亡。

如此恶劣的环境，迫使战俘冒死越狱。1943年6月21日，美军战俘麦林格勒、帕里奥蒂、查斯坦趁夜色越狱，朝沈阳西北约950公里处的中、苏边境方向逃跑，最终还是在内蒙古科左后旗两家子村再度被俘并押解回奉天，于1943年7月31日早五时半被日军枪毙。事后，日本通过瑞士大使馆以外交照会的方式向美国通报此事，而这个信息辗转一年才被美国政府获悉。1944年8月12日，《纽约时报》在报道这则消息时称，美国政府此时才第一次知道，还有美军战俘被关押在沈阳。

战俘营在选址时违反日内瓦公约中关于“战俘营不得设置在军事目标 2 英里（约 3.4 公里）范围内”的规定，距离周边多家日本军工厂不足一公里远，这些军工目标一旦遭到攻击，极易牵连战俘营。1944 年 12 月 7 日，美军 B—29 轰炸机大举轰炸沈阳城，战俘营周边的兵工厂和军事目标遭到打击，其间三枚炸弹误炸到战俘营，造成盟军战俘 19 人死亡，35 人受伤。

从 1942 年 11 月到 1945 年 8 月长达 34 个月的关押期间，日军在奉天盟军战俘集中营的暴行从未间断，长期以来的虐待和极端恶劣的生存条件造成了如此高的死亡率，是欧洲战场上德国战俘营盟军战俘死亡率的 13.3 倍，是不折不扣的“死亡战俘营”。

战俘中准将以上军衔的 72 人，校级军官 476 人

进入 1944 年，日军在太平洋战场上逐渐失势，遂将盟军高级战俘从台湾迁移至沈阳战俘营。日军此举不是单纯军事层面的举措，而是要挟持盟军高官战俘作为人质踞守满洲，企图负隅顽抗。

10 月 14 日，在吉林郑家屯（今吉林双辽市）开设“奉天俘虏收容所第一分所”，被关押的盟军高级将领中，准将以上军衔的 72 人，校级军官 476 人。同年 12 月 1 日，日军再度隔离出各个国家最高军衔的将领和文职高官 16 人及随员共 34 人，秘密转押至西安县（今吉林辽源市）的“奉天俘虏收容所第二分所”，包括美军温莱特中将、美军爱德华 · 金少将和摩尔少将；英国的

帕西瓦尔中将、希斯中将；荷兰的普鲁顿中将、巴克中将、利斯少将，以及印度红十字专员麦克雷（退役英军少将）、香港总督杨慕琦、马来联邦和英属海峡殖民地总督汤姆斯、英属北婆罗洲总督史密斯、荷属东印度总督斯塔夏麦尔、苏门答腊总督斯皮茨、英属海峡殖民地大法官麦克艾尔文和马来联邦大法官杜鲁蒂。1945 年 5 月 21 日，所有其他在押高官战俘被转到奉天盟军战俘集中营关押，郑家屯战俘营关闭。

1945 年 8 月 16 日凌晨 4 时 30 分，距日本宣布无条件投降不足 17 小时，驻华美军代号为“北美红雀行动”的沈阳战俘营救援队员从中国西安空军基地出发，上午 10 时 30 分飞临沈阳上空。营救队员跳伞后解救并全面接管战俘营。8 月 20 日，苏联红军外贝加尔军区军事委员会委员德弗申科将军一行到访战俘营并宣布沈阳盟军战俘营正式解放。

8 月 27 日零时许，温莱特将军等高官战俘被解救回沈阳，并于当日撤往中国西安。1945 年 9 月 2 日，在位于东京湾的美军“密苏里”号战列舰上举行的日本投降仪式上，温莱特将军和帕希瓦尔将军受邀作为盟军最高统帅麦克阿瑟签署日本投降书的签字见证人，麦克阿瑟将两支签字用笔分别赠予两位将军留念。

特殊的历史记忆，从特殊视角见证中国战场的历史地位

日军沈阳战俘营是一份以盟军战俘的生命和苦难所书就的负遗产，对沈阳盟军战俘营史事进行研究和思考，旨在警示人类勿忘历史、反对战争。

1978 年，位于波兰奥斯维辛小镇的德国纳粹集中营（博物馆）被联合国教科文组织列入“世界文化遗产名录”，该组织在同年 6 月 6 日所做的评估报告中称，“奥斯维辛集中营博物馆不是一个普通意义上的博物馆。它承载着对一个最大的反人道罪行的无可辩驳的、具体有形的见证……在这些骇人听闻的实证的支撑下，它必将对维护世界和平作出贡献。”

沈阳盟军战俘营同样具有国际影响，直接与之相关的国家和地区就有十几个。近些年来，沈阳盟军战俘营日益引起国内外学术界和新闻界的高度关注。需要特别指出的是，沈阳盟军战俘营不仅见证了人道主义原则受到肆意践踏和人性惨遭蹂躏的历史，也见证了中国工友与外国战俘之间的患难情谊，它承载着盟军战俘的特殊记忆以及他们与老沈阳人的生死友情。这种特殊的历史记忆，也从特殊视角见证了中国战场在第二次世界大战中的历史地位。

如今，大多数当年沈阳盟军战俘营的幸存者已经故去，为数不多的健在者已是风烛残年，在他们的心目中，包括在他们的家人和后人的心中，中国沈阳这个城市已经是他们特别的精神寄托和心灵家园。那段特殊的人生经历已经把他们和中国紧密地连在了一起。近些年来，有一些老战俘回访沈阳，把当年与中国工友的友谊告诉给后人，彰显了这种传统友谊蕴含着的世代传承的价值。

《人民日报》2014 年 5 月 5 日

海阳：遥想当年地雷战

/ 倪光辉　范树胜

“海阳‘铁西瓜’，威名震天下，炸得鬼子哇哇叫，炸得伪军上西天……”

1962年，一部电影《地雷战》在全国引起轰动，与《地道战》《南征北战》并称“三战”，成为几代人的记忆，也使海阳人民的英雄事迹闻名全国。神奇的地雷战威力无穷，在抗战中发挥了巨大作用。海阳民兵用地雷战与日伪顽强战斗，不仅活跃在海阳县境内，还奉命组成远征爆炸队，多次配合八路军作战，并为当地民兵培训爆炸手。

当年的地雷战场如今什么样？当年的英雄还有健在的吗？前不久，记者来到山东省烟台海阳市行村镇——海阳地雷战的主战场，再次感受了那段荡气回肠、气壮山河的历史。

一

“这座山是我们村的制高点，鬼子一从行村据点出来，站在山上就能看见。”得知记者来意，村民赵炳绪引领我们来到村东面一座被称为“信号山”的山丘。

赵疃村，就是影片中的赵家庄。站在山顶，附近几个村子尽收眼底，一座高大的纪念碑吸引了记者的目光。1995 年，为纪念抗日战争胜利 50 周年，山东省和济南军区在地雷战旧址赵疃村举行民兵地雷战实战演习，生动再现了地雷战激烈场面，时任中央军委委员、国防部长迟浩田上将为地雷战纪念碑亲题“地雷战精神永存”碑文。在纪念碑周围，安葬着赵守福、赵同伦、于凤鸣等当年的 15 名民兵英雄。墓碑前，有人敬献的花圈静静地陪伴着英雄。

68 岁的赵炳绪，与爆炸大王赵守福同宗族，是退休教师，当年一有机会就给学生们讲抗战故事。1944 年下半年，日本鬼子处处挨炸，龟缩在据点里不敢轻易出动。一天夜里，赵守福全身抹上黑泥，背上三颗地雷，在日伪军必走的西门、南门、北门分别埋下一颗地雷。第二天一早，日伪军一开门，三颗地雷几乎同时爆炸，十几个敌人上了西天……一时间，赵守福的威名传遍四里八乡，令鬼子胆寒。赵守福就是《地雷战》主角赵虎的原型。

为什么赵疃村成为了地雷战的主战场？这与赵疃村的地理位置密切相关。“日寇 1940 年占领了海阳，驻扎在战略要地行村，还有一部分日本兵驻扎在八公里外的孙家夼，每天都有一小队到行村去拿吃的喝的。俺们村就在行村和孙家夼中间，打起地雷战来有得天独厚的条件。”赵炳绪说。

海阳地处胶东半岛南部，地形复杂，多山石丘陵，为地雷战的开展创造了有利的自然条件。1943 年，海阳县武委会介绍平度、大泽山区民兵埋雷经验，并发给各区数颗地雷。当年 5 月，第一颗地雷爆炸成功，炸敌 5 名，从此拉开了海阳地雷战的序幕。当时抗日根据地军工生产薄弱，所造地雷不能满足战斗需要。赵疃村的民兵在党组织的带领下，开动脑筋，发明了一种石雷，杀伤力不低于铁雷。一时间，全村群众轰轰烈烈地开展了造石雷碾炸药活动。《地雷战》中赵家庄全民动员打造石雷的场面，也是当时赵疃村的真实写照。由于战功赫赫，赵疃村被山东军区授予“特等模范爆炸村”称号。

二

沿着海阳市行村镇驻地西行 5 里地，一块刻着“西小滩”字样的厚重村碑出现在眼前。这儿，是离当年日伪军据点行村最近的村落。

“当年我们 40 多个民兵，现在没几个了。”一位叫孙纯秀的老人说。孙纯秀出生于 1926 年。对于那段激昂的民兵往事，作为当时民兵战士的他记忆犹新。小滩村地处海莱交界，三面平原，南与黄海相望，距行村日伪据点 5 华里，位于青岛至行村（电影中的黄村）交通要道，是日寇下乡扫荡、抢粮的必经之路。民兵掌握了鬼子的活动规律后，利用熟悉的地形在村里村外大摆地雷阵。自 1943 年 5 月至 6 月 17 日，全村民兵利用地雷和自制的水雷多次炸敌和破坏敌人交通，共炸死炸伤日伪军70余名。

“大家都在学习制造地雷，但当时我是信号兵。”孙纯秀老人激动地说。敌人进驻海阳行村后，民兵成立了爆炸组和通讯瞭望组。在村外三处制高点设置了信号瞭望岗，一旦发现行村的鬼子出动，三处瞭望岗就递次传讯报警，通知民兵爆炸组开始埋设地雷，其他民兵开始转移群众，掩埋粮食，准备迎击敌人。“鬼子从西往东走，我就把信号树向东放倒！”

“那段岁月，您还有啥特别的记忆？”记者问。“铁西瓜，遍地按，插入草人看瓜田；逗得敌人来瓜地，一动草人翻了脸。”已经90高龄的孙纯秀激昂地唱起了当时流传的爆炸小调。

随着抗日战争的深入和地雷战的成功与普及，海阳地雷的花样不断推陈出新，地雷战的战术也由战术防御改为主动进攻。“民兵们根据地形发明了很多品种，有连环雷，专门打敌人的中队，从头响到尾；有水雷，鬼子们在陆地上被炸怕了，改走水路，民兵就把葫芦割开放进地雷，再用蜡密封，放在河道里；还有滚石雷，把地雷藏在乱石堆里，敌人在上面休息的时候，连雷带石头，把鬼子打得不轻……”说起地雷，老人如数家珍。

三

在“信号山”西北方几十里外的城区中心地段，海阳市委、市政府建起了一座气势恢宏的“海阳市地雷战纪念馆”。推开纪念馆大门，一幅幅泛黄的老照片、一首首慷慨的爱国诗、一件件遗留的杀敌利器，打开了这段尘封的历史记忆，当年的激战仿佛历历在目。2005年，这里被中宣部列为“全国爱国主义教育示范基地”。

“海阳人民共配合主力或独立作战数千次，歼敌1000余人，缴获武器600余件，涌现出9个抗日模范村、600多名县级以上民兵英雄，其中赵守福、于化虎、孙玉敏获全国民兵英雄称号。”海阳市武装部部长李冰介绍说。

当时的地雷战，轰动海阳，闻名全国。“这是海阳人民的伟大创举，是中华民族不畏强敌、团结抗战的光辉旗帜。”海阳市武装部政委徐继承告诉记者，2014年8月，海阳市最后一名全国民兵英雄孙玉敏去世。英雄们一个个老去、离开，但是关于地雷战的传唱从来没有停止过。

如今，地雷战纪念馆被列为山东省重点红色旅游线路，每年接待游客十几万人次，成为全国重要的爱国主义教育基地；以地雷战为主题拍摄的两部电视连续剧和新创编的现代京剧、传统吕剧掀起一轮又一轮热潮；依托电影《地雷战》拍摄地建设的地雷战休闲景区独创实景演出，成为红色文化教育的重要实践基地。

《人民日报》2015年7月14日

一段最疼痛的民族记忆

/ 任林举

出山海关，向东向北举目远望，苍茫山水之间的那一片沃土，就是曾被称为满洲的东北大地。那是一片美丽富饶的土地，也是一片苦难深重的土地。

千百年来，它到底经历过多少烽烟战火的洗礼，演绎过多少流血和伤痛的故事，早已在人们的记忆中渐渐模糊，但只要我们锯开每一棵山上的老树，回放一下它们记忆的“磁盘”，就会有很多刺耳、蜇心的声音从其间飘荡散出；只要我们挖开那些沉默的黑土，重新盘点一下岁月的收藏，就会有鲜血与泪水、耻辱与苦难、尊严与抗争的沉积在眼前层层显现——那是一个地域的记忆，也是一个民族的记忆。

而在所有记忆之中，有关东北抗日联军的那一段，一定是最疼最痛的。

一

美丽富饶，固然不是祸患，却常常成为引发祸患的原因。

提及东北，几乎所有熟悉这片土地的人们都会情不自禁地发出同样的感慨：“这真是上天给予中国的恩赐！”然而，另一个声音从岁月深处隐约响起：“不，那是天赐予大和民族的土地！”这声音发自日本侵略者加藤完治，它就像一道邪恶的影子，一度让每句对这片土地的赞美都受到黑暗的尾随和骚扰。转眼一个世纪过去，这声音早该如逝川里的一声鸦鸣销声匿迹，荡然无存；但事实上，它却像一个不散的阴魂潜伏在某些腐叶之下或隐秘的石缝之间；一有机会，便从暗处溢出，震荡、回响、放大……打破人们内心的祥和与宁静。

1931 年 9 月 18 日，日本帝国主义悍然发动了侵华战争。一场明目张胆的劫掠，已在欲望之火的灼烤之下急不可耐地展开，国民党当局却仍在奉行“无论日本军队以后如何在东北寻衅，我方应不予抵抗，力避冲突”的“鸵鸟”政策。蒋介石在日记中这样写道：“剿除长江流域之赤匪，整理政治，为余之工作中心；如至不得已时，亦必先肃清赣匪以后，乃得牺牲个人以解决东北——此余深思熟虑经千百回而决定之方针也。”从此，“九一八”成为中国当代史上一个最可耻的日子。

“全民族、各阶级、团结起，夺回我山河！”

一片物质和精神的废墟之上，骤然崛起这雄浑、壮丽的歌声。正是这狮子般的怒吼，让那鬣狗般的号叫显露出本性的邪恶；正是这庄重的宣言，一扫“冻土”上的低沉、萎靡之气，给陷于惊惶的民众带来希望、信心和力量。

战争，像一部开足了马力的杀人机器，以飞快的速度和巨大的惯性推进。冲上前去阻挡在这台机器前的，是一个个血肉之躯。抗联名将李兆麟发出这样的慷慨大义之声："如果我的血能擦亮人民的眼睛，唤醒人民的觉悟，我的死也是值得的。"国运衰微，灾难深重，但毕竟，我们不是一个没有灵魂的民族！来自大众的仁人志士、年轻的义勇军军人、抗联战士纷纷挺身而出，把自己当作民情民愿的引信，不惜以一个接一个生命的陨灭维持着微弱的火光和炽烈的温度，以期有一天终将引爆火药筒。

1932 年 1 月，周保中主动中断在苏联的学习，回国担任中共满洲省委军委书记，组织领导抗日武装斗争。第一支东北义勇军宣告建立，紧接着，东北人民革命军第一军至第六军、第八军先后建立，并在 40 余个县建立了游击根据地，一场旨在牵制日军主力南进的大规模抗日游击战争拉开序幕。在前后 14 年的时间里，抗联队伍在恶劣、残酷的作战环境下与多于自己数十倍的日、伪军展开了殊死战斗，仅 1937 年至 1940 年这形势最艰难的 3 年间，抗联队伍就由 3 万余人锐减到不足 2000 人，牺牲军级以上干部近 40 位，师级干部 100 多位。

1955 年，毛泽东在授衔授勋仪式上对抗联将领冯仲云由衷感叹："你们抗联比我们长征还要艰苦呀！"然而，也正是在那样一场史无前例的战争中，一群满腔爱国热情的年轻人用信念和生命阐释了什么是家国意识，什么是民族血性，什么是责任担当，什么是我们这个族群中最可贵的牺牲精神。

二

英雄，意味着牺牲，更意味着伫立时代潮头的无私无畏。如果生命必然要被终结，那就留下生命里的不朽和永恒；如果肉体注定要被摧毁，那就留下不可磨灭的精神。

覆巢之下，岂有完卵？资财虽丰，又岂可利令智昏？

抗联六军副官黄有的老家，在黑龙江省汤原县前太平川的一个小村庄，当地人称其为“黄有屯”。在那里，黄家曾拥有4500余亩良田，是远近闻名的富户。国难当头，让包括黄有在内的每一个国人直接面对生死抉择和人性拷问。庸常之人，只能看到眼前和脚下而看不到长远；只看到一己之利而看不到一国之利；有人甚至当了走狗和汉奸，虽然也因此安稳或风光了一阵子，但到头来却无一不是把利、命、名、义丢个精光。当黄有决定参加抗日队伍时，村民和家人无不表示惋惜，但这个深明大义的“有产者”却异常坚定地说：“没有国哪有家！共产党领导抗日，如果老百姓都来支持，就能够把日本鬼子赶出中国，到那时我们再重建这个家吧！”当晚，黄有毅然烧掉自家的房子，遣散家人，携带卖粮款，参加了汤原游击队，并最终为国捐躯。

英雄的选择，有时看似不合常情常理，实在是因为他们有着超乎凡常的心智和境界。情感、家庭和生命固然重要，但相比人的尊严和民族国家的尊严，又怎可相提并论？“砍头不要紧，只要主义真，杀了夏明翰，还有后来人。”英雄的使命就是舍生取义，以生命的陨灭见证生命的意义，捍卫生命的尊严，唤醒万众的觉悟。

1932 年春，年仅 19 岁的陈翰章，毅然告别新婚妻子，参加了吉林救国军，并在枪林弹雨的历练中很快成长为抗日名将。对于这个英勇善战、屡挫坚敌的“最为显著的有力之匪”，敌人费尽心机都无法制服。最后，他们以陈家一族的性命，逼迫陈翰章投降。没想到，在家国和忠孝不能两全之际，陈翰章毅然选择了舍弃小家。他忍痛送走已经落入敌手的父亲，并劝说妻子邹氏择人另嫁，从此断绝了与家人的联系。1940 年 12 月 8 日夜里，由于叛徒出卖，敌人调集重兵包围了陈翰章所部的驻地湾沟村。对峙中，敌人再次抛出优厚条件诱惑他投降，陈翰章丝毫不为所动，慷慨殉国。

美国作家福克纳在诺贝尔文学奖获奖感言中说：“人类之所以永恒，不仅仅因为世间万物当中唯有人类生生不息，更因为人类拥有灵魂，人类拥有同情之心，人类拥有坚忍不拔的牺牲精神。”诚哉斯言！

抗联到了最艰难的时刻，每一位指战员都在思想和行动上做好了牺牲的准备。1938 年一入冬，杨靖宇就在他的笔记本上写下了“为匡扶祖国河山而杀身成仁”12 个大字，表明了他英勇赴死的决心。

北方的冬天，大雪封山，严寒达到零下三四十摄氏度。在没有粮食、没有居所的情况下，战士们随时都面临因饥寒而死的威胁。为了保存部队实力，杨靖宇不断分流身边的兵力，最后只剩下几个人与他共同战斗。当他被汉奸出卖不得不与群敌对峙时，已经只身一人了。杨靖宇牺牲后，敌人对烈士的遗体进行了解剖。当发现烈士的胃里充塞着棉絮和枯草时，就连敌人也不得不感叹，这是一个真正的英雄。当时伪满《协和》杂志的记者这样报道：当日军指挥官西谷等听说杨靖宇被害的消息后，“一点没有感到快乐”，反而“呜呜地哭了起来”。

杨靖宇，不仅是一个生存的奇迹，也是一个精神的奇迹。据当年的幸存者回忆，在敌人的包围圈越缩越小、危险越来越近时，杨靖宇曾劝说身边的战士以他自己所在位置的情报向敌人换取存活的机会。这是一个很少被提及、却令人深思的细节。在最后的时刻即将来临之际，他那不同凡响的从容、温情与悲悯，令人感佩。

三

英雄所拥有的时空，不仅仅在当世当时，更在千秋万代。英雄的牺牲，其真正意义就在于阻止或避免后来的牺牲。但这良好愿望的实现需要一个先决条件，那就是英雄的精神能够被有效传承。这有一点儿像疫苗或基因，必须被我们的生命所“铭记”，一旦被“忘却”，我们的免疫系统就开始懒惰，不再继续工作。英雄，会因为被忘记而失去意义；牺牲，也会因其精神的遗失而重演。

黑龙江省哈尔滨市南岗区一曼街 241 号，矗立着东北抗战烈士纪念馆，1933 年曾是伪满哈尔滨警察厅，抗日民族英雄赵一曼就是在这座房子里遭受了惨绝人寰的酷刑。

据敌伪档案《滨江省警务厅关于赵一曼女士的情况报告》记

载，在这里，警务厅特务山浦公久和大野泰治等人，前后采用几十种酷刑对赵一曼进行了惨无人道的刑讯，但从始至终，赵一曼都表现出一个共产党人特有的坚忍，以轻蔑、高傲的目光怒视着凶残、无耻的敌人。

泛黄的档案资料，字里行间浸满血泪，不忍卒读——

把竹签一根一根地扎进指（趾）甲缝内，再一根一根拔出来，换成更粗更长的签子再一根一根扎进指（趾）甲缝内，再改用铁签，烧红后扎进一个个指（趾）甲缝内；最后，把翘裂开的手指、脚指甲一片片拔下来，用钳子反复敲打指（趾）头，把一个个带血的残废指（趾）头慢慢浸入盐水桶里……从下午一直行刑到深夜。

当各种酷刑试遍仍不奏效，日本人甚至启用了从本土运来的最新刑具：电刑。尽管如此，敌人的努力还是失败了。

酷刑之下，一个鲜活的生命只剩下一丝微弱的气息，肉体被摧残成“废墟”——体无完肤，多处伤口溃烂露出白骨；多处器官撕裂、炭化、粘连、坏死；由于大量使用强心针和樟脑酊，致使全身中毒，双眼对光失去了敏感……

够了！

这非人的折磨与屈辱，这巨大的悲苦与疼痛，已经足以把仇恨和厌恶传导给每一个良知未泯的国人。

看了这些记录，数日内我的心绪都难以平复，不由自主把英雄想象成倔强顽强的自家姐妹，感觉她所有的痛都连着自己的心。可是，她为什么承受了那么巨大的痛苦都不发出一点点痛苦的声音？她是不愿意把一丝一毫的软弱流露给敌人啊！我想，英雄若在天有知，一定希望我们这一族一国之人都能够拥有她那样的坚强意志，即使我们的心为之而碎，也不要轻易流出软弱的泪水……

那好，就让我们把钢牙咬碎且微笑着；把拳头攥成石头且沉默着。我们可以不永远背负着悲痛与仇恨生活，却不能没有对无辜生灵的悲悯，也不能不积蓄一怒冲天的力量！

英雄，是一枚精神的种子。它已经把我们这个民族所经受的全部苦难和坚忍都化为不灭的“基因”，深深地嵌入我们的情感和生命之中。我们没有理由不永远铭记着那些舍身成仁的英雄，并把他们安放在内心最神圣的位置，就像安放我们自己的灵魂。

《人民日报》2015 年 7 月 23 日

“到敌人后方去，把鬼子赶出境”

佛教圣地五台山，五峰耸立、千嶂环护。抗日战争时期，以阜平、五台为中心，中国共产党创立了第一个敌后抗日根据地——晋察冀抗日根据地。这个“敌后模范的抗日根据地及统一战线的模范区”如一把尖刀插向了敌人的心脏。

1937 年 7 月，卢沟桥事变爆发后，八路军第一一五师挺进华北抗日前线。“首战平型关，威名天下扬。”在取得抗战开始后的首个胜利之后，一一五师主力南下晋西南，而由政委聂荣臻率领的第一一五师一部及军政干部共 3000 余人则留驻五台山地区，着手创建敌后抗日根据地。

1937 年 11 月 7 日，以阜平、五台为中心的晋察冀军区成立，聂荣臻任司令员兼政治委员。

次年 1 月 10 日，晋察冀边区军政民代表大会在河北阜平召开，出席会议的有共产党员、国民党员、各抗日军队和抗日群众团体的代表，工人、农民、开明绅士和资本家的代表，蒙、回、藏等少数民族的代表以及五台山寺庙的和尚、喇嘛等 140 余人，代表着边区30余县的广大民众。会议经过民主选举，成立了晋察冀边区行政委员会。这是共产党领导的第一个敌后统一战线性质的抗日民主政权，它颁布实施的各项政策法令，稳定了社会秩序，根本改变了国民党军队败退和政权垮台后出现的混乱局面，使敌后抗战力量得到迅速发展。

1938年11月，中共中央晋察冀分局成立，分局代表中共中央和北方局，全面领导边区的党、政、军和群众工作。这年年底，晋察冀抗日根据地共辖70余县，拥有居民1200万，武装力量约10万人。

晋察冀抗日根据地的创立与发展，引起了日军极大的恐慌。他们在华北采用军事、政治、经济、文化相结合的“总力战”，连续5次推行“治安强化运动”，对晋察冀抗日根据地进行残酷的“扫荡”“蚕食”。日军还制造了一系列骇人听闻的惨案，实行烧光、杀光、抢光的“三光”政策，制造“无人区”，晋察冀根据地进入艰苦困难的时期。

面对这样的局面，晋察冀分局和晋察冀军区执行中共中央、中央军委的坚持敌后抗战、巩固和扩大抗日民族统一战线的方针政策，建立“三三制”政权，实行精兵简政、减租减息，发展生产。同时，抗日根据地实行主力部队地方化，加强地方部队、主力部队和民兵相结合的方法，采取“敌进我进”“向敌后之敌后伸展”“把敌人挤出去”等军事斗争方针。

在高高的山冈上，在密密的丛林中，在遍地的青纱帐、芦苇荡里，共产党领导的抗日武装锤炼出了一整套令日寇闻风丧胆的战法：麻雀战、地道战、地雷战……

1945年5月，晋察冀根据地军民根据中共中央“削弱日伪，发展我军，缩小敌占区，扩大解放区”的方针，对日、伪军发起大规模夏季攻势，先后发动察南战役、雁北攻势、子牙河战役、大清河战役、热辽战役，消灭日、伪军2万余人，扩大了解放区，将敌人压缩到铁路沿线及主要城市。

同年8月，晋察冀军区在广大群众的支援下，对日、伪军展开大反攻：一部攻夺大同、丰镇等城，一部进攻太原，一部包围北平，一部攻张家口、张北、多伦、沽源，一部攻唐山、秦皇岛等，一部攻天津、塘沽，一部攻石家庄、保定，攻占城市70余座，解放了西迄同蒲铁路，东到渤海、锦州，南临正太路、石德路，北至多伦、赤峰的广大地区，使晋察冀根据地与晋绥、晋冀鲁豫、山东根据地和东北解放区连成一片。

“到敌人后方去，把鬼子赶出境。不怕雨，不怕风；抄后路，出奇兵；今天攻下来一个村，明天夺回来一座城。叫鬼子顾西不顾东，叫鬼子军力不集中……”从晋察冀根据地开始，敌后根据地如同四散的火星迅速形成燎原之势，为取得抗战胜利做出了巨大的贡献。

（新华社太原6月29日电　记者王菲菲）

《人民日报》2016年7月4日

缅怀先锋

——抗战英雄图谱

记抗日战争时期敌后的儿童团

/ 刘林之

抗日战争的初期，在晋察冀敌后抗日根据地，随着各种群众抗日组织的建立，在共产党领导的抗日政府和青年抗日救国会的直接帮助下，普遍地建立了广大儿童自己的组织——抗日儿童团。就在这个组织的教育与号召下，广大儿童们参加了支援战争、生产等工作，博得群众的赞扬。

当时参加儿童团的是七岁至十五岁的男女儿童。每个村庄和区都有儿童团的组织，并由边区统一规定了儿童礼（右手五指岔开放在鼻子上边）、儿童帽、儿童衣、儿童棍和儿童团的五大纪律。你走进边区每一个村庄时，都可以听到他们的歌声，看到一个个手持红缨枪在村头识字牌下站岗的儿童团员，他们正在认真地执行着他们的职务。

当万恶的日本帝国主义对敌后边区进行残酷的“大扫荡”时，敌人最感头痛的是找不到粮食和居人，而到处却是地雷和民兵们放出的枪声。敌寇们常常抓住儿童，用尽威吓利诱的手段，想从儿童们的口中得到一些消息。但许多英勇的儿童团员们牢记着他们的“五不运动”：不告诉敌人一句实话，不给敌人带路，不告诉敌人粮食和地雷，不吃敌人的糖果，不念敌人的书。不少儿童为此而壮烈牺牲。如阜平县平阳区一个村儿童团长，在 1943 年反扫荡时，因为拒绝告诉敌人粮食，被敌人扔到正在燃烧着的房子里。在火堆中，这位儿童团员还高呼着“打倒日本帝国主义！”

为了防止敌探、汉奸混入边区内地进行破坏，为了维持边区的民主秩序，为了把主要劳动力用到生产上去，儿童团员们担负了站岗放哨的任务。当时，经常可以看到被儿童团查出的可疑的人被送到村公所或区政府去。群众对儿童这种认真负责的精神是非常赞许的。都说：“这群孩子也办了大事啊！”另外一些年纪大一些的儿童团员，还帮助政府送报纸、送信件，传递公文。

协助政府和群众优待抗日军人家属，也是儿童团员们热心从事的工作。他们平时帮助没有劳动力的抗日军人家属们打水、扫地、捡柴。过年过节的时候，儿童团员们就排着队、打着光荣旗、唱着歌，给抗属们拜年、送礼物。许多抗属给前方正在与敌人作战的儿子或丈夫的信中，常常提到儿童团对他们的帮助与尊敬，给予战士们很大鼓励。另外，边沿区接近敌人地带的儿童们，还常常扰乱敌人使敌人昼夜不安。例如在汽车路上堆一个土堆，再露出一点布条头，常使过路的敌人汽车认为是地雷，不敢通过，要花费很多时间找工兵来挖它。

在生产战线上，儿童们也不落后。阜平、唐县一带的红枣是当地重要的出产品之一，每年春天枣树上常生长着一种吃枣叶、枣花的步曲虫子，影响红枣的产量。但农民有一种迷信，说这是“神虫”，不能除尽。当时儿童们就响应抗日政府的号召，在小学教员的直接帮助下，负起了宣传打虫的任务。如唐县东长店村，儿童团员们把挖到的虫卵装在瓶子里，给农民们讲解虫卵变步曲虫的过程。开始时群众还是将信将疑，但几天之后，农民亲眼看到卵变成了虫，开始相信儿童团的话了，于是一传十、十传百地就展开了挖虫卵运动，再没有人说是什么神虫了。儿童团除了宣传科学知识外，还积极参加了一些轻微的劳动，如帮助家中植树、点种、采树叶、打柴、拾粪等。1941 年开展的植树运动中，许多村庄种植了“儿童林”。多的有几百棵。现在沙河、胭脂河两岸，当年儿童们种的树，已经蔚然成林了。儿童中还开展了除三害运动，即除害虫、害鸟、害鼠，因为它们损坏农作物最厉害。

儿童团最主要工作是领导团员学习。当时在敌后地区，虽然财政经济很困难，但全边区差不多每个村庄都有一所小学校。没有石板，儿童们就用瓦片来代替，没有石笔粉笔就用石灰代替。儿童们自己去搬砖头石块来砌成桌凳。这些入校的儿童，还用了小先生、半日制等办法去教那些不能上学的儿童识字。

就是这样，儿童团成为抗日战争和以后的人民解放战争中一支不可少的力量，而且培养锻炼出了许多优秀的人才。这是中国的少年儿童们值得骄傲的一段历史。

《人民日报》1950 年 6 月 2 日

“莫看我们小小年纪”

——红军“人民抗日剧社”片断回忆

/ 延　童

埃德加·斯诺在《西行漫记》中有一篇“人民抗日剧社”访问记。斯诺写道：

“红军有充分决心要抗战……也可以从苏区到处看得到的紧张宣传活动中看出。

在这种宣传教育活动中起着一个带头作用的是许多叫作人民抗日剧社的青年组成的剧团，他们在苏区不断地巡回旅行，宣传抗战，在农民中唤起尚在沉睡中的民族主义意识。”

人民抗日剧社，1935年冬在陕北瓦窑堡成立。它的前身是陕甘苏区的列宁剧团，再加上长征过来的一批小同志。1937年更名为中央剧社（七七事变后又更名抗战剧团）。剧社的女社长是从江西中央苏区起就是红军戏剧工作的领导人之一的危拱之同志。当时，这个剧社归中央宣传部、教育部直接领导。许多有重大历史意义的大会，如中央瓦窑堡会议，一、二、四方面军胜利会师大会等，这个剧团都来演出祝贺。毛主席、周副主席、朱总司令等中央领导同志经常是这个剧团的观众。

“双十二”事变前，周副主席来到陕北安塞县某地，这是红军和“围剿”苏区的东北军两军对峙的地方。为了争取东北军共同抗日，有一次，周副主席带着这个剧团去给东北军演出。剧团一天连着演出几场，剧目有《亡国恨》《死亡线上》《宁死不屈》《打回老家去》等。士兵们看到舞台上一幕幕东北人民在日寇铁蹄下家破人亡的悲惨命运，不禁暗暗揩泪，有的甚至痛哭失声。七七事变后，剧团到西安附近演出时，顽固派找来旧戏班子和我们唱对台戏。可是我们的观众越来越多，对面场子的观众越来越少，顽固派见势不妙，马上派人把守住他们场子的出口，观众却使劲往外冲。他们又派便衣往我们台上扔石头，丢纸炮，又拉防空警报，可是观众仍是不散。老百姓说：“看那边的戏是看热闹，看你们这边的戏能懂道理。”演出《消灭汉奸》一剧时，台下群情激愤，挥动拳头喊：“打！打！打！”这说明，这些艺术反映了那一时代争取民族解放的战斗情绪！

剧团的许多剧目是密切配合当时的革命工作的，如早期的《送郎当红军》《扩红活报》；抗日时期的《上前线》《送公粮》《减租减息》《小先生》《统一战线活报》《保卫边区》等。每到一地演出后，当地参军的人数就增多，交公粮的数量就增加，促进了各项工作的开展。

剧团的演出所以能够唤起广大群众的共鸣，除了在内容上表达了人民的心声外，在艺术形式上，又是群众喜闻乐见的。剧团从一建团起就广泛采用了民族民间的艺术形式，如陕北秧歌、道情、小曲以及郿鄠、秦腔、快板等。抗战剧团团长杨醉乡同志，参加革命前农闲时就“闹过”“社火”——扭秧歌、打腰鼓等。他善于即兴创作，常把当前的革命任务编入秧歌曲牌，秧歌扭毕，大家席地围坐，中间场子就演戏。

除演戏外，剧团还经常做文艺辅导工作和其它群众工作。帮助当地群众排练节目，教驻军、自卫军、儿童团唱歌、写标语、画漫画。还参加扩军工作和“扫盲”“放足”运动等。在演出时，只要谁没轮到上场，或刚一卸装，就主动到观众中找人拉话。连剧团的“小鬼”，肚子里也装着一套套救国救民的大道理。

剧团走遍了陕甘宁边区 23 个县的山山峁峁，有时还挺进到国民党地区，有时也随军转战。一部分同志长年配备着长短枪，情况紧急时就拿起武器参加战斗，有的同志后来在战争中献出了生命。边区军民十分熟悉和热爱自己的剧团。每当剧团从一地离开，乡亲们都流着眼泪送别，有的老大娘拿着鸡蛋等在村口。国统区的爱国军民对这个革命剧团也寄予深情，杨虎城将军的部属，还资助了剧团一笔款子和实物。

剧团里，孩子占多数，最小的才八九岁。这些孩子中，有的是陕北高原的放牛娃，像路明远同志，报名当红军时手里还握着放牛鞭呢。有些孩子是长征过来的，如曼琳同志，出身于四川一个贫农家庭，从小失去父母，哥哥参加红军时把妹妹也背来了。长征中，哥哥光荣牺牲，哥哥的战友们把她放在马背上带过了雪山草地。王凯音同志，1937 年爸爸把她从东北带到延安时才八岁，爸爸进抗日军政大学，很快就上了前方，直到全国解放父女才相见。最近荣获最佳电影音乐奖的高田同志和已故著名新闻电影摄影师张沼滨同志，他俩十二三岁时，一块儿偷跑出家，赶来参加剧团。

孩子们年纪小，但不怕吃苦，背上背包一天走七八十里是常事。还记得有几句“行军顺口溜”：“天上下雨地下滑，自己跌倒自己爬，不哭鼻子不叫妈，毛主席夸咱好娃娃。”十冬腊月，孩子们常没袜穿，脚后跟裂开了，布满血缝。夜行军，由于太疲劳，有时让大同志拉着边走边睡。夏季行军宿营时，小鬼总是最好安排的，遇上小村子住不下，把睡觉爱蜷腿的放在碾盘上，不蜷腿的放在牛槽里，他们也能睡得很香。

七七事变后，剧团同志们恋恋不舍地换下缀有红五星的八角帽，穿上佩戴有国民革命军第八路军臂章、胸章的军服，连八九岁的娃娃，也是正规“八路军”了。1937 年冬，剧团开赴国民党统治区西安及沿黄河各县宣传抗日。国民党对这支红色尖兵限制很严，迫于形势，剧团于 1938 年春夏之交撤回了延安。留下二十几个更小的同志，换下了八路军军装，更名为“流亡孩子抗战剧团”。党派来一位二十岁的女共产党员樊锦秋同志任团长，十八岁的经过长征的蒲允昭同志任政委，在八路军西安办事处、地下党组织和“青救会”的秘密领导和掩护下，继续坚持工作。

团员李小英，才八岁，黑黑瘦瘦的，我们都叫他小黑子。他经常在演出之前登台讲演，挥舞着小拳头，激励人们起来抗日。面对这些孩子，稍有良心的中国人，不能不为之感动！

我们的影响越大，反动派就越恨我们。他们早已查知我们并非什么“流亡孩子”，而是“红小鬼”。因此，总想整治我们。渭南驻军是反共专家胡宗南的部队。有一次，他们团级以上军官开晚会，点了我们的戏。事先，他们限令我们跳秧歌舞不准拿红手帕。当时才十三岁的王颖同志，不但拿了红手帕，而且是块特大的。待演完幕刚一落，政训处军官在后台抓住她厉声问道：“谁叫我们拿红的来？”王颖泰然地把红布抖开，原来是一面中华民国国旗，军官哑然而去。

临潼、渭南的国民党县党部和驻军，都多次想收买我们，说给我们好吃、好住，每人给一头大马骑……他们的阴谋当然不能得逞。

在渭南工作时，剧团住在东关小学（当时正值暑假，教室空着），后来又有一大批军人驻了进来。起初，我们真焦心，但很快就听出他们操的是东北口音，原来这是东北军的一个修械所。他们很爱看我们的抗日戏，爱听我们的救亡歌，住在一起没有几天就混熟了。有一次，我们的一个大孩子看《新华日报》，不小心给他们的一个姓高的技师发现了，孩子立刻把报藏起，高技师笑着说：“不要躲我，给我看”。于是，两人并排坐着阅读起来。我们主动和士兵们一块儿开联欢晚会，一块儿聚餐。每当我们出外演戏，他们就用军车接送，汽车停在戏台旁，像是我们的专车，使我们增添了安全感。可是，另一方面，反动派加紧了对我们的监视。在我们楼下住进了两个陌生人，不难猜出他们是干什么的。

不久就得到消息说：反动派要对我们下毒手。在一个深夜里，孩子们围坐一团，门口放上哨，商议着怎样对付反动派。大家说："绝不跟他们走！""抓我们一个，大家全跟上！""要坐牢都坐牢，要死死在一起！"说着，全站了起来演习怎样才能互相把胳膊挽得紧又紧。这之后，团长又召集了几个大孩子布置了行动计划。

第二天黄昏，孩子们中间传递着耳语："今晚把背包捆好，枕上，别睡着！"半夜，我们背起背包，大孩子抬上服装道具箱，大家把鞋子脱下拿在手里，悄悄走下楼梯。楼梯的出口正挨着楼下教室的门，从里面传出那两个特务的鼾声。操场上，停着一辆蒙着帆布篷的卡车，两个大个子出现在车旁，走近一看，原来是修械所的李主任和高技师，他俩早已是孩子们的好朋友了。

"不要咳嗽！"东北口音的李主任向我们叮咛了一句，就进到司机室。汽车开足马力，两盏车灯刺破黑暗。从东关到火车站，必须穿城而过。城门紧闭，两三个国民党哨兵端着枪、亮着手电，大喝一声："哪里来的？"李主任下车回答："潼关"（当时是前线）。哨兵又问："拉的什么？""军火！"哨兵不再啰唆了。据说，照规定军火是不能检查的，李主任又身佩武装带，是个不小的军官，哨兵只好开城放行了。

汽车直接开进月台，车票已有人买好。火车正点开动，夜色中，我们看见李主任、高技师从衣袋里掏出手帕揩眼睛。天下起了小雨，孩子们的脸上雨水和着泪水。

到了西安没过两天，正赶上我们党的十七周年诞辰，庆祝会在八路军办事处的院子里举行。丁玲、侯外庐等同志都参加了。当我们列队进入会场时，全场同志为我们热烈鼓掌。人群中有一位须发似银的老人也向孩子们鼓掌，老人频频点头，满面笑容。孩子们都认得，他就是我们敬爱的林老（林伯渠同志当时任八路军驻西安办事处主任）。

这时，抗战剧团在延安已扩编为若干个队，第一队南下和那批小同志会合到陕甘宁边区关中分区工作，其他各队分赴黄河两岸，到边区内外开展工作。

1939 年剧团返回延安。边区政府主席林伯渠同志、教育厅厅长周扬同志，在当时延安唯一的“大饭店”——“机关合作社”招待我们，欢迎剧团胜利归来。

长期紧张战斗的工作，使剧团的孩子们没有机会系统地学习文化知识。回到延安后，领导上请来诗人萧三，音乐家冼星海、郑律成、李丽莲，戏剧家崔嵬，画家辛莽等同志给我们补课。这些艺术家们听了剧团的历史以后，都很受感动，因而更加喜爱这批孩子。老诗人萧三专为剧团写了团歌歌词，人民音乐家冼星海给谱了曲，并教大家学会了唱。

……

莫看我们小小年纪，

走过二万五千多里。
不怕千辛万苦，
只为人民利益。
多年优良传统，
我们永不抛弃。
……

这个剧团始终走着一条为人民、为革命的艺术道路，在火热的斗争中，密切联系群众，运用群众喜闻乐见的形式，反映时代的强音。1944 年，毛主席接见了抗战剧团团长杨醉乡同志，那次参加接见的还有陕甘宁边区文化协会主席、诗人柯仲平同志，和秦腔现代戏作家马健翎同志。在同年陕甘宁边区文教大会上，边区政府颁发给杨醉乡同志一面奖旗，上面写着“文艺先驱”四个字。这既是对杨醉乡同志本人的赞誉，也是对抗战剧团所走过的艺术道路的最好评价。

《人民日报》1981 年 10 月 30 日

上海沦陷区人民的反日斗争

/ 胡正豪

1937 年 11 月 12 日，日军侵占上海。具有光荣反帝传统的上海人民，不畏强暴，在中国共产党领导下，进行了八年反日斗争。

八一三闸北战火一起，上海人民的抗日救亡运动就蓬勃开展起来了。以“救国会”为基础的上海各界救亡协会、上海抗敌救国后援会等相继成立。工人、店员、学生纷纷奔赴前线，组织战地服务团、救护队、演剧队、保卫团、难民收容所等，同仇敌忾，保卫大上海。暴日铁蹄蹂躏上海华界时，沦陷区工人、职员用撤退、拒不上工的行动，抵制日军的“接收”；在租界里，上海人民继续坚持抗日救亡运动。

在日军的四面包围中，上海公共租界和法租界成为“孤岛”。尽管租界当局宣布中立，日伪势力仍能渗入。1937 年 12 月 4 日，日本陆军五千余人闯入租界耀武扬威，一位爱国者奋不顾身，向敌群投掷炸弹，壮烈殉国。南京沦陷翌日，日军竟对租界里的各华报实行“新闻检查”，《申报》《大公报》等立即停刊；很多正直的报人不顾敌伪迫害，保持了民族气节。日伪企图“接管”海关，广大职员和海关上层人士一致反对，影响遍及租界，掀起一场颇具声势的护关、护邮、护院（法院）运动。

在反对日伪的斗争中，涌现出许多爱国的志士仁人。上海沪江大学校长刘湛恩博士就是其中之一。抗战开始后，刘湛恩担任上海各界救亡协会理事和中国基督教难民救济委员会主席，积极从事救亡工作。1938年初汉奸温宗尧为了拼凑“维新政府”，企图用“教育部长”官职拉刘下水，遭到严词拒绝。日伪恼羞成怒，竟指使暴徒杀害了刘湛恩。

为了巩固上海人民高昂的抗日情绪，同敌人展开长期较量，中共上海地下党坚决纠正过去关门主义和冒险主义的“左”倾错误，根据“荫蔽精干，长期埋伏，积蓄力量，以待时机”的方针，利用英美租界当局与日本的矛盾，开始了一场韧性的战斗。

各界救亡协会用“联谊会”“俱乐部”“读书会”“同学会”等组织形式在租界内取得合法地位，成立歌咏队、剧艺社、诗歌会，举办文化补习班、职业夜校、消费合作社、互助储金会、图书室；召开座谈会、聚餐会、联欢会，吸引和团结广大群众，争取包括租界工部局华员在内的各界知名人士的同情支持，开展抗日教育和救亡活动。

在党的领导下，上海文化界进步人士利用租界的特殊地位，大力宣传抗日言论和爱国文化，鼓舞“孤岛”人民的斗志。以外商名义创办的《译报》《导报》以及《民族公论》《文献》《上海周报》等经常宣传共产党的主张，介绍八路军新四军的杀敌战果，谴责日军暴行，揭露汪伪汉奸卖国嘴脸。生活书店、读书书店以及由胡愈之、周建人、郑振铎等发起的复社等进步书店，印行了《资本论》《鲁迅全集》《西行漫记》等大批进步读物，受到上海和大后方人民的欢迎。在这些进步报刊和书店周围，集合着许多作家、戏剧家、翻译家、诗人，从事小说、诗歌、戏剧、电影、杂文、译文的创作，为上海人民的反日斗争助威呐喊。

上海人民的反日斗争突出地表现在上海人民对新四军和华中抗日根据地的人力、物力、财力的援助。

1938 年底至 1939 年初，上海市民组织两批慰劳队，到敌后慰问抗日将士。当上海人民从慰劳队那里得知浴血奋战的新四军战士缺衣缺药时，立即发起“节约献金”“劝募寒衣”的活动。鲁迅夫人许广平携儿上街义卖纪念徽章，还特地买了一百只手电筒捐赠新四军。《文汇报》发起“文艺作家义卖周”，号召作家义务写稿。永安公司职工决定每逢爱国纪念日全天素食，把节省下来的菜金集中上缴。在“劝募寒衣”的斗争中，29 岁的女共产党员茅丽英（上海江海关职员，职业妇女俱乐部主席）积极组织捐募队，深入大街小巷。她还推动“职妇”和各界群众团体发起“劝募寒衣联合大公演”和“物品慈善义卖会”。日伪特务先是寄来附有子弹的恐吓信，继而暗中阻挠义卖会，扬言要捣毁会场。茅丽英视死如归，坚持斗争。1939 年 12 月 12 日晚上，茅丽英在回家的路上，遭到汪伪特务的暗害。但是烈士的血没有白流，由于全市人民慷慨解囊，各大公司踊跃捐献，1939 年一年中，上海劝募机关共收到 17 万余元，大部购买了棉布、棉背心、胶鞋，送到新四军手中。

在“孤岛”斗争时期，上海大批工人、学生和知识分子参加新四军，人数不下三四千人。上海失陷不久，一支由煤业界几十名职工组成的救护队，开着十几辆由资本家捐献的卡车，集体加入新四军，成为军部兵站的运输队。1938 年夏天，地下党在赵朴初主持的上海难民救济机关配合下，以动员难民去浙赣开荒自救的名义，把近千名失业工人和青年学生送往新四军。1939 年为了配合新四军东进，又有大批工人、学生下乡，分别到市郊和苏南、苏中地区开展游击战，参加“江南抗日义勇军”。在上海郊县游击队配合下，新四军某团一度深入嘉定境内，夜袭日军占领的虹桥机场。皖南事变后，上海人民接待、掩护和护送了许多从皖南突围出来的新四军指战员归队。活跃在浦江两岸的淞沪游击队，也根据党的指示，逐步编入新四军，加强了华中敌后的抗日武装力量。

1941 年 12 月太平洋战争爆发，“孤岛”沦陷。大批进步文化人、青年学生和技术工人，从上海辗转到苏北、淮北参加根据地建设，帮助筹建了江淮大学、鲁艺华中分院以及新四军兵工厂、被服厂、印刷印钞厂等。留在上海的地下党员和抗日人士，在法西斯恐怖下，开展“勤学，勤业，交朋友”的活动，分散隐蔽地战斗在敌伪心脏，竭尽全力支援新四军和根据地。他们通过各种关系，争取一些进步工商业资本家，秘密去皖江地区指导新四军贸易总局的经营业务。医药界也有专家、技术人员到苏北，帮助新四军卫生部门检验药品质量，改进医药条件。

当时，日军在上海下令“取缔”战时物资的运输，妄图切断上海人民对新四军的物质援助。地下党员冒着极大危险，同日伪斗智斗勇。1943 年日伪对苏中、苏南根据地加紧“清乡”，新四军急需一批制造迫击炮的无缝钢管。我秘密交通先后几次进入上海，在地下党和群众帮助下，完成了钢管采购、加工、储运任务。其中一批钢管利用日军雇佣的船只，在敌海军码头装货，硬是从日军的眼皮底下抢运到根据地。

抗日战争后期，为了迎接最后的胜利，党领导的游击队，在人民支持下，重新在上海郊区活跃起来。1945 年春，游击队正式编为新四军淞沪支队。与此同时，上海工人阶级在党的领导下，组织了工人地下军，向日伪夺枪、夺粮、夺金，准备配合新四军，里应外合夺取大上海。

上海人民的反日斗争，是抗战时期城市地下斗争支援配合敌后农村武装斗争的典范，是中华民族不可征服性格的象征。

《人民日报》1984 年 11 月 19 日

在抗日烽火中培育民族后代

/ 沈兹九　罗叔章　季　洪

1937年七七事变后，在短短几个月内，日本侵略军攻占了我华北、华东大片国土，人民被屠杀，无数家庭、学校毁于炮火，无辜儿童惨遭空前劫难。在敌人的炮火和屠刀下幸存的无数儿童，流离失所，饥寒交迫。为抢救民族后代，培育无家可归的难童健康成长为抗日建国力量，经中国共产党联合各党派与各界知名人士发起，于1938年3月10日在武汉成立了中国战时儿童保育会，在战火纷飞中抢救培育大量儿童。当时的难童，现在有的已成为艺术家、工程师、教授，有的是各条战线上社会主义现代化建设的骨干。这是抗日战争中我国妇女界的一大贡献，是中国儿童保育史上的伟大创举。

中国战时儿童保育会是执行中国共产党创导的抗日民族统一战线政策的产物。南京失守，武汉一度成为战时的政治中心，中共中央长江局在武汉建立，抗日民族统一战线日益扩大，从南京、上海、北平等地撤退的救国会领导人和文化教育界等社会知名人士也都汇集到武汉。中共长江局妇委分管儿童工作的邓颖超同志和沈钧儒、郭沫若、李德全、刘清扬、沈兹九等联络国民党、各党派以及社会各界知名的爱国人士 184 人联名发起、筹备成立。遵循党的统一战线政策，邓颖超同志请史良、沈兹九、刘清扬三人去见宋美龄，请她出来主持儿童保育工作。在战时儿童保育会成立时，宋美龄出席了会议，被推选为理事长；李德全为副理事长，并推选出有国共两党和无党派的社会知名爱国妇女 56 人任理事，邓颖超同志被推选为常务理事。为争取国内外的多方支持赞助，还聘请了包括国共两党领导人蒋介石、冯玉祥、孔祥熙、李宗仁、毛泽东、周恩来、朱德、叶剑英以及救国会和民主党派、社会各界知名人士沈钧儒、郭沫若、茅盾、老舍、蔡元培、胡适之、陈嘉庚、胡文虎，国际友人与驻华使节史沫特莱、斯诺、司徒雷登等共 286 位名誉理事。中国战时儿童保育会的成立，最广泛地团结了包括两党领导人、各爱国民主党派、各界知名人士，团结了海外侨胞和国际上反对侵略战争、保卫世界和平的国际友人与驻华使节，支持赞助我战时儿童保育事业。这是中国共产党领导的抗日民族统一战线政策在中国妇女运动史上一次伟大胜利，也是反对法西斯侵略战争、保卫世界和平的国际统一战线工作的胜利。

战时儿童保育会成立后，全国各省市、陕甘宁边区、香港和南洋群岛相继成立了 20 多个分会，抗战中先后建立了 53 所战时儿童保育院，收容保育了 3 万多名难童，还资助陶行知创办育才学校以及捐款人命名的“思克职业学校”，吸收保育生入学，培养各种专业人才。

抢救、保育3万多名难童是十分艰巨繁重的任务。按战时最低限度的生活费用计算，每个儿童每月保教费5元，年需经费100多万元，战时国民党政府拨给的经费十分有限，主要靠全民抗战的宣传动员，征募经费，有钱出钱，有力出力，抢救、运送与保育难童。

担任战时儿童保育会宣传委员会主任的沈兹九，运用她主编的《妇女生活》，并通过新闻报道、对内对外广播，接待中外人士参观保育院，拍摄儿童保育院的纪录影片，揭露日本侵略军惨无人道的暴行和战乱中儿童所蒙受的苦难，介绍我战时儿童保育事业的情况，号召党政军各界爱国同胞、爱国侨胞和国际友人支援我战时儿童保育事业。宋庆龄同志在香港给外国朋友写公开信，呼吁救济中国数以万计的战灾儿童。

在全民抗战的热潮中，募捐工作很快得到各界人士热烈响应。有认捐儿童保育费的，有捐款、捐物的。战时儿童保育会经济委员会正副主任李德全、郭秀仪积极带头，李德全认捐511名儿童的生活费，郭秀仪认捐442名儿童的生活费，蒋介石、宋美龄每人认捐200名儿童的生活费，史良、邓颖超、刘清扬等以及文化、教育、金融等各界人士以及家庭妇女、老太太、小学生都踊跃捐款。宋庆龄同志在香港创办的“保卫中国同盟”，也捐募资金、物资支援儿童保育院。征募工作还得到当时英、美政府救济机构的支持。有一次，美国救济机构捐助了可供两万名儿童各做两套衣服的布匹，当时的美国总统是罗斯福，大家就叫这种布为“罗斯福布”。美国友人杜宾思克长期认捐一个保育院的经费（即以后成立的“思克职业学校”）。港澳胞和海外侨胞的捐款，对儿童保育事业是长期而有力的支援。有的人认捐持续到抗战胜利保育院结束。被誉为“伤兵之母”的蒋鉴女士，担任了合江保育院院长，她把家庭积蓄资助儿童保育院，改善儿童生活，她放弃了优裕的家庭生活，与难童同甘共苦，夜以继日，积劳成疾，为儿童保育事业献出了生命。有的保教人员，领得微薄工资，除维持个人最低生活外，还资助有困难的师生，为中国战时儿童保育事业默默无闻地奉献！

到战区去抢救难童，是一项危险而又艰苦的任务，战时儿童保育会保育委员会主任曹孟君，亲自带队去徐州战区抢救难童，适逢徐州被围，她们随军突围，转辗到第五战区，抢运出一批难童。中共长江局妇委邓颖超同志动员组织了一批党员参加保育会工作，分赴各战区抢救难童。除以武汉为中心开展抢救工作外，浙江分会以金华为中心，广东分会以韶关为中心，组织抢救队到战区和沦陷区附近去抢救难童。抢救工作中，得到当地各界爱国人士和军队的有力支援和帮助。

抢救运送到武汉的难童，先进汉口第一临时保育院，然后分批输送到各地保育院去。当日寇对武汉大轰炸，战事进逼武汉，战时儿童保育会决定继续进行抢救的同时，又分批将难童撤离武汉，大部分经长江输送入川。为此在湖北宜昌、四川万县、巫山先后设立接运站，在武汉沦陷前，汉口临时保育院共送出 28 批难童，经宜昌接运站抢运出的共 1.5 万多名。战时交通运输紧张，运送难童的繁重任务，是由中外航轮（主要是民生公司客轮）支援的，为避敌机轰炸，儿童上下船都在晚间，接运站动员组织当地妇女群众协同保育人员和客轮船员接送孩子上下船。

战争的炮火使孩子们从家庭走向新的集体生活，变成待培养的新中国幼年主人。如何使这些遭受不幸而又有幸的孩子适应抗战建国的需要进行培育，是保育工作者的重大任务和亟待探索的问题。从敌人炮火中抢救出来的孩子，他们出身于各种不同的社会阶层，年龄与生活习惯不同，有上过小学以至中学的，也有没有上过学的文盲，资质的优劣也各有差异，但他们都是无家可归的难童，不能择人而教，只能因人而教。战时儿童曾在战火中流浪，身受目睹敌人的凶残，深刻了解抗战的意义，满怀对敌人的仇恨和争取民族独立自由的热情，具有追求真理与实现真理的向往。为配合他们的需要与学习兴趣，战时儿童保育院的教育，在一般课本外，从报章杂志上选用与各科有密切联系的，与实际生活和道德修养有关的，适合儿童程度的补充教材，以激发儿童上进心，提高儿童学习兴趣；并配合儿童关心战争形势的心理增设战争常识课，讲抗战形势、抗战故事与英雄人物小传等，加强爱国主义教育，培养他们成为追求真理的小学生、反抗侵略的小战士。

战时儿童保育院特别重视劳作教育，培养儿童劳动的习惯，树立劳动创造世界的观念，改革教育脱离生产劳动的旧传统，并以此解决一部分经费困难。劳作课的安排，力求适合儿童的经历与能力，切合儿童生活需要，如运粮、担煤、缝衣做鞋、搬砂、筑路、平操场、采购、帮厨、植树、种花、洗衣被、大扫除等等，通过劳动，改善生活条件，培养劳作的兴趣，改变贱视劳动的心理，做到教学做合一，让儿童在做中学、劳力又劳心，在集体劳动中互助合作，从劳作实践中深切领会到劳动改善生活，劳动创造世界的真理，认识到在国难中被侵略战争毁坏的一切，要靠我们自己来建设，通过学习生产技术知识，把自己培养成为未来幸福社会的创造者。

儿童保育院还开展各种社会活动，让孩子们在社会实践中学习，改革教育脱离社会实际的旧传统。如开展抗日救亡宣传活动，以自身的经历控诉敌人的暴行，鼓动群众支援抗战；组织“小先生队”去农村访问，建立流动识字班、农民夜校等。每逢节假日举办游艺大会，接待附近农民群众参加；配合地方上开展反轰炸、防疫等各种宣传活动，让孩子们在社会活动中培养成自觉工作的“小先生”。

战时儿童保育工作不可避免地要受到国民党反动派的干扰和破坏。少数保育院的保教人员中混进了一些不良分子，贪污保育生的粮食、药品和衣物，有的对孩子肆意虐待和残害。特别是当国民党反动派发动一次又一次的反共高潮以后，有的保育院儿童生活在警棍鞭笞之下，有的老师被逮捕酷刑致残，有的惨遭杀害，有的保育院被解散。隐蔽工作搞得好的直属第三保育院院长赵郁仙（君陶）同志，把工作坚持到抗战胜利保育院结束。她留下的坚持教育改革、民主办院、实行教职员工责任制等一整套

《工作资料》，总结汇编了她近 7 年保育工作实践经验与做法，是当前教育改革中值得借鉴的宝贵遗产。

战时儿童保育会是抗日民族统一战线下国共两党合作抗战中的产物。战时儿童保育工作把教育与社会实践、教育与劳动生产相结合，把儿童培养成追求真理、手脑并用、自觉工作、反抗侵略的德、智、体全面发展的人才，对当前的教育改革是颇有借鉴意义的。追忆那艰苦的战争年代，在党的领导下，依靠中共党员和爱国民主人士以及上万名保教人员艰苦创业培育民族后代的精神风貌，应继承与发扬战时儿童保育工作的优良传统和艰苦创业精神，培育亿万儿童成为社会主义现代化建设人才。

《人民日报》1988 年 3 月 31 日

漫说抗日军政大学

/ 何启君

经常地，我心中常常情不自禁地唱起一支歌：

“黄河之滨，集合着一群，中华民族优秀的子孙。人类解放，救国的责任，全靠我们自己来担承。同学们，努力学习，团结、紧张、活泼、严肃，我们的作风。同学们，积极工作，艰苦奋斗，英勇牺牲，我们的传统。像黄河之水，汹涌澎湃，把日寇驱逐于国土之东。向着新社会前进、前进！我们是劳动者的先锋！”

这是抗日军政大学的校歌，是催人奋进的抗战之歌。是半个多世纪前，当时中央宣传部长何凯丰作词、老一代大音乐家吕骥谱曲而成！多少年过去，音犹在耳，让人回忆往事，教我不能淡忘那美好的延安岁月，那抗日军政干部的摇篮——抗大。

1936、1937年，民族危急、华北危急，人民感到“覆巢之下断无完卵”，国家将亡，只有奋起。这时刻，党中央高高举起抗日救亡的红旗，率领红军长征到陕北。毛主席先在瓦窑堡、后到延安创建了红军大学，旋即改为抗日军政大学。

历来说：“红大无二期，抗大无一期。”迁到延安的红大是一期，改名后的抗大，是二期，亦即抗大的创始期。

为什么要办红大——抗大？毛主席表示过意图：抗战力量要加强，中央要办学校，培养抗日干部！胡耀邦、陈赓、林彪、罗瑞卿等一大批著名红军和抗战的将领，都曾在这个大熔炉里受过锤炼。

我是抗大二期十三队的学员。我意识到这是一种幸运。我们学校的教育委员会主席是毛泽东。他是我们的老师之老师。毛主席给抗大讲话、上大课，有时几乎隔几天便有一次。能够直面聆听革命领袖的谆谆教诲，当然是非凡的福气。他的语言、思想、风采，像阳光沐浴着我们，像春风吹拂着我们火热的心。

毛主席风趣而幽默地宣布：“这个研究革命道理的学校，什么时候才毕业？现在天下大乱，到时，掐指一算，你们就下凡！”下凡，好比是天兵天将了！

抗战爆发后，10月，我们毕业了。每一个学员领到一个特级纸张印制的证书。这里，印着毛泽东的亲笔手书：“勇敢、坚定、沉着。向斗争中学习。为民族解放事业，随时准备牺牲自己的一切！”后来，在抗日炮火中，我的一批同学王泊生、王健、林瑾……实践着诺言，献出了自己的生命。

一天的傍晚，夕阳西下犹有金色的光照。我们列队坐在延安城内“府衙门”的大院广场上，全场没有彩旗的海洋，但有不止的歌声。听众即歌手，一队队青年大声齐唱，此起彼伏，歌声如潮。“大刀向鬼子们的头上砍去！……”好痛快的战斗高歌！“我的家在东北松花江上……”是含泪的歌，悲愤的歌。“看！群众已抬起了头！……无数的人和无数的心，发出了对敌的怒吼！……”多么壮美！多么刚健！多么悠扬抒情！

这是我们二期的毕业典礼。

毛主席从大院会场的一角，徐步走来。他穿着一身旧灰布军装，先是坐在前二排的学员中。之后，在一片鼓掌恳切要求下，他立起来，打着手势，操一口湖南腔，即席说道：

“要学个孙悟空大闹天宫！到敌人后方去！钻到敌人肚子里去！深入到日寇心脏去……”年轻人，火热的心，血在奔腾！口号声，迸发了，“打倒日本帝国主义！”歌声，又起来了：“到敌人后方去，把鬼子赶出境！……”作为对领袖的呼吁的回应！这歌声是誓言，回荡在延安的上空。

抗大三期，学校有个大发展。抗日的烽火，燃烧着全中国。青年志士，纷纷奔向延安古城，奔向中国的灯塔。中央要抗大挖窑洞。一时间，城北的山坡坡，红旗漫卷，歌声飞扬。莘莘学子，光着膀子，挥动镢头，大汗淋漓，向着山头，砍，砍！欢乐的歌声却是：“大刀向鬼子们的头上砍去！”太幽默了！火红的岁月，歌声有如大海涛声，其情其景，何等壮观！其间，毛主席说：窑洞出真理，窑洞出马列！怎样理解？

主席常以诙谐、生动的语言，阐发其深深的哲理。他曾向三期的学员和教员，说过一段话："你们会不会吃小米呀？"众声回答："会！""你们会不会打草鞋呀？"众人齐应："会！"他道："好！能吃小米，能打草鞋，才能算抗大学生。你们是来革命的，要学马列主义！要知道，吃小米，爬大山，住窑洞，才能出马列主义！"许多深入浅出的语言，真似春雨滋润着我们的心田，"雨以润之"嘛！

还有一回，他讲："我们创办红大、抗大的时候，要教员，没有。要房子，没有。要教材，没有。要经费，没有。怎么办？就是'艰苦奋斗'！"要有这种精神。

毛主席的语言艺术有其独特风格，他的闪光的智慧，使他得以妙语连珠，引人入胜。例如，他说："抗大的学生要有一种作风：不断地学习。当学生，要当到长胡子，当到胡子白了，当到阎王请去喝烧酒。那时，才算毕业了！"

又说："当学生，不一定非在学校不可。李逵没上过学校，但他很勇敢！瓦岗寨的绿林英雄，也没有上过学校。就是民族英雄岳飞，还不是从战争中锻炼出来的"？！

"虽然，抗大已经发给了毕业证书，但，还是要当学生。毕业，只是开步走！以后的课程，是实践！"这些几十年前的即席讲话，至今让人感到意味隽永，发人深省。试问：人生何尝有毕业！学习有毕业吗？这么想想，毛主席当年的格言式致论，实是人生宝鉴！这些点滴精华，至今"点点滴滴在心头"！

抗大，抗大，我们怎能忘却这一哺育抗日军事、政治干部的摇篮。

（注：所引资料，1983 年抄自延安革命纪念馆）

《人民日报》1995 年 7 月 20 日

大后方人民的怒吼

——记中国共产党对国民党统治区抗日救亡运动的领导

/汪　新　温乐群

作为近代以来中华民族由衰败走向振兴重大转折点的抗日战争，是在中国共产党促成和领导的抗日民族统一战线的旗帜下发动和进行的。中国共产党不仅独立领导人民军队挺进敌后与敌后人民结合，开辟了敌后战场，抗击了日伪军的大多数，拱卫了大后方的国民党统治区，而且还由它代表最广大人民的利益的政党性质所决定，通过它在国统区的组织、提出的各种政治口号、党员的模范作用和成功的统一战线工作等，有力地领导了国统区人民的抗日救亡运动。

在淞沪会战的炮声中，国统区人民抗日救亡运动在上海崛起

1937 年 7 月 7 日卢沟桥事变爆发的当天，中共中央重要领

导人之一的周恩来在赴庐山与国民党谈判途中到达上海。在沪逗留期间，他就如何开展国统区特别是上海地区统一战线工作和组织抗日救亡运动，向上海地下党负责人刘晓作了重要指示。他指出，日本帝国主义全面侵略中国已不可避免，思想上要有足够的准备。要依靠群众力量，把抗战变为真正的抗战，职工运动、学生运动、妇女运动都要围绕坚持抗战这个总任务，放手发动群众、组织群众。要大力开展抗日民族统一战线工作，以文化界为基础，搞好上层进步人士的统战工作。

根据这一指示精神，在全面抗战爆发的新形势下，上海地下党组织通过在各条战线的党员和活动分子，有力地推动着抗日救亡运动的全面展开。7 月 28 日，上海文化界救亡协会成立，蔡元培、潘公展、胡愈之、张志让等各界知名人士 83 人担任理事。成立之初有团体会员 73 个，个人会员 251 人，成为集合文学、戏剧、电影、音乐、美术教育各方面进步人士的、有统一战线性质的抗日救亡团体。随后，工商业界、学生界、教育界、妇女界、宗教界也都成立了自己的救亡协会，高高举起抗日救亡的旗帜，广泛深入地开展抗日救亡斗争。

在淞沪会战中，上海各抗日救亡团体都进行了大量的宣传鼓动和支援前线的工作。“文协”组织了 30 多个宣传队和 40 多个慰劳团到前线活动。1937 年 9 月 18 日，为纪念九一八事变 6 周年，“文协”联合 40 多个抗日救亡团体，组织了 3000 多人的宣传队，上街开展声势浩大的抗日宣传，要求政府抗战到底，不可中途妥协。各抗日救亡团体还以经常性的演讲、歌咏、演戏、张贴标语等宣传形式，呼吁全民奋起救亡，动员群众参加抗战。在进行口头宣传鼓动的同时，各团体还办了大量的报纸、刊物。《救亡日报》是“文协”的机关报，其社长是郭沫若，总编辑为夏衍，报社大部分工作人员是中共党员。它高举团结、抗战、救亡的旗帜，以精辟的战局分析，实际的战地采访和真实的战况报告，吸引了广大读者，成为中国共产党领导和宣传抗日救亡运动的重要舆论阵地。

广大妇女也积极投身于伟大的民族解放战争中。7 月 22 日，以何香凝为主席的中国妇女抗敌后援会在上海成立，这是成立最早的全国性妇女抗日救亡组织。稍后，该组织改称为“中国妇女慰劳自卫抗战将士总会上海分会”（简称上海妇慰分会），为支援淞沪抗战而积极开展卓有成效的救护、募捐、演出等热火朝天的劳军活动。

上海妇慰分会还成立了缝纫服务团，专门为淞沪前线抗日将士们缝制衣服。缝纫服务团成立后，得到许多家庭妇女的响应，她们三五成群地来领取缝制衣物的棉布，放弃了休息，减少了家务，日夜不停地工作着。仅十几天内，就缝制了 1000 件棉背心送往前线，对此，何香凝感叹万端，曾赋诗二首：

“前者牺牲后者师，家家儿女送寒衣；感君勇敢沙场去，留得忠名万古垂”。

“家家儿女做征衣，收复河山定有期；众志成城何畏敌，同心同德励戎衣”。

“保卫大武汉”——国统区抗日救亡运动再现高潮

自南京于1937年12月失陷后，国民政府的军政机关、重要人物相继搬迁和进入武汉。全国性的抗日救亡团体、各种进步刊物和著名爱国民主人士也先后汇聚于此。到1938年上半年，素有“九省通衢”之称的武汉便成为国民党统治区的政治中心。

在武汉，周恩来、董必武、叶剑英等中共中央长江局领导人，根据中共中央的指示精神，一方面继续与国民党当局进行谈判，巩固和加强国共合作，推动国民党下定决心坚持持久抗战。另一方面广交朋友，广泛开展对国民党上层人士、国民党内民主派、各中间党派、各界爱国人士、各地方实力派的工作，一个以国共合作为基础、团结各党各派各军各界人士共同抗日救亡的局面逐渐获得巩固。与此同时，长江局认真贯彻中共中央关于“共产党员应实际上成为各地救亡运动与救亡组织之发起人、宣传者、组织者”等一系列重要指示，把救亡团体、救亡报刊、救亡运动三者统一起来，组成救亡运动的整体，使武汉成为国统区（大后方）抗日救亡群众运动的中心，并有力地向整个国统区辐射。

在周恩来的周密部署和领导下，从1938年4月7日起，武汉举办了“第二期抗战扩大宣传周”活动，以文字宣传、演讲、歌咏、美术、戏剧、电影、游行等方式，广泛开展抗日救亡宣传。宣传周的第一天，恰逢台儿庄大捷，当晚武汉三镇举行了十万人的火炬游行。熊熊燃烧的火炬照红了长江两岸，雄壮嘹亮的歌声响彻武汉上空，江城沸腾起来了。紧接着，

“五一”“五四”“五九”“五卅”等纪念活动和“雪耻兵役宣传周”相继举行，群众性抗日救亡运动一浪接一浪地开展起来。一时间，武汉又重新呈现出大革命时期那种热气腾腾的革命景象。

6月中旬，日军在攻陷徐州之后，开始实施进攻武汉的作战计划。为了更广泛深入地发动群众，保卫大武汉，周恩来和长江局又组织了声势浩大的“七七”献金运动，将轰轰烈烈的抗日救亡运动推向了高潮。

献金运动波及各阶层，从工人、店员、农民、工商业者、党政官员、妇女儿童、人力车夫、说书艺人到街头小商小贩，甚至和尚、道士、乞丐都纷纷涌向献金台，连暴雨、烈日、敌机轰炸也阻挡不住。仅5天时间，就有50万人献金93万元。对此，《新华日报》评论说：这一情形“不仅在中国历史上为空前，恐怕在世界史上也少有！”“它是中国兴亡的重大测验！测验的结果如何？可以万分肯定地回答：中国绝不会亡！中国一定复兴！”在武汉的带动影响下，7至8月间，重庆、长沙、广州等南部中国各大中城市的广大民众和各界人士，乃至海外华侨中间也纷纷兴起献金运动。其间，群众情绪极为热烈，金额亦很可观。献金运动有力地支援了抗战，成为全民族抗战史上不可或缺的动人一章。

以重庆为中心，推动、领导民主宪政运动，争取抗战的最后胜利

为了充分动员和广泛组织各界民众参加抗战，还必须在全国

实行必要的政治经济改革，废除国民党一党专政，给人民以应得的抗日民主权利，并适当地改善工农大众的生活。这些，也是中国共产党提出和坚持实行的全面抗战路线的重要内容。这是因为实行民主、改善民生与坚持抗战、彻底抗战是一个统一体的两个侧面。实行民主、改善民生是为了更好地发动群众投入抗战，而坚持抗战、彻底抗战，争取抗战完全胜利、实现中国的光明前途，则是实行民主、改善民生的最终目的。本着这一认识，在武汉失陷国民政府迁都重庆，抗日战争进入相持阶段后，中国共产党还进一步团结各民主党派，以重庆为中心，发动了一场旨在抑制国民党消极抗日、积极反共、压制人民群众抗日积极性错误政策，要求结束国民党党治，实行民主宪政，坚持团结、民主和进步的民主宪政运动。

1939 年初，国民党召开五届五中全会，其政策在这次会后急剧右转，开始消极抗日、积极反共。除在各地加紧反共摩擦外，并极力压制国统区的群众性抗日救亡运动。这一形势要求中国共产党在国统区的组织和机关，要以更扎实、更深入的发动和组织工作，以最大限度团结各抗日阶级和阶层，与国民党错误政策作斗争，争取抗战的最后胜利。正如毛泽东在 1939 年 8 月的中共中央延安政治局会议上向中共中央南方局提出的三条工作方针指出：巩固党；深入群众工作；向中层阶级发展统一战线。中共中央南方局创造性地执行了中共中央的指示。其中，一个重要表现就是它成功地领导和推动了国统区的民主宪政运动。

1939 年 9 月 9 日，作为当时国家最高咨询机构的国民参政会，在重庆举行了一届四次会议。中共参政员董必武、陈绍禹等26人向大会提出《请政府明令保障各抗日党派合法地位案》，得到中国青年党、国家社会党、第三党、救国会等党派的参政员的拥护，他们也纷纷提出议案，要求国民党结束党治、改革政治、实行宪政。9月15日，大会达成并批准了《请政府明令召集国民大会制定宪法实施宪政案》。根据这一提案，蒋介石同意由各党派代表组成“宪政期成会”。民主宪政运动序幕就此揭开。

10月1日，由沈钧儒、张澜、章伯钧等人发起，包括中共党员董必武、吴玉章、潘梓年在内的各界人士百余人，举行首次宪政问题座谈会。与会人士认为：只有实行民主宪政，才能使人民群众感受到自己是国家的主人，才会积极投入到抗日救亡运动中去，争取抗战最后胜利，并在战后建设成为民主国家。同年11月，国民党五届六中全会不得不表示：接受国民参政会一届四次会议决议，“定于1940年11月20日召开国民大会制定宪法”。12月，由沈钧儒、董必武、黄炎培、史良等组成的“重庆各界宪政促成会”立案获准成立，随即开始工作，推动民主宪政运动全面展开。在重庆民主宪政运动的影响下，成都、桂林等大后方的重要城市也相继发起了民主宪政运动，民主宪政之火在国统区熊熊燃烧起来。

皖南事变后，在国民党顽固派反共摩擦日益激烈的情况下，中国共产党坚持发展进步势力，争取中间势力，孤立顽固势力的方针，以斗争求团结，领导、联合国统区各民主党派，以民主宪政运动为中心，将国统区的抗日民主运动推向新的高潮。在民主宪政运动进展到1944年年中时，国民党正面战场出现了令人震惊的豫湘桂大溃败，这激起了全国人民的极大愤慨，废除国民党一党专政，改组政府，实行民主政治的要求更为强烈。

在此形势下，中共中央认为："目前，我党向国民党及国内外提出改组政府主张的时机已经成熟"，"这一主张应成为今后中国人民政治斗争的目标"。根据这一指示，经与中国民主政团同盟领导人磋商，9月15日，在国民参政会三届三次会议上，中共参政员林伯渠郑重提出："希望国民党立即结束一党统治的局面，由国民政府召集各党各派、各抗日部队、各地方政府、各人民团体的代表，开国事会议，组织各抗日党派联合政府"。中共的建议迅速得到各民主党派和各方面人士的热烈响应。9月24日，各民主党派领导人和国民党元老邵力子、冯玉祥等重庆各界500余人举行集会，要求结束一党专政，召开国民会议制定改组政府的具体办法。10月10日，中国民主同盟发表《对抗战阶段的政治主张》，要求"立即结束一党专政，建立各党各派之联合政权，实行民主政治"。接着，中国青年党、国家社会党、乡村建设派以及无党派民主人士都先后发表宣言和谈话，主张"结束党治，依法成立民主政府"。这样，以"成立民主联合政府"为明确目标，国统区的抗日民主运动发展到了一个新的阶段。包括国统区人民在内的全体中国人民在中国共产党领导下，为争取抗日战争的最后胜利以及在战后实现建立团结、进步、民主的新中国这一光明前途，又开始了新的奋斗。

不久之后，全国人民的奋斗终于迎来了抗战最后胜利的曙光，全国人民的流血牺牲终于浇开了抗战完全胜利的鲜艳花朵。而在中国共产党领导下国统区开展的各种形式的人民群众抗日救亡运动，无疑也为抗战最后胜利的到来乃至以后中国光明前途的实现，奠定了必要基础、创造了重要条件。

《人民日报》1995 年 8 月 17 日

抗战血泊中的一朵奇花

——谈孩子剧团

/ 吴新稼

“孩子剧团是抗战的血泊中产生的一朵奇花”。这是茅盾先生1938年在武汉所写的《记孩子剧团》一文的赞语。

1937年8月13日，日本帝国主义者进攻上海。成千上万的受难同胞，从沪东向沪西逃来。其中有一群孩子，他们失去了父母、兄弟、姊妹，失去了师长，住到一个难民收容所里。由于他们受过中共地下党员的抗日救亡教育，对当前的民族灾难和应有的态度有较好的认识。他们不悲哀，不失望，在难民收容所里高唱抗日救亡歌曲，演抗日救亡戏剧，受到难胞们的热烈欢迎。这一情况被中共地下党知道了，派了一个青年党员去帮助他们。于是，9月3日，孩子剧团诞生了。

工作两个月后，上海失守了。党组织在30多个团员中，选定22人带到武汉去，可是敌人封锁了吴淞口，进出的难民船要搜查抗日分子。孩子们化装成难胞分作五批，逃过了敌人的搜查，从上海到南通。在南通演出了五六天，受到同胞们和东北军将士的热烈欢迎。可是敌人占领上海后，继续向南京方向进攻，已经打到江阴。南通成了敌人后方。长江上，任何船只不准行驶。孩子们只好乘两条木船，从白蒲、泰县到扬州。想不到敌人已打到扬州对岸的镇江。火光冲天，炮声震地，木船又被扣。孩子们只好急忙向北方奔走。从高邮、宝应、淮阴、淮安到陇海铁路邳县，再转平汉铁路，经郑州到达武汉。本来，从上海到武汉，乘轮船只需三天。可是孩子们用了 50 多天。正如茅盾先生所写："少说也三千里路程……他们逃过敌人的虎口，越过兵荒马乱的火线，在敌人的机关枪火网下钻过……"还应该说，沿路买不到吃的，喝的，经常住在不能避风雪的难民棚里，有病也无法医治，更不用说理发，洗澡，换衣……多么艰险困苦的三千里！大大超过了孩子们所能承受的面临生死考验的三千里！（须知从 11 月中旬出发到翌年 1 月到达，正是隆冬季节）茅盾先生又写道："然而凭着他们的勇敢和坚决，居然到了目的地。"我们敬爱的周总理，1938 年 1 月，在武汉八路军办事处欢迎孩子剧团的会上，也深情地说："我们在长征的时候，也有些小鬼，像彭桂生、吴志坚（指"八办"的小八路战士）他们。可是他们是和我们这些大人一道滚过来的。在最困难的时候，是我们把他们抱过来，背过来的。可是他们呢（指孩子剧团），一个大人也没有（当时最小的 8 岁，最大的 16 岁，那个党员也只有 29 岁），在敌人的炮火下，突破敌人的封锁，走了数千里路，沿途还要演出做宣传工作，硬是跑到武汉来了，真是不容易啊！”

这些孩子于1938年4月，由郭沫若同志领导的政治部第三厅收编，开始了新的战斗历程。他们“踏遍了祖国的原野，走过了长江大河，像马群奔驰在山巅，像海燕飞翔在天迹。”（他们自己创作的歌词）这朵“奇花”，在伟大的中国抗日民族解放战争中，努力做了些工作，留下了娇艳的痕迹，直到1942年9月才在重庆被迫结束。（当时是新任第三厅厅长派了一个上校军官来任团长。强制“劫”收，孩子们纷纷退出了。）从1937年9月成立，到1942年结束，正好是五年。五年来，他们经历了上海、江苏、河南、湖北、湖南、广西、贵州、四川等8个省、市。行程约2万多里，演出四五百场次，观众无法统计。先后加入过孩子剧团约100余人。

邓颖超同志在1980年3月给原孩子剧团的同志的信中说得好：“几十年来，你们经历战火纷飞的年代，分散在多方学习、工作、成长，最后又经住十年浩劫的严峻的考验。你们不但受到了各种锻炼，而且成长了，绝大多数在各自的岗位上都作出了成绩，取得了收获。你们无负于你们自己的奋斗，也无负于党和人民和老一辈革命战士的希望。”

这是最好的评语和鼓励！

《人民日报》1995年9月8日

从战争狂魔到和平信徒

——新中国改造四十五名日本战犯的背后

/ 吴小军　崔清新　徐　扬

新中国成立后，接管和关押日本侵华战犯 1109 名。1956 年，经中国最高人民法院特别军事法庭审判，除对其中职务较高、罪行较重的 45 名战犯分别判处 8 至 20 年有期徒刑外，其他战犯全部免予起诉，遣返回国。

日本帝国主义对中国侵略犯下了滔天罪行。然而新中国政府以博大胸怀“感化”了这批侵华战犯，使他们“转身”成为高举“反战、和平”旗帜、推进中日友好关系中一支不可忽视的力量。

铭记历史是为了警示未来，宽恕罪行是因为珍视和平。重温把“鬼”变人的这一课，无疑会让人们对日本右翼竭力复活军国主义的行径提高警惕，对来之不易的和平时光倍加珍惜。

罄竹难书：军国主义令人发指的暴行

1944 年 11 月，“我命令步兵部队……由防疫给水班在三四个村庄散布霍乱菌，因此后来我接到‘在林县内有 100 名以上的中国人民患霍乱病，死亡人数也很多’的报告”。——这是日本战犯铃木启久的亲笔供述；

1941 年 9 月上旬，配属在中队的军医中尉河原信二，提出对俘虏 1 名进行活人解剖，“于是就允许他解剖。”——这是日本战犯菊地修一的亲笔供述；

……

有人这样计算，即便是把这 1000 多名战犯的罪行简单汇总，也足以让人瞠目：被他们直接杀害的中国平民和被俘人员有 857000 多人，烧毁、破坏房屋 78000 多处，掠夺粮食 3700 万吨，煤炭 2 亿多吨……从 1931 年到战败投降，日本帝国主义先后制造了数不胜数的惨案，诸如平顶山惨案、南京惨案、潘家峪惨案、刘店乡惨案、“四一二”惨案、重庆大隧道惨案、北疃惨案……

2014 年 7 月 3 日到 8 月 16 日，中央档案馆在国家档案局官网连续公布了 45 名战犯的亲笔供述，仅 7 月近一个月的时间里，就有 140 多万的点击率。这不仅是正视这段历史的如山铁证，也是人们对那段历史经久难忘的明证。

涤荡灵魂：用人性的关怀唤醒战犯的人性

新中国成立后，初到抚顺、太原两个战犯管理所的日本战犯，还没有完全从战争的血腥中苏醒过来。

而中国政府对这些战犯以博大的胸怀，采取了管理和教育相结合，思想教育与人道主义待遇相结合等原则方法，进行了长期、耐心、艰苦的改造。

中央档案馆资料保管部调研员周玉文介绍，管理所对战犯不打骂、不侮辱；生活上按时按季发放衣裤日用品和糖果；每周洗澡一次，每月理发一次，保证肉蛋奶的供应……

为使战犯们受到更实际的教育，根据中国政府的指示，1956年，战犯管理所分批组织战犯先后到北京、沈阳、长春等9大城市参观学习。他们看到昔日曾饱受日本侵略者蹂躏和破坏的地区，如今发生了怎样翻天覆地的变化，一路参观，一路感慨。

在参观南京后，战犯们在致南京市人民委员会的忏悔信中写道："我们……残杀了你们30多万亲人，掠夺了你们的财产，进行了人类历史上史无前例的野蛮暴行。"

以德报怨，拷问着日本战犯沉沦已久的良知。

国家档案局副局长李明华介绍，1956年，中国特别军事法庭在对45名战犯开庭审理时，所有战犯对法庭指认的所有罪行全部承认，没有辩解。有的战犯痛哭流涕，甚至跪倒在地请求严惩自己。这与二战后国际法庭对战犯进行审判时几乎无人认罪的情形形成了鲜明对比。

改造日本战犯的方针策略使日本战犯恢复了人的良知，荡涤了灵魂，完成了从战争狂魔到人的蜕变。

悔心拳拳：为两国的和平事业奔波

日本军国主义将侵华战犯变成战争机器中嗜血的魔鬼，鲜血和暴行成为他们在战争中的兴奋剂。而一旦战争结束，经过教育改造的战犯军国主义阴魂飘散，一遍遍回想这些罪行就成了煎熬。

被称为“一号战犯”的铃木启久，在沈阳特别军事法庭接受审判时泪如雨下，他说：“想到那些被我毫无理由地加以杀害并被我破坏了和平生活的人们，我的心好像就要碎裂似的难过。”

李明华介绍，在战犯管理所的号召下，战犯们以自己的犯罪事实为素材，以改造悔罪为主题，创作了“南京大屠杀”“活地狱”等小说30部，个人写作小说、诗歌、剧本、散文330篇，实录339篇。这些作品真实地揭露了日本帝国主义的侵略罪行，表达了认罪悔过、重新做人的决心和态度。

1956年6月到8月，1000多名被免予起诉的日本战犯开始分三批回国。被判刑的45名战犯中，除1名在服刑期间死亡外，大都被提前释放回国。

回到日本后，为了加强联络，释放战犯联合组建了自己的组织——“中国归还者联合会”，简称中归联。其宗旨是：为了要过和平的生活，彼此互相援助，并为增进日本、中国之间的友谊以及为了和平而奋斗。

“这些战犯归国后，大多数成为了中日友好的推动者和捍卫者。”辽宁抚顺战犯管理所旧址陈列馆馆长张继承说，“他们认为，是中国人民以博大的胸怀和人性的力量，将他们从‘鬼’变成了人。”

（据新华社北京8月16日电　记者吴小军、崔清新、徐扬）

《人民日报》2014年8月17日

“特殊身份”的抗日勇士

/ 王　尧

“再会吧南洋，你海波绿海云长，你是我的第二故乡……再会吧南洋，你不见尸横的长白山，血流的黑龙江，这是中华民族的存亡。再会吧南洋，我们要去争取一线光明的希望！”

几十年前，他们唱着这首《告别南洋》，挥别亲友，放弃安逸的生活，奔赴中国抗日战场，奋战在“死亡公路”上，视死如归，撑起“抗战生命线”。他们中超过一半的人，再也没能回到亲人身边。

几十年后，他们中的健在者已不足15位，多已近百岁高龄，历经沧桑，听到这首熟悉的《告别南洋》，依然会红了眼眶。他们坎坷一生，始终淡泊豁达；言及过往，依然无怨无悔。

没有远征军的曝光度，不如飞虎队声名远播，他们的故事尘封多年。他们中有司机、技工，有富家子，有工程师，有商人，他们是——南侨机工，一群抗战中“特殊身份”的战士。

热血：“轮盘日夜无停息，不复山河誓不休”

鲜花、掌声、蛋糕、交响乐……2014年9月初，为参加纪念南侨机工回国抗战75周年系列活动，李亚留、苏荣稳、蒋印生、翁家贵、吴惠民、罗开瑚几位老人，又一次相聚昆明——这座对他们意义非凡的城市。

这里是昔日滇缅公路的起点。抗日战争最艰难的时刻，东南山河尽陷敌手，沿海港口相继沦陷或为日军封锁，偏居大西南的滇缅公路一跃成为中国抗战的生命线，大量的外援物资，需要从这条生命线上运入国内。

当时的中国，汽车还非寻常物，熟练的司机和技工更是紧缺。1938年12月，国民政府正式电请南洋著名华侨领袖陈嘉庚先生代为招募机工回国抗战。马来西亚、新加坡、泰国、缅甸、越南、菲律宾、印度尼西亚等国华侨热情响应，经严格选拔，3000多名南洋华侨机工于1939年分9批回到祖国参加抗日。

因为家人反对，当年吴惠民是改名字和年龄悄悄报名的，不过第一次报名还是被拒绝了。“人家要会修车的，会驾驶的，我不懂。我就去租的士，学了一个礼拜。”

当年南洋送别的场景在老机工们的记忆中依然那么鲜活。“帽子到处丢，飞到海里多少都晓不得。”已经96岁的罗开瑚说。送行的人太多，马来西亚槟城码头的木质栈桥曾被踩断，很多人掉进水里……

机工们在昆明经过短暂的军训，便由当时的国民政府军事委员会西南运输处分配与编队，投入到抗战运输工作中。他们的主战场是滇缅公路，武器就是手中的方向盘。

当时的滇缅公路，是抗战爆发后紧急抢修的简易公路，上千公里的路段 80% 是崇山峻岭，悬崖、峭壁、深谷、陡坡、急弯不计其数。车祸是南侨机工遭遇的第一个杀手。1939 年 4 月到 7 月，滇缅公路上南侨机工驾驶的车辆就发生 24 起车祸。健在的老机工们记忆犹新：战友邱九良驾驶的车，就在惠通桥山顶上翻入怒江。“人不见了，车也不见了。”

前些年，一位导演想拍一部关于南侨机工的电影，曾请几位老机工沿老滇缅公路走一回。到达邱九良翻车的怒江东岸老鲁田路段时，老机工不约而同地要求停车，祭奠故去的战友。老人们高喊：“邱九良，我们来看你了！”声音在怒江大峡谷中久久回荡，在场者无不潸然泪下。

第二个杀手是疟疾。南洋机工行经的路段瘴气袭人，许多机工染上疟疾后，由于缺医少药未能及时治疗而身亡。1940 年，南侨总会特派员的报告中写道：“机工、司机患恶性疟疾者，比比皆是，在是处服务之华侨机工，皆显面色青瘦，鸠形鹄脸，体格健康损失过半。”

在云南省档案馆，保存着一份西南运输处署拟的《华侨机工吴再春烈士殉职纪念碑文》。吴再春是马来亚华侨，1939 年 3 月回国参加抗战，在滇缅公路上担任驾驶员，不幸感染疟疾，仍抱病坚持工作。1939 年 7 月 16 日，车至龙陵路段时，突发故障，又恰逢天气骤变，吴再春唯恐车上运载的物资丢失，坚守车中不愿撤离，当救援车队赶到时，他却因疾病和寒冷离开了人世，所运物资丝毫无损。

行驶在滇缅公路上，日军飞机的狂轰滥炸更是家常便饭。为了躲日军飞机，他们常常要夜间行车，危险更增几分，却无人退缩。

“海外归来志未酬，风尘仆仆群山头。轮盘日夜无停息，不复山河誓不休！”这是南侨机工第十一大队补充队倪鸿声 1940 年 5 月写下的诗句。1939 年到 1942 年，滇缅公路共抢运约 50 万吨军需物资、1.5 万多辆汽车及大量物资，其中大部分是由南侨机工运送的。据统计，将近一半南侨机工牺牲在滇缅公路上。

离合：生离死别多坎坷，“昆明”“大理”寄深情

1942 年 5 月，为了阻止日军推进，中国军队炸毁了连接怒江两岸的惠通桥。部分南侨机工被隔断在怒江西岸的敌占区，许多人被日军抓捕杀害。

畹町南侨机工纪念碑管理所所长叶晓东是南侨机工的后代。他的父亲陈团圆，为了隐蔽身份，和当地傣族姑娘朗玉宝结了婚，但后来被人告密，遭日军活埋，当时叶晓东刚出生 3 个月。朗玉宝带着儿子四处躲藏，走投无路只能重新嫁人，叶晓东也随继父改姓叶。他最大的遗憾，是手头连一张父亲的照片都没有，经多方找寻却一无所获。“别人说，父亲可能是改名参加了南侨机工。我现在最大的心愿就是想看看父亲长什么样。”

少部分幸运者由当地老百姓掩护下来，与傣族姑娘结婚，成家立业。时隔多年，有从事这段历史研究的学者到访当地，还能根据英俊、整洁、勤快的特点，从人群中识别出傣族打扮的他们……

怒江东岸的机工们，命运也随着惠通桥的炸断而改变。机工们集体失业了，因为人地生疏，缺少保人，找不到工作，“无衣无食，贫病交迫，彷徨街头，檐下度夜的惨状令人不忍闻问”。风雨飘摇的时刻，纯朴善良的云南姑娘给了他们家的温暖，南侨机工们纷纷在当地成家立业。为了拍摄纪录片翻阅过大量南侨机工老照片的欧阳斌导演说，“即使以今天的标准来衡量，这些从南洋回来的小伙子也完全称得上帅哥，再加上他们有文化、有技术，赢得当地女孩子的芳心也就不足为怪了。”

现居保山的翁家贵，与保山籍的妻子相濡以沫超过 70 年。当年，翁家贵已经办好回南洋的全部手续，却因为妻子临时变卦而选择留下。罗开瑚的妻子方德和是大理人，与他携手走过 50 年，相夫教子、甘苦与共，直到去世。罗开瑚和翁家贵在第二故乡云南生活了 70 多年，讲话已带有浓重的云南口音。

他们中的另一部分，抗战胜利后选择了返回南洋。海内外热心人士为机工的南返付出了很多心力，陈嘉庚先生曾两次致函国民党政府，指出南侨机工是为了抗日救国回去的，华侨反对内战，南侨机工决不能参加内战，必须让他们复员回来。“运返少数机工，在政府系力所能及之事，并非挟泰山以超北海，端在肯与不肯耳。”1946 年 10 月到 11 月，南侨机工上千人终于挈妇将雏踏上了南返的路程。然而，许多机工的亲人却没能等到这一天。1942 年，马来亚沦陷后，南侨机工的亲属被日军视为“敌侨”，遭到残酷杀戮。

南返机工难忘他们抛洒了青春和热血的红土高原。回到马来西亚后，机工李亚留买了辆小巴士跑生意，车子取名“昆明”。另一位南返机工给两个女儿起名“昆明”“大理”。

铭记：“赤子功勋”鉴日月，“南侨机工”照汗青

“南侨机工的事迹，再不宣传就来不及了！”昆明市人民政府外事侨务办公室副主任张晓明，是两部南侨机工纪录片的主要“操盘手”之一，这是他这些年最大的感触。

“文革”结束后，南侨机工的历史功绩得到国家的肯定和弘扬。1986 年，侨务部门开始给健在的南侨机工发放生活补助，并逐年调整提高补助标准。1989 年，云南省人民政府修建的“南洋华侨机工抗日纪念碑”在昆明西山森林公园内落成，底座上刻有“赤子功勋”四个大字。

2009 年 7 月开始，昆明市外事侨务办公室牵头，联合市侨联、市委宣传部、昆明电视台等部门，分别摄制了《南侨机工》《我心中的生命线》两部纪录片，在海内外反响良好。

2012 年，经全国两会期间政协提案和中央领导批示，中央电视台纪录频道开始筹拍该题材的纪录片。2014 年 7 月 7 日，中央电视台和昆明市委市政府联合摄制的六集纪录片《南侨机工——被遗忘的卫国者》开播。昆明市委常委、副市长关清华在首映式

上说，南侨机工的故事是一部壮烈的华侨抗战史，这里面有着太多关于义薄云天、悲欢离合、同仇敌忾、生死与共、不离不弃的章节，有太多的残缺与圆满、苦痛和悲怆、执着与坚守。

2009年，欧阳斌执导纪录片《南侨机工》时，是怀着敬畏的心情上路的。摄制组行程2万公里，两赴南洋，共有17名健在的老机工在纪录片中出现。在东南亚采访拍摄时，欧阳斌发现，这里的华侨华人对南侨机工的纪念活动从未间断。抗战胜利第二年，南洋华侨捐款在吉隆坡广东义山修建了最早的南侨机工纪念碑，碑文写道：此种爱国精神，至为可封，为国牺牲，谁不敬服？1950年，在马来西亚槟城又修建了一座南侨机工纪念碑，每年抗战胜利日，当地华人社团都要组织纪念活动。侨团领袖说："勇赴国难的义举在全世界任何国家都应该永远被纪念。"昆明西山的南洋华侨机工抗日纪念碑已经矗立了20年，然而，摄制组在昆明街头随机采访时，"年轻人没有知道南侨机工的，甚至很多新闻界的人都不知道。"

《南侨机工——被遗忘的卫国者》导演张兵有同样的困惑："不夸张地说，绝大多数人不知道南侨机工。虽然国家侨务部门等机构一直在关心他们，但社会是遗忘的。"

2005年底，南侨机工后人林晓昌先生捐资350万，在畹町修建了一座南侨机工纪念碑。2011年，马来西亚、新加坡爱国华侨发起"重走南侨机工抗日滇缅路"活动，100多名南侨机工后人全程共驾车行驶12500公里，陈嘉庚长孙陈立人也参加了此次活动。马来西亚历史研究会秘书长陈松青先生说，南侨机工这段历史被掩埋太久了，举办这个活动是想让更多的人了解它。

2014 年 9 月，南洋华侨机工回国抗战纪念馆在畹町奠基开建。英雄不语，功勋永存。希望南侨机工的爱国情怀，给世人以启迪。

《人民日报》2014 年 9 月 18 日

在这里，他们找到新的信仰

——1938年一位欧洲记者的延安之旅

/ 彭晓亮　亘　火

时隔七十余载，一部片长 21 分 49 秒、名为《延安之旅》的黑白无声纪录片，经过国内档案工作者多方努力，回到了自己的诞生地，向人们展示了 1938 年的延安风貌。片中毛泽东走出窑洞的影像、抗日军政大学女生合唱的场面则是目前所知最早期的视频资料之一，极为珍贵。

拍摄该片的是瑞士记者沃尔特·博斯哈德，1938 年，这位欧洲记者首次来到延安，通过采访后他得出结论：延安，这座相对封闭和偏远的小城，正是中国抗战的希望和进步青年人向往的圣地。

一

冰雪消融的崎岖山路上，满载货物的军用卡车在泥泞中颠簸。一不小心，汽轮便陷入泥泞，动弹不得，车上的人不得不下车，找来人力畜力帮助拉动汽车。汽车发动之后，车后的人赶忙拿起木槌敲打车轮，防止轮上粘着的泥土阻碍前行，并在轮胎后边放置木块，防止车轮倒溜。车队几乎是一寸一寸地向前挪动。

在上海市档案馆常设展陈中，大屏幕不断地播放着这些场景，它们来自一段黑白无声纪录片：一位欧洲记者首次延安之行拍摄的《延安之旅》。

1938 年初，博斯哈德来到武汉，在史沫特莱的帮助下，见到周恩来，明确表达希望到延安采访的意愿。周恩来把此任务交给了西安八路军办事处主任林伯渠。在林伯渠的安排下，博斯哈德与美国《芝加哥每日新闻》报记者阿·斯蒂尔一起，随八路军运输物资的车队前往延安，沿途经过三原、宜君、洛川、鄜县、甘泉等集镇，车队整整走了六天。

与众所周知的斯诺等美国记者相比，博斯哈德的名气并不大。不过，他不仅是一位优秀的文字记者，更是一位经验丰富的摄影师，这给当时的新闻报道吹来了一阵新风。

后来，博斯哈德还在瑞士《新苏黎世报》，以图文并茂的方式，报道了中国红色根据地和毛泽东的情况，包括日本侵华战争的近况，并探究日军侵华战争的本质、发展演变的趋势。他用西方人听得懂的语言描述延安是“下一代人心目中的麦加圣城”。

凭借这些精彩的报道，博斯哈德赢得全球瞩目。在中国的采访报道结束后，他前往中东继续记者生涯。1953 年，博斯哈德在韩国发生了一次意外，不得不接受复杂的髋部骨折手术，从而结束了记者生涯。1975 年 11 月 18 日，刚刚过完 83 岁生日不久，博斯哈德在西班牙的托雷莫里诺斯逝世。他的侄子将其留存下来的珍贵档案，捐献给了瑞士苏黎世联邦理工学院档案馆。

2011 年 4 月，国际档案理事会城市和地区档案馆处执委会会议暨“绿色档案建筑”国际研讨会在上海召开。参会的瑞士苏黎世联邦理工学院档案馆副馆长丹尼尔，特地找到上海市档案局（馆）长朱纪华，赠送了这段视频。

然而，由于年代久远，片中涉及的人物众多，许多时间、地点、人物等细节无从知晓。为了发掘、抢救其中蕴含的珍贵档案信息，2013 年 12 月，上海市档案局（馆）调集研究力量对纪录片中的人物和场景进行考证。

经张颖、王丹一、于蓝、孟于、李源等亲历延安岁月的九旬老人倾情回忆，在章百家、滕久明、石晓华、胡木英、李再延、金戈、袁冬林、冯延曦、孙晓林、李海文、张华川、王晓建、牛兴华等延安儿女及专家学者的热心帮助下，结合此前收集到的博斯哈德延安之行手稿照片等相关档案，视频中的诸多细节得到核实。

二

访问延安期间，给博斯哈德印象最深的是拜会毛泽东。在《延安之旅》中，毛泽东身材修长，面目清癯。博斯哈德前去拜访时，他从窑洞出来迎接。当时，他住在凤凰山麓吴家窑大院里，正在撰写《论持久战》，因为长期在夜间工作的关系，看上去有些疲倦和困意，不过他目光炯炯，神情坚定，让人印象深刻。

毛泽东的工作条件十分简陋：一张方桌，一把椅子，一支毛笔，桌子后面是一张睡炕。此外，屋内就是一个中式橱柜和三把不稳当的椅子。桌子上到处堆着书籍、文件、报纸、信件、图纸，还有一只烟斗。窑洞白墙上，张贴着一张巨大的陕西地图和几张反对意大利入侵埃塞俄比亚的苏联宣传画。

博斯哈德和毛泽东的交谈，一开始便围绕抗战形势和趋势展开。毛泽东首先谈到日本。在他看来，日本有三大弱点：兵力不足、军士残暴、指挥笨拙。正是这三点使他坚信中国终将胜利："日本人始终以为能用钱收买国人，而中国民众对于外国侵略者也只会像以前一样袖手旁观。但现在农民站在我们一边，而且战争拖得越长，他们就组织得越好。我们的对手高估了手中的重型现代武器，在游击战中这些没有丝毫用处。"

博斯哈德关心地询问关于国共合作的前景，毛泽东认为最重要的是中国人要团结一致，做不到这一点，中国就没有未来。

对毛泽东的访谈持续了近三个小时。博斯哈德记忆里的毛泽东，说话简扼有力，看问题深刻透彻，不拿腔拿调，不拖泥带水。"他说话时头上乌黑的长发常要飘落在高高的额头前，随后他就伸出优雅的手慢慢地将头发捋回去。最蹩脚的香烟也能让他陶醉不已，抽起来没个停，闻上去却是一股混合着马粪和酸菜的味道。"谈话中，毛泽东还往博斯哈德的茶杯里倒满了"白干"，"味道和他的香烟一样糟糕"。

事实上，博斯哈德此行，不仅见证了中国共产党在艰难困苦中的砥砺图强，更见证了中国共产党抗战战略思想的形成。

三

“延安离我们还有半天的路程。土地愈来愈贫瘠了，地里的庄稼长得稀疏，而且参差不齐。星星点点的羊群在河边吃草，我们愈是接近‘红色首都’，背着行装、徒步而来的青年人也愈来愈多，他们希望能够在八路军这里找到自己的天堂。”

行程中，博斯哈德发现越是接近延安，越能看到徒步奔赴延安的青年学生。每当车队经过他们身旁，彼此都会招手致意。此情此景，让博斯哈德感触良深。他用诗样的言语来形容他的行程，还用摄像机急切地将这些情景摄入镜头。

在延安，博斯哈德拍摄了抗日军政大学、陕北公学和鲁迅艺术学院学员们的学习生活。他们在延河边洗漱，在院子里集体用餐，晨光中上早操，晚霞里游戏、散步、唱歌、打球……丰富多彩的生活，深深地吸引着这位欧洲访客。

“我们万众一心，冒着敌人的炮火，前进，前进，前进进……”在鲁艺，博斯哈德拍摄了学员们在音乐家郑律成指挥之下，合唱《义勇军进行曲》的情景。这段画面他拍得非常用心用情，推、拉、摇等拍摄技巧轮番运用，其中几位女学员的特写拍得尤其丰盈细致。

气势磅礴、英武悲壮的《义勇军进行曲》唤起了人们内心深处的精神力量，个人命运与时代惊涛融为一体；它更像是民族的怒吼，深刻地反映了民族精神的伟岸、坚忍、不屈。

对于延安，博斯哈德写道：“这座城市非常清洁，令人有清心悦目之感。在街道上你看不到长满疥疮的野狗，遇不到衣衫褴褛的乞丐和绑着绷带的伤兵，这与中国的其他地方迥然不同。下水道每天有人清扫，战士们（其人数大概超过居民人数）的军服虽然补缀多处，但是非常干净。我曾在中国人的旅馆住过几次，在延安我第一次得到了清洁的面盆和洁白的毛巾。”

在延安街头，随处可见反映敌后抗日根据地军民生活与战斗的作品。黑白版画、抗战诗歌、宣传标语……无不显示着中国人的不屈精神，这些在博斯哈德的镜头中都有记录。

前不久，当上海市档案馆工作人员找到章文晋夫人张颖，请她观看这段视频时，她一眼就认出博斯哈德拍摄的多个特写中的自己。92 岁的老人激动不已：1937 年前往延安时，她只是一个 15 岁的小姑娘，鲁迅艺术学院戏剧系第一届学员。

谈起延安的生活条件，她说：吃饭总是吃小米饭，菜只有一样，萝卜汤，有点盐，没有油。睡在窑洞内，空气光线皆不足，而且潮湿，又是人与人挤拢一起，铺位都无法分清。因为担水上山来之不易，天冷水都冻住，如果靠柴火来烧，消耗太贵，所以没有洗脸水。天热些，有了水后，也往往是一个人洗过，第二个人、第三个人接着用。

在采访记录中，博斯哈德如此评价道：我觉得这一代人在战火中背井离乡，能在延安找到新的信仰归宿。

历史已经证明，博斯哈德的预见是正确的。

《人民日报》2015 年 7 月 30 日

狼牙山五壮士

/ 中共中央党史研究室第一研究部

从1941年起，侵华日军加紧了对抗日根据地特别是对华北抗日根据地的“扫荡”和“蚕食”，大搞“治安强化运动”，将中国共产党领导的抗日根据地及其武装力量作为主要进攻对象。根据地军民敌后抗战进入空前困难的时期，同日伪军展开英勇顽强的斗争。“狼牙山五壮士”就是敌后军民艰苦斗争中的一个抗日英雄群体。

1941年8月，日军华北方面军司令官冈村宁次指挥7万余日伪军（其中日军6万多，伪军1万多），对晋察冀边区发动空前规模的秋季大“扫荡”。这次大规模的“扫荡”和反“扫荡”斗争持续了两个月。

日军兵力多，来势猛，采取远程迂回、分进合击和铁壁合围战术，企图在短期内摧毁晋察冀根据地。晋察冀军区对于敌人的合围“扫荡”，预先做了一些准备。8月19日，晋察冀军区第一军分区收到了反“扫荡”作战方针和战术指示。此前，一分区改造了部队主力所在的狼牙山驻地的地形工事，精简了机构。8月23日，日军开始发起进攻。一个月来，易县周边的大小战斗持续不停。

狼牙山属太行山脉，呈西南、东北走向，位于河北易县的西南方向，包括有棋盘陀、莲花峰在内的5坨36峰。当时，我军数千官兵和数万群众在这里藏身，躲避日军的疯狂“扫荡”。9月23日凌晨，日军开始进攻狼牙山。盘踞在塘湖的日军先头部队占领了山下的南淇村和北淇村，制造了屠杀村民多人的惨案。接着，日军主力倾巢出动。拂晓时分，日伪军3500余人由定兴、方顺桥附近分三路西进，围攻易县北娄山附近的一分区驻地，当时一分区大约有5000余人。发动进攻狼牙山的是日军华北方面军的乙兵团，由步兵第一三三旅团及各配属部队组成，兵团长是步兵第一三三旅团长津田美武少将。

由于有叛徒赵玉昆的伪军带路，日军开进速度很快。日军在进出口布置重兵，从北管头沿东西水村向狼牙山推进。23日中午，日伪军已集聚在山下。当时，留在狼牙山的部队人数并不多，这里还有易县、定兴、徐水、满城4个县的党政机关、游击队和群众三四万人，必须想办法尽快组织突围。一分区司令员杨成武命令将四个游击支队交给正在山上养病的一团团长邱蔚指挥，要求他们利用天险地形，守住阵地，伺机突围。分区情报站通过“飞线”了解到敌人分布在周围的干河、毛儿崖、管头、东西水、松山、娄山、淇水、菜园、雪踅岭、碾子台及九莲山。23

日黄昏，一分区三团和二十团从岭西、隘刹、刘家台和东、西武家庄子同时出击，管山、松山一带的日军伤亡惨重，伪军也受到重挫。日军以为遭遇我军主力，立即从九莲山、碾子台和雪踅岭等地赶往北娄山救援，日军的一大部被吸引过去。这一带空出一个十几里长的大口子，大大减轻了我军压力。邱蔚团长抓住有利时机，迅速组织突围。

按照一分区首长的指示，一团的一个连留下作掩护。掩护主力部队撤离的任务交给了一团七连。七连从狼牙山的东面转移到西面，在一个山洞里领足子弹和手榴弹，由当地民兵游击队配合行动。而分区主力部队则于 23 日晚由周庄经上、下隘刹向西转移，直到 24 日中午，分区司令部已安全转移到了张家庄。

按照原来的部署，七连佯装成一团主力来吸引敌人主力，再利用夜幕掩护和熟悉地形的优势，伺机打击消灭敌人。七连连长刘福山和指导员蔡展鹏带领全连战士利用狼牙山的天险和改造过的地形，在民兵配合下分兵把口，在敌人上山的道路上埋了地雷。24 日夜色降临后，4 个县的游击支队、机关干部和群众沿着盘陀路向那片空出的口子开去，悄悄地转移了。半夜 12 点左右，六班翻过狼牙山，来到山背后的小村子。七连把一排、三排派出去警戒，二排集中待命。大约凌晨三四点，接到掩护七连主力撤退、为机关撤走争取时间的命令。在完成掩护群众突围的任务后，一排、三排相继撤离，二排继续掩护。连长命令二排二班把守北山脚口子，六班把守东口。二班离开后，连长带着七连指战员沿着盘陀路向外撤离，将机枪组留给六班占领西山口，吸引敌人火力，继续掩护作战。机枪组的两人配备了两挺机枪。六班班长马宝玉、副班长葛振林和战士胡德林、胡福才、宋学义等5人借着月光，将团部留下的几箱手榴弹分束扎捆，然后隐藏在棋盘陀最险要的“阎王鼻子”和“小鬼脸儿”两个据点。

25日清晨，500多名日伪军向狼牙山发起攻击。敌人上山途中，从东西水村往棋盘陀来的日军，一路上伴随着地雷的爆炸而倒下。机枪组的两路火力吸引了敌人，敌人误以为山上仍有我军部队主力。马宝玉等5名战士分成两组，阻击企图在棋盘陀汇合的敌人。但机枪连子弹有限，机枪手在打完子弹后撤退了。为了拖住日军，六班战士一直把敌人往山上引。日军在前面的进攻中吃了亏，不敢贸然行动。他们采取扫射和炮轰方式，小股试探，轮番冲击。六班战士扼守着棋盘陀的要道，英勇战斗，坚守阵地，打退了日军的4次猛烈冲锋，杀伤敌人50余名。直到中午，日军也没有爬上棋盘陀。棋盘陀有一条路通往主力转移的方向，另一条是通往棋盘陀顶峰的路，也是一条绝路。为了不暴露部队转移路线，保障主力安全，5名战士选择撤向棋盘陀顶峰，班长马宝玉带着战士们一面向顶峰攀登，一面依托岩石和树林向敌人射击。敌人紧追不舍。由于敌人不熟悉地形，有的中弹滚下山去，有的踏落石头坠入深谷。六班战士把敌人引向顶峰的绝路，同时也使自己陷入困境。

棋盘陀峰顶三面悬崖，无障可凭，无路可退。五壮士在班长马宝玉的带领下，同敌人激战5小时。弹药用尽后，就把石头石块砸向敌人。他们打光最后一粒子弹，扔出最后一颗手榴弹，终因众寡悬殊难以支撑。在最后的危急关头，5 名勇士宁死不屈，他们将所带枪支毁坏后，纵身跳下了悬崖。马宝玉、胡德林、胡福才 3 人壮烈殉国，葛振林、宋学义二人跳崖后挂在绝壁的树枝上，幸免于难。葛振林伤势较轻，宋学义摔折了腰。两人凭借求生的本能和顽强的毅力，艰难地爬上悬崖，相互鼓励相互搀扶走到小石林一带碰到当地道观的李道士，经其救助后由民兵送往医院。

狼牙山战斗结束。马宝玉等 5 名战士誓死抗日的壮举，表现出共产党领导的人民军队的高尚品质和中华民族不可征服的英雄气概。

《人民日报》2015 年 8 月 12 日

抗日战场上有支“新华军”

/ 蒋云龙

“卖报卖报，新华日报。”

看到这句话，耳边是否会响起报童清脆的卖报声？在众多抗战电影里，这往往代表着一种希望。

事实也是如此。作为中国共产党在国统区唯一公开长期出版的日报，《新华日报》宣传全国团结抗日的重要性，揭露日本帝国主义的罪行，指引许多人走上了革命道路。当时，有读者给《新华日报》报馆写信说，“饭可以少吃一顿，新华日报可不能少看一张。”

今天，再读《新华日报》的发刊词，一字一句，仍然令人动容：

本报愿在争取民族生存独立的伟大的斗争中作一个鼓励前进的号角。为完成这个神圣的使命，本报愿为前方将士在浴血的苦斗中，一切可歌可泣的伟大的史迹之忠实的报道者记载者；本报愿为一切受残暴的寇贼蹂躏的同胞之痛苦的呼吁者描述者，本报愿为后方民众支持抗战参加抗战之鼓动者倡导者。

武汉失守后迁至重庆，两处旧址诉说过去的故事

1938年1月11日，《新华日报》在汉口创刊。1938年10月，武汉失守，《新华日报》随后迁至重庆。

《新华日报》总馆旧址，在重庆市渝中区化龙桥街道天地湖旁。不久前，在重庆红岩联线文化发展管理中心工作人员田正超的带领下，记者通过“重庆天地”附近一处工地入口，走过一段曲折破损的水泥路，在一座废弃的铁路桥下见到了它。

小院儿不大，低矮的院墙里只有5栋简陋的楼房，砖柱土墙小青瓦，石灰抹泥木楼板。“新中国成立以后，这里曾经作为工厂的宿舍使用，前几年收回以后，进行了翻新改造。”田正超说，“因为被两个工地环绕，参观者很难找到这里，目前没法对外开放。”

院子里，有个已经封闭的防空洞，它曾是印刷机的“避难所”。“当年日本鬼子的空袭很疯狂，为了保证每天按时出报，我们把印刷机搬进了防空洞。”当年的《新华日报》报童，今年已经90岁高龄的王清佑告诉记者，报纸在防空洞里印好后，就从防空洞后面的小路，用脚踏车运进城。

“报馆门前是嘉陵江，屋后有一条小溪。小溪在报馆门前的化龙桥下拐了一道弯。”王清佑回忆。据说，这个原本叫“镰刀弯”的地方，后来因为《新华日报》名气大，当地人就叫它“报

馆弯”了。

“《新华日报》旧址有两处，报社编辑和印刷部门是在化龙桥，营业部旧址在重庆市渝中区民生路240号。”田正超介绍，营业部的旧址仍在对外开放，这里陈列着众多极有纪念意义的《新华日报》报样，还展出许多珍贵的历史照片及历史文献。

“当初年纪小，到《新华日报》当报童只是为了吃饭。但就是在这里，我懂得了什么是革命，为什么要参加革命。”王清佑说。

报道鼓舞人心，读者说，“我的热泪簌簌而下”

1940年8月19日，190架敌机空袭重庆。第二天，又有170架敌机来袭。大量的燃烧弹让山城变成了火海。饥饿和死亡威胁着重庆。

这期间，《新华日报》连续发表多篇呼吁战胜困难的社论，极大地鼓舞了人心。8月25日，《新华日报》刊登八路军司令员朱德、副司令员彭德怀发来的电报，八路军组织百团大战。此后一个月，百团大战连续取胜的消息不断登出。许多人写信并寄来专款，请报馆转交八路军。

重庆一家汽车公司的修理工人集体向八路军捐献了107元钱，他们在来信中说，“八路军的光荣战绩使我们确信，最后胜利一定操在我们手中。过去我们对抗战前途悲观失望是非常错误的。”

一名叫于霖泽的读者寄来3元钱。他写道，看了朱、彭两将军的电报，“我的热泪簌簌而下。我沉然凝思许久，这个捷报对全国同胞坚持抗战不啻一兴奋剂，而对那些对抗战前途抱悲观的人，却是当头棒喝。”

敌后战场的真实情况，《新华日报》也展现给了全国人民。1942年春季，日军调集大军在华北地区疯狂扫荡。对这场扫荡和反扫荡的激烈战斗，大后方的报纸只有《新华日报》作了翔实报道。

6月23日，《新华日报》报道了八路军副参谋长左权在山西不幸遇难的消息。而就在左权牺牲前数日，《新华日报》华北版报社也遭到敌人袭击，数十人牺牲和被俘。从当年3月到年底，《新华日报》发表了《太行血战记》《在血泊斗争中的冀中人民》等数十篇消息和战地通讯。

《新华日报》描述日军扫荡后的情景“兽蹄所至，庐舍为墟，人烟绝灭”。通过对大扫荡的报道，《新华日报》揭露了日本侵略者烧杀掳掠的罪行，也告诉了全国人民，华北军民在共产党的领导下，克服万重艰难坚持与敌作战。

重重审查下，“江南一叶”如何上版见报

1941年1月，“皖南事变”的爆发震惊中外。

1月18日，周恩来在《新华日报》题词：“为江南死国难者志哀！”和“千古奇冤，江南一叶，同室操戈，相煎何急？！”揭露和抗议国民党顽固派的暴行。

然而，当天的这张报纸能够出现，却几经波折，来之不易。

之前，《新华日报》写的揭露皖南事变的消息和社论，全都被新闻检查所扣押。1月17日夜晚，周恩来亲笔书写了题词和挽诗，准备在报上刊登。

这天的《新华日报》版面作了特殊安排。报社发了两篇同样大小的稿子，供新闻检查官和报馆内外的军警特务们审查。在他们离开后，报社换上木刻，开始印刷。

18日，报馆为了能将这张报纸发行出去，提前做了周密准备。天蒙蒙亮，工作人员便分头把报纸发送出去。清晨6点多钟，刊登着周恩来题词的《新华日报》就到达了读者的手中，并出现在重庆大街小巷的阅报墙上。这一天，报纸销量是平时的5倍。

在此之后，报馆面对的限制和迫害愈发增多。重庆市新闻邮电检查所扣押和删节《新华日报》稿件的事情也增加了。报馆一直做着顽强斗争，坚持出报。直到1947年2月28日，《新华日报》被国民党当局强行封闭。从创刊至此，《新华日报》前后工作9年1个月18天，共出报纸3231期。

在重庆谈判期间，毛泽东曾高度评价《新华日报》：我们不仅有一支八路军、新四军，还有一支“新华军”！

《人民日报》2015年8月19日

从战歌到凯歌

——《义勇军进行曲》的战时传播

/董　阳　张珊珊

九一八事变后，中国东北沦陷。紧接着，日本侵略者又挑起一二八事变，攻打上海。侵略者的步步紧逼，激起了中国人民的不断抗争。1935年时，虽然还未进入全面抗战，但中国局势已经危如累卵。

这年5月，田汉作词、聂耳作曲的《义勇军进行曲》在上海百代公司录制唱片，随后，以《义勇军进行曲》为主题曲的电影《风云儿女》在上海金城大戏院首映。从此，“起来”“前进”“筑起我们新的长城”的呐喊，通过电台、唱片和歌咏队回荡在城市和乡村的天空。

1949年10月1日，中华人民共和国开国大典上，《义勇军进行曲》作为代国歌第一次在天安门广场奏响。不久后，《人民日报》头版刊文提出：“《义勇军进行曲》是十余年来在中国广大人民的革命斗争中最流行的歌曲，已经具有历史意义。”

“最流行”不是虚言。美联社记者爱泼斯坦曾在他的抗战报道集《人民之战》中写道：“从前线到大城市，从城市到最遥远的乡村，每一个中国人都知道这首歌，都会唱。《义勇军进行曲》诞生的历史，就是抵抗日本侵略的浪潮不断高涨的历史。这首歌的曲和词深深扎根于中国人民之中。”

“中华民族到了最危险的时候”，歌词把中华民族陷入绝境的命运展示在人们的面前，回头来看，颇有“哀兵必胜”的意味。然而，《义勇军进行曲》并不消沉，富于号召性的音调、铿锵有力的节奏、短小精悍的曲式结构调动起生命深处最顽强的力量，吼出了一个身负百年苦难的民族的心底愤怒。

民族危难孕育了音乐，音乐又召唤起命运的共同体。1936年，音乐家吕骥在上海电台教唱《义勇军进行曲》；同年6月，全国救国联合会成立一周年之际，爱国人士刘良模指挥民众歌咏会，和几千名群众合唱《义勇军进行曲》等抗战歌曲；1937年9月，南京举行纪念“九一八”群众大游行，电台播放的也是《义勇军进行曲》……在收音机、唱机昂贵，民众文盲居多的年代，学唱歌曲多需要口头传授。随着全国性群众抗战歌咏活动的发展壮大，抗战歌曲通过歌咏团、演剧队深入中国城乡大大小小的角落。“一盘散沙”、素不相识的中国人，在不同的地方唱着同一首歌，心汇到一起来。1938年，《义勇军进行曲》诞生3年后，丰子恺从浙江经江西、湖南来到汉口，在沿途各地逗留，他听到连荒山中的三家村里也有“起来，起来”，长沙的婆婆、汉口的车夫都能唱“中华民族到了最危险的时候”。

随着抗战的全面爆发，《义勇军进行曲》深入军营，响彻在中国军队奋勇抗敌的战场，成为军歌和战歌。爱泼斯坦曾说，《义勇军进行曲》急促而充满胜利信心的词句像是一位紧张得喉咙沙哑的指挥员在战斗打响之前作动员报告。他在台儿庄进行战地采访时，看到中国官兵端着步枪、挥着大刀，高唱着《义勇军进行曲》，冒着猛烈炮火，前赴后继，打垮了敌人的进攻。

1939 年 9 月，德国军队发动闪电战，突袭波兰，英法对德宣战，二次世界大战全面爆发，“不做奴隶”“冒着敌人的炮火前进”成了全世界人民的共同心声，《义勇军进行曲》也迅速飞越国界，远播寰宇。1940 年，刘良模赴美留学，宣传中国人民的抗战事迹，在纽约遇到了“美国歌王”保罗·罗伯逊。罗伯逊关心中国抗战，主动要求学唱中国歌曲，唱给全美国和全世界的人听。几个月后，在纽约的一个音乐晚会上，罗伯逊用中英文演唱了《义勇军进行曲》。1941 年，罗伯逊担任独唱，刘良模指挥的在美华裔工人组成的青年歌咏团担任合唱，灌制了汉语演唱的名为《起来！》的唱片。在唱片的附页上，宋庆龄写下了这样的序言：“中国已经从新的群众传唱运动中发现了抵抗敌人的力量源泉……愿我们的这些融会东西方风格的古老民间旋律和新歌曲，成为又一条联系自由人民的纽带。”

田汉早年的一段回忆录写道：“陶行知先生由欧洲回国，过埃及时在金字塔下听得有人唱这歌……梁思成先生在美国讲学时在街上听得有人吹口哨，吹的正是这支歌，以为是中国人，回头一看却是一个十来岁的美国孩子……凡此都足以证明全世界人民反帝国主义的心是一脉搏动的。”

从战歌、凯歌到国歌，今天，《义勇军进行曲》已经成为中华民族的声音图腾。她印刻在每一个中国人的心里，激荡在他乡游子的肺腑，响彻在健儿扬威的奥运赛场和“神舟”翱翔的浩瀚太空。她联系着你、我、他，联系着我辈与先贤，联系着今天与未来，熔铸成一个顶天立地的“我们”！

《人民日报》2015 年 8 月 24 日

哪里燃烧，就去哪里拍摄

杨红林

早在20世纪30年代初，随着日本帝国主义发动侵华战争，中国摄影师就纷纷挺身而出，将创作与民族救亡结合。1937年卢沟桥事变后，越来越多的摄影家拿起相机做武器奔赴前线，冒着枪林弹雨拍摄下大量作品。正如抗战期间敌后根据地冀中军区摄影训练班学员所唱的：

我们是摄影工作者，带着我们的武器，走进人群去，奔驰战斗里。把人民愤怒的心火和子弟兵的胜利，摄进镜头；把敌人的暴行和无耻，印成千万张照片昭示国人。

这些优秀的摄影工作者，以神圣的使命感和饱含深情的镜头，激励着全民族抗战的决心，也让世界了解到中国人民的英勇奋战。例如，著名摄影师王小亭1937年8月28日在“淞沪会战”期间拍摄的《上海南站日军空袭下的儿童》，作为日军屠杀平民百姓的真实见证，曾产生强烈的国际反响。再如以往鲜为人知的摄影师方大曾（笔名小方），为了将前线的情形第一时间传递给国人，1936 年底孤身一人深入绥远抗战前线进行跟踪拍摄。就目前所知，方大曾是当时绥远抗战前线上采访时间最长的战地摄影记者，因此他遗留下来的数百张底片，具有非常珍贵的历史价值，通过它们，令人看到了中国军民面对侵略奋起抗争的动人景象。1937 年卢沟桥事变爆发后，方大曾又成为国内最早报道前线战况的摄影记者。这年 7 月 10 日他离家前往卢沟桥实地采访，撰写了《卢沟桥抗战记》等战地通讯，并配以照片发表在报刊上。随后他又南下保定，与范长江、陆诒、宋致泉等著名战地记者相遇，之后孤身一人沿平汉线采访，先后发表了《从娘子关出雁门关》《血战居庸关》《平汉北段的变化》等一系列战地通讯及照片。令人痛心的是，这样一位杰出的战地记者却于这年 10 月前后神秘失踪，他的生命也停在了永远的 25 岁，成为抗战时期第一位为国捐躯的战地记者。

全面抗战爆发后，中国共产党领导的敌后抗战日益发挥出了中流砥柱的作用。受此鼓舞，以沙飞、吴印咸、石少华、郑景康、徐肖冰等为代表的一大批摄影人纷纷奔赴敌后，从而共同创造了红色摄影史的一座丰碑。其中，作为敌后抗战摄影奠基人的沙飞，无疑是最具代表性的人物。与沙飞同为红色摄影大师的石少华，也长期和广大指战员一起战斗，敏锐地捕捉典型形象，拍摄了《毛主席和小八路》《埋地雷》《白洋淀上的雁翎队》《地道战》等经典作品。

另外，抗战期间陕甘宁边区唯一的官方摄影机构——延安电影团，作为一个摄影集体，其主要成员吴印咸、徐肖冰等人也留下了大量经典摄影作品。他们克服设备简陋、胶片稀缺等困难，在根据地拍摄了许多重要的活动和事件，内容涵盖政治、军事、经济建设、文教卫生、文学艺术等各个方面。如吴印咸拍摄于1939年10月的《白求恩大夫》，堪称举世闻名的经典之作。在河北涞源的一次战斗中，白求恩在距离火线只有七八里的一座小庙里为八路军伤员做急救手术。当时敌人的炮弹在附近爆炸，小庙被震得刷刷落土，但他仍镇定沉着地连续抢救了数十名重伤员。吴印咸受其忘我精神的感染，把这一无比感人的场面真实地记录了下来。

值得一提的是，由于常年与中共领袖近距离接触，延安电影团的摄影师们得以有机会捕捉他们身上最经典的瞬间，中共领袖人物的许多经典照片绝大多数出自他们之手。例如吴印咸拍摄于1942年的《艰苦创业》，捕捉的是毛泽东在延安窑洞前的土场上给120师干部作时局报告的场景。当天毛泽东身着粗布灰制服，裤子上打着两块大补丁，脚上穿着土布鞋，前面放着一个简陋的小方凳。毛泽东称赞“这是最有时代感的照片”。另一位重要摄影师徐肖冰，抗战期间同样留下了许多经典之作，例如拍摄于1940年“百团大战”期间的《彭副总司令在前线指挥作战》，就是一幅广为人知的作品。此外，反映延安时期各项活动的系列照片，如延安文艺座谈会代表合影、中共七大等，都是红色摄影史上的经典之作。

战地摄影界有句名言“什么地方燃烧，就去什么地方拍摄”，抗战摄影的先辈正是以他们的生命与鲜血诠释了这一精神。他们的功绩，永远值得我们尊敬和怀念！

《人民日报》2015 年 8 月 29 日

抗战中，活跃着一个“白求恩”群体

/ 侯露露　苏　滨　任皓宇
花　放　阳　茜　倪慧如

白乐夫、严斐德、纪瑞德、傅拉都、戎格曼、甘扬道、富华德……在贵阳城外的国际援华医疗队纪念碑副碑上，镌刻着48位外国医生的中外文名字，诉说着抗日战场上一个“白求恩”群体的故事。

20世纪三四十年代，几十位外国医生从世界各地奔赴中国，加入中国红十字会救护总队。他们中很多人是共产党员。在前线，在后方，他们见证、参与了中国人民抗日战争的伟大胜利。像白求恩一样，他们中的一些人把生命永远留在了这片为之奋斗的土地上。

2016年，国家主席习近平在对波兰共和国进行国事访问前夕，在波兰《共和国报》发表的题为《推动中波友谊航船全速前进》的署名文章中提到了傅拉都、戎格曼等波兰友人不远万里来华，为中国抗日战争提供医疗支援。

他们的名字，他们的贡献，中国人民永远铭记。

“汽车沿着盘旋曲折、新修的西南公路驶去。万山丛中，峰峦起伏，陡崖峭壁，峡谷深渊，公路边上没有护墙……一路上空袭不断，敌机沿途下蛋……所过城镇乡村均被炸毁。”

这是美国记者史沫特莱笔下1940年的中国。沿着这条路，她的目的地是贵阳图云关——战时中国红十字会救护总队所在地。在那里，她见到了一群“西班牙医生”，一群远道而来参与中国抗战的外国医生。

他们被媒体称为“西班牙医生”，尽管他们当中没有西班牙人

“我姓白，白求恩的白。”几十年后，在波罗的海边的德国小城迪尔哈根，当年的“西班牙医生”之一、罗尔夫·贝克尔的回忆从自己的中文名字“白乐夫”开始。

说起来，这两位“白医生”是国际纵队的战友。1936年，西班牙内战爆发，来自世界各国的4万多名志愿者组成国际纵队，与西班牙人民一起反抗法西斯势力。加拿大医生白求恩和德国医生白乐夫皆在其中。

万里之外的中国，另一场抵御日本军国主义侵略的战争也已

打响。回顾这段历史，著名记者、作家爱泼斯坦曾说过，中国和西班牙两个战线在地理上虽远隔万里，但他们的战士们却强烈地感受到他们是在肩并肩地战斗着。

“东战场，西战场，相隔几万里，关系文化的兴亡。咱们所拼命的，是对侵略的抵抗。”在延安的窑洞之间，写着“No Pasaran”（法西斯不许通过）的标语，许多中国青年人唱起《保卫马德里》的歌曲。而在西班牙，国际纵队的机关刊物《为自由的志愿者》中经常有关于中国形势的报告。

1939 年 4 月，西班牙内战以左翼共和政府的失败告终。然而，反法西斯的战斗并未结束。得知国际医药援华委员会准备组织医生去中国支援抗战，白乐夫毫不犹豫地参加了。他在自己的回忆录中留下这样的文字："要在远东继续进行的斗争，难道不也就是我们的斗争吗？"

1939 年 5 月 20 日，白乐夫与奥地利医生严斐德、捷克医生纪瑞德踏上从英国利物浦出发前往中国的货轮。3 个月后，还是在这个港口，保加利亚医生甘扬道、奥地利医生富华德等 4 位医生也踏上了去中国的行程。其后，还有傅拉都、戎格曼、肯德……

在船上，医生们留下了一张照片。黑白照片上每个人的脸庞都绽开笑容，他们相信即将踏上一条正义的道路，“希望在这有战争困难的时刻，以医生能做的方式援助中国人民”。

“前后共有 21 位参加过西班牙内战的外国医生来到中国支援抗战。”多年来一直在追寻这些医生足迹的旅美科学家夫妇邹宁远、倪慧如告诉记者，这些医生大都是共产党员，来自德国、波兰、保加利亚、奥地利、罗马尼亚等国。来中国时，他们中年龄最小的 27 岁，最大的已经 64 岁。

在香港中转时，他们被香港媒体称为“西班牙医生”。“其实他们中没有西班牙人。只是因为他们大都参加过西班牙内战，所以被称为‘西班牙医生’。”邹宁远说。

像白求恩一样，他们中的一些人把生命永远留在了这片为之奋斗的土地上

出贵阳东南 5 里外，即是图云关。这里是贵阳的南大门。抗战期间，贵州作为后方，省会贵阳人口由 10 多万猛增至 30 余万。作为战时重要的交通枢纽，大量国际援华物资和人员经贵阳转运。

中国红十字会救护总队就设在图云关的山谷里。一条公路从两山中穿过，公路两边的山坡上，有一排排草房，这便是红十字会所在地——战时中国最大的医学中心、战场医疗救护队伍的大本营，也是外国援华医生们的目的地。

来中国前，富华德收到一个忠告，“到那边需要有在任何困难环境下都能工作的勇气”。尽管已经做足了思想准备，现实的艰苦仍令他震惊。由香港到重庆再到贵阳，一路行来，城市中随处可见日军轰炸留下的痕迹，到处是残垣断壁和砖头瓦砾。

图云关条件艰苦，外国医生们与中国医护人员一起，住茅草屋、睡竹板床、吃糙米饭。他们在迅速适应中国生活的同时，

想尽办法履行战地医生的职责。他们提出在前线设立流动医疗队，要尽一切可能靠近战场。因为“离战场越近，越能救治更多伤员”。

经过不断地争取，医生们到前线去的要求被批准了。在贵阳时，每位外国医生都给自己起了个中国名字。带着新名字、助手和大批医疗器械，他们被分成不同小组，奔赴各地前线。这也是中国红十字会第一次直接在前线地区执行任务。

前线工作环境极端艰苦，病房、手术室十分简陋，药品和医疗器械供应也成问题。一把小刀、一个钳子和 7 个血管钳，往往就是一台手术的全部器械。尽管如此，援华医生们努力救治伤员、扑灭疫病、培训军医：罗马尼亚医生柯让道（又名柯烈然）用石灰和硫磺调制成经济涂剂，先后治愈了大量疥疮患者；奥地利医生严斐德就地取材建立竹子医院，用竹子搭起简易手术室和手术台；德国化验员孟威廉在缺乏自来水和器皿的情况下，自制实验器材，取得化验工作重大进展；奥地利医生富华德在军营里推广注射霍乱、伤寒和天花疫苗，举办卫生讲习班，培训前线人员如何进行包扎，如何急救……

“日本敌人，不能用快枪利炮飞机大炮来如意地占领我们的常德。在失望之后，却敢冒举世所不欲为不忍为的毒菌战，加诸常德”，“意想使用毒菌来毁灭我们的民族”。奥地利医生肯德在激愤中写下《鼠疫横行在常德》，建议迅速行动，一方面杀鼠，另一方面为市民注射疫苗。整个 1942 年，肯德与中国同事都在与鼠疫搏斗。直到当年年底，常德鼠疫终被扑灭。前线发电报为肯德请功，称其“惠我伤患，昼夜辛劳”。

同年3月，广西暴发鼠疫。英国女医生高田宜报名去前线作战，却因为行前注射疫苗引起并发症去世。高田宜没有留下太多照片，一张侧面照上，能看出她是一个戴眼镜的漂亮姑娘。同事们把她葬在图云关红十字会的小墓地里，墓碑上刻有她的中英文名字，还种下一棵松树。

罗马尼亚护士柯芝兰因感染伤寒，牺牲在云南建水前线；奥地利医生王道因积劳成疾，在抗战胜利前夕牺牲在重庆……像白求恩一样，一些外国医生把生命永远留在了这片为之奋斗的土地上。

作为特殊“党费”，他们把募集到的医疗器材和药品送给八路军

来中国前，这些医生们本计划直奔中国西北，参加八路军领导的抗日战争。

1939年抵达贵阳后，白乐夫和严斐德曾去重庆找周恩来，希望能去西北参加抗战。当时，所有的进步人士，尤其是青年，都把目光投向延安。在国共合作抗日的背景下，周恩来对两位医生说，只要是在中国，在哪里都是一样帮助中国人民的抗日战争。

当年年底，白求恩因手术感染而牺牲，捷克医生纪瑞德接到紧急任命去接替白求恩的工作。“他在白雪覆盖的太行山上走了60公里，两次穿越黄河，但最终仍因遇到阻挠未能抵达解放区。”邹宁远说。

虽然一时无法前往西北，这些共产党员却始终关心解放区的情况。波兰医生傅拉都是来华外国医生的负责人之一，他中文讲得好，经常与八路军贵阳交通站联系，作为特殊“党费”，把他们募集到的医疗器材和药品送给八路军。

到中国7年后，白乐夫终于如愿去了解放区。1946年，胶东行政公署负责人收到周恩来和董必武发来的消息，说有位外国医生要来，是自己同志。这位外国医生就是白乐夫。

抗战胜利后，一些外国医生陆续回国，白乐夫、严斐德、柯让道等人则受聘于联合国善后救济总署，留在中国继续“当医生”。1946年夏天，白乐夫作为救济总署华北分署卫生组组长，乘坐一艘装载粮食和医疗器材的自由轮，从上海来到山东烟台。在胶东期间，他参与扑灭黑热病，还在当地建起一所小医院，培训了许多医务人员。

曾在中国红十字会救护总队工作过的杨锡寿与几位外国援华医生有过接触。新中国成立后，他先后参与筹备建立了贵阳市门诊部、贵阳第一人民医院、第四人民医院。“我父亲受外国医生影响很深，他主持医院工作时，要求病例按正规格式写，药品名称另加英文，明确医生和护士的责任，休息时间还要举办学术讨论会、读书会，及时学习先进医学知识。”杨锡寿的女儿杨永楦回忆。

据贵州省作家协会理事林吟等学者考证，在中国红十字会救护总队，除了“西班牙医生”外，还有一些世界各国前来参与中国抗战的外籍医生，“数量有几十位之多”。孟威廉是其中在中国工作时间最久的医务人员之一。新中国成立后，他选择留在当时的中国科学院上海生物化学研究所工作，参加新中国建设，直到20世纪60年代才回到德国。

回到德国以后，孟威廉经常在各种场合谈及中国。他每次作关于中国的报告，都分为两部分：新中国成立前和新中国成立后。不只是他，外国医生们回到各自祖国后，自觉担负着“讲述中国故事”的义务。当时，世界对中国、中国共产党并不了解，甚至存在误解。许多医生发表文章或书籍，向世界介绍真正的中国，富华德的《起来！》、严斐德的《中国胜利了》、白乐夫的《我在中国当医生》等相继推出，并被翻译成多语种出版。

严斐德的名字，如今被刻在八宝山革命公墓的墓碑上。1953年，他和妻子迁居北京，成为原德国统一社会党机关报《新德意志报》和奥地利共产党机关报《人民之声报》驻远东记者。两年后，他随中国代表团和一些中外记者乘飞机参加万隆会议，坠机牺牲。

“中国使我认识到我们走过的历史和前进的方向。”在《中国胜利了》一书中，严斐德写下自己的观察，“走了一条艰苦漫长的道路，经历了无数这类小事，最终才有权宣称，自己也是中国人民整体中的一分子了”。

“无产阶级的国际主义和人民的友谊不是抽象的，而是强有力的振奋力量”

几十年后，贵阳城外。中国红十字会救护总队旧址如今是一座郁郁葱葱的森林公园。一路车行，再不用像白乐夫当年一样，“总有一只眼睛看着天空”，以躲避日本军机的轰炸。周围高高低低的山，也已被茂密的植被覆盖。

1985 年，这里建起了折页形的国际援华医疗队纪念碑。碑体坐西朝东，其上寥寥数笔，写就当年惊心动魄的历史。不远处，就是高田宜的墓碑。

2013 年，这里又建起了中国红十字救护总队图云关旧址纪念碑。“包括援华医生在内，当时图云关有 3000 多人在坚守。这段救护历史太宏大了，是全世界人民追求和平、相互合作与互助的典范。不该就此淹没，理应让更多人知晓。”为了让“更多人知晓”，杨永楦开始奔走呼吁、筹集资金，在图云关修建抗战救护纪念碑。2011 年底，贵阳市财政拨款 147 万元，作为纪念碑建设专款。

2015 年，在国际援华医疗队纪念碑下，举行了一场盛大的纪念活动。德国医生孟乐克的儿子罗伯特一一念出纪念碑上父辈们的名字，由衷感慨：“看到中国人民将他们的名字刻在纪念碑上，作为后辈，我们非常自豪。我们感谢中国人民，感谢他们未曾遗忘父辈们的作为。”

这段历史，从来未曾被遗忘。

1984 年，时任中国驻德国使馆驻柏林办事处主任刘祺宝驱车数小时第一次去拜访白乐夫。此后，两人的友谊持续十余年。在互联网还不发达的年月，刘祺宝成为白医生获取中国信息的主要渠道。“他始终关心中国，经常给我打电话，问最新的《北京周报》和《中国建设》德文版到了没有，想借来看。”

邹宁远、倪慧如夫妻开始追寻参加西班牙内战国际纵队的中国人，以及参加中国抗战的外国医生的足迹。在保加利亚首都索非亚，他们第一次走进甘扬道家中，听他用浓浓的湖南腔讲述在中国参加抗战的经历。他说，“如果历史重演，我还是会做同样的选择。”

北京师范大学教授张至善尝试将“西班牙医生”的作品译成中文，因为“这一曲国际主义的高歌，唱到今天也有它的现实意义”。他的姐姐张荪芬是甘扬道的太太，两人在图云关红十字会工作中相识相爱。抗战胜利后回到保加利亚，张荪芬一直在索非亚大学执教中文，亲自编纂了第一本保中、中保字典。在甘扬道夫妇的支持下，张至善翻译了富华德的《起来！》和严斐德的《中国胜利了》，将其并作一本《起来！中国胜利了》，于 1994 年付梓出版。

罗伯特开始收集父辈们在中国参与抗战的故事。2018 年，《1937—1945，国际医疗队在中国》一书英文版出版。“父辈的作为，即使在当下来看也有现实意义。”罗伯特说，当年世界人民共同抗击日本军国主义和德国法西斯，展现出了崇高的国际主义精神，“当下，我们仍应促进国际合作以克服可能遇到的种种挑战”。

106 岁的抗战老兵宋鸿基，当年曾亲身参与图云关救护工作。在他记忆中，这些不远万里来到中国，救死扶伤、支援中国正义事业的外国医生，“是真正的白求恩式的医生”。

爱泼斯坦是最了解这批国际友人的见证人之一。他与医生们的友谊始于 1939 年，其后经年不断。他能说出每个医生当年的相貌、特征，也了解每个人离开中国后的情况和归宿。他为他们写下文字：无产阶级的国际主义和人民的友谊不是抽象的，而是强有力的振奋力量。

…………

中国红十字会救护总队纪念馆依山而建，玻璃幕墙上映着图云关的云和树。这里，将承载着援华医生与中国人民一起抗击法西斯的历史记忆，铭刻下他们的奉献和牺牲，也郑重表达着中国人民对他们的感谢和纪念，这一切都不会因岁月而流逝。

《人民日报》2020 年 9 月 21 日

萧军《八月的乡村》

——一部抗战文学经典的诞生

/ 慕津锋

2025年是中国人民抗日战争暨世界反法西斯战争胜利80周年，也是抗战文学经典——萧军《八月的乡村》出版90周年。这部小说是最早描写中国共产党领导武装反抗日本帝国主义的作品之一，不仅反映了九一八事变这一重大历史事件，而且记录了抗日英雄杨靖宇领导的东北抗联的前身——磐石游击队成长壮大的历程。

“这全是些很沉痛的谈话”

萧军，辽宁义县人，1925年，年满18岁的他怀揣报国梦踏入军营，但很快发现军阀部队并非他所想象的那样，而是充斥着黑暗与腐败。1931年九一八事变爆发，萧军在沈阳目睹了城市的沦陷，看到东北军和国民政府的不抵抗，他失望至极。随后，他离开沈阳前往哈尔滨。1932年2月，萧军又一次目睹了哈尔滨的沦陷，受到了极大刺激。这一年，萧军在哈尔滨化名“三郎”正式开始文学创作，并逐渐和中共地下党员、进步青年走到了一起。

《八月的乡村》的创作，是由一个偶然的来客激起的。1933年5月，先是萧军好友、作家舒群见到了老同学傅天飞，后者在九一八事变后随中共满洲省委军委代理书记杨靖宇到南满游击区发展抗日武装，在那里，傅天飞逐渐成为磐石游击队的一名领导人。听着傅天飞讲述的磐石游击队抗击日本侵略者的故事，舒群劝他留好这些“腹稿”，将来把它们都写出来。傅天飞说，咱们两个人，两份腹稿，要保险很多。两人聊了整整一天一夜。第二天，舒群将这些英雄故事又讲给了好友萧军、萧红，他们听后非常感动，让舒群一定要把傅天飞请到家里来。后来，萧红在作品中曾对傅天飞的到来有过描述：“这全是些很沉痛的谈话！有时也夹着笑声”。萧军完全沉醉在傅天飞的讲述中，深有感触，他很想用自己手中的笔把故事里那些可敬、可亲、可爱的人们写出来。不久，萧军便开始动笔创作这部以磐石游击队的故事为基础，以他个人的军队生活体验为素材的长篇小说《八月的乡村》。

“现在需要的是斗争的文学”

1934年夏，萧军与萧红在哈尔滨的生存环境日益恶化，于是辗转前往青岛，途中把手稿藏入茶叶筒里才躲过了盘查。同年秋，萧军在青岛完成《八月的乡村》初稿，但一直担心自己写的是否与当时革命文学运动的主流合拍。青岛荒岛书店负责人孙乐文建议他可以给上海的鲁迅先生写信求助。萧军抱着试一试的态度，给鲁迅写了一封信。没想到，很快就收到了回信。在回信中，鲁迅说 :“现在需要的是斗争的文学，如果作者是一个斗争者，那么，无论他写什么，写出来的东西一定是斗争的。”

1934 年 11 月，二萧来到上海，终于见到景仰已久的鲁迅。后来，萧军根据鲁迅的意见，对文稿进行了再一次的修改。也是在鲁迅的帮助下，1935 年,《八月的乡村》与叶紫的《丰收》、萧红的《生死场》一同被列入“奴隶丛书”，由上海容光书局出版。为了安全考虑,《八月的乡村》作者署名为“田军”。

在为《八月的乡村》撰写的序言中，鲁迅谈及自己见过的有关东三省被占事件的小说，“这《八月的乡村》，即是很好的一部，虽然有些近乎短篇的连续，结构和描写人物的手段，也不能比法捷耶夫的《毁灭》，然而严肃，紧张，作者的心血和失去的天空，土地，受难的人民，以至失去的茂草，高粱，蝈蝈，蚊子，搅成一团，鲜红的在读者眼前展开，显示着中国的一份和全部，现在和未来，死路与活路。”鲁迅还特别强调，这本书对于日本帝国主义妄想的“心的征服”是有碍的。

《八月的乡村》出版后，在左翼文坛引起轰动，迅速在读者中产生影响。这部交织着血与泪的作品，把东北沦陷区人民的苦难生活赤裸裸地展现在全国人民眼前，让关内民众看到了东北大地上正在进行着的不屈反抗，同时小说也警示着关内不要成为第二个东北。在小说中，萧军驳斥了当时流行的所谓抗战“悲观论”“失败论”，让人们看到中国抗战的希望与光明，正如作品中人物所说：“同志们，快了，出了这个谷口，再过一条河，对面在几个山怀抱里的那个堡子，就是王家堡子——出了这个山口子，就能看到一个炮台，石头堆的，在那边山头上。炮台上面一定有红旗，如果他们要在那里——他们一定有人在这里等候我们……”

“人民血写的历史是无法、也不可能被歪曲、被消灭的”

“我要恋爱！我也要祖国的自由！毁灭了吧！还是起来？毁灭了吧？还是起来？奴隶的恋爱毁灭了吧！奴隶没有恋爱；奴隶也没有自由！”

1936年的一天，北平高梁桥畔一群学生聚在一起，大声朗诵《八月的乡村》中的段落，深深打动了路过的扶轮中学音乐教员王洛宾。回去后，王洛宾很快把这段文字谱成歌曲，并取名《奴隶之爱》。在他的教唱下，许多流亡北平的东北学生学会了这首歌。不久，这首歌曲就传遍了北平、华北甚至更远的地方。这段轶事足见《八月的乡村》在当时的影响力。

《八月的乡村》出版后，因揭露日军暴行和国民党不抵抗政策，遭到国民党查禁，在民众中却得到传播。从1935年8月到1939年1月，不到4年，该书发行了10版，还被带到国外，先后出版了日译本、英译本、俄译本等，向世界介绍了中国人民抗战的真实情况。美国记者埃德加·斯诺评论该书时说：“在历史中最崇高、最激动人心的时刻，比起平铺直叙地讲事实，一部小说、一首诗歌或一篇论说文往往更能揭示出这一时期内在目的的核心、力量的源泉”“这部小说的问世正值中国人民团结起来抵抗日本侵略者之际，小说也推动了与之相关的政治事件的发生”。

令人悲痛的是，1938 年 2 月，作为小说原型之一的傅天飞，因为叛徒的出卖被捕。日伪军对他进行了多次秘密审讯，希望劝降他，均遭拒绝。最后一次提审中，他趁看守不备，夺过手枪自杀殉国，年仅 27 岁。

英雄已逝，但那些“腹稿”以文学的方式传播开来。在中国现代文学馆手稿库珍藏的《八月的乡村 · 后记》中，萧军写道：“墨写的历史虽然有时可以被歪曲、消灭；但人民血写的历史是无法、也不可能被歪曲、被消灭的”“人民要生活，就要斗争；要不做奴隶，就要斗争”。90 年后的今天，重温这部经典小说，我们依然能够听见白山黑水间的抗争怒吼，能够看见血写的历史镌刻着怎样的铮铮不屈。

《人民日报》2025 年 4 月 11 日

不朽的战歌

——歌曲《在太行山上》背后的故事

/ 阮援朝

87 年前的 5 月，“国民革命军第十八集团军太行山剧团”（以下简称太行山剧团）组建。团名寓意是像太行山一样雄伟坚强，永远和太行山军民在一起，团结抗日，争取最后胜利。

我的父亲阮章竞被朱瑞将军任命为太行山剧团的政治和艺术指导员。有一天，他收到了一封来自武汉的信件，是老师冼星海寄来的歌咏作品《中国的孩子》《我们歌唱祖国》，以及他与桂涛声合作的歌曲《在太行山上》。

1937 年 12 月 26 日，冼星海在汉口火车站，送自己的学生阮章竞加入以桂涛声为首的投笔从戎小队中，他们的目的地是华北前线。父亲是在上海一个指挥训练班上与冼星海先生相识的。先生听这个青年嗓音出众，课后便招呼父亲近前说话。一听口音，竟是珠江西岸的同乡，于是父亲成了冼星海的入门弟子。父亲回忆说："我是在中华民族最紧急、最危险的时候认识先生的。他对我的关怀和教诲，我永远不会忘怀！"

1937年12月南京沦陷，23岁的父亲悲愤交加，决心以血报国，遂请冼星海帮他找一条上阵杀敌的路。恰好桂涛声要北上，于是就有了汉口车站的送别。那时桂涛声作词的歌曲《歌八百壮士》，正激励着全民族的抗日热情。桂涛声带着父亲和另外两位年轻人由郑州到博爱，继而沿着太行陉，登上了雄浑壮阔、号称"与天为党"的南太行。父亲在回忆录中写道："到了山腰，正值清晨，旭日东升，回头眺望，只见远处有一条黄色的带子飘浮在苍茫的天际，它便是中华民族的母亲之河——黄河。我曾多少次呼唤，多少次在梦中渴望一谒的黄河，壮丽而凄凉。"这样的场景一定也给了桂涛声极大震撼。

日本侵略者侵入华北，层峦叠嶂的太行山成为抗日力量的依托，进可攻退可守。桂涛声和父亲他们看到了各种势力的争夺较量，但全民族同仇敌忾的抗日场景更令人印象深刻。

1938年6月下旬，桂涛声回到武汉，富有鼓动性、战斗性的抗日歌曲《在太行山上》的歌词已酝酿成熟。南太行赭红色绝壁从华北平原拔地而起的雄姿，以及萦绕其间决死抵抗的汹涌民情，通过他滚烫的歌词，如同狼烟烽火，瞬间点燃了冼星海的澎湃激情。武昌昙华林国民政府军事委员会政治部第三厅驻地，在借来的一架钢琴上，歌词插上了音乐的翅膀。"红日照遍了东方，自由之神在纵情歌唱！看吧！千山万壑，铜壁铁墙，抗日的烽火燃烧在太行山上，气焰千万丈，听吧！母亲叫儿打东洋，妻子送郎上战场。我们在太行山上，我们在太行山上，山高林又密，兵强马又壮。敌人从哪里进攻，我们就要他在哪里灭亡！敌人从哪里进攻，我们就要他在哪里灭亡！”

7 月 7 日，武汉纪念抗战一周年歌咏大会上，歌曲《在太行山上》由张曙、林路、赵启海等歌唱家首演面世，一飞冲天。

拿到歌谱的父亲，同样被深深打动，怀着对两位老师的由衷敬意，立刻在太行山剧团教唱排练，8 月就编入了剧团的演出节目单。演出后，父亲常常会应观众要求，现场教唱这首每个八路军战士听了都想马上学会的歌曲。八路军 129 师政治部黄镇将军的夫人朱霖曾跟我说：“我对你爸爸印象最深的是，他人瘦瘦的，穿一身灰色八路军装，站在台上指挥全场合唱‘红日照遍了东方’！”父亲一直记得当年冼星海教指挥、教唱救亡歌曲的时候所说的：要表现出人民抗日救亡的强烈要求，要表现出战斗意志、坚强决心和必胜信念。要悲壮，要粗犷，要豪迈，要有力量，不要有矫揉造作的东西，要朴素，不要花哨。要善于把整个歌咏队紧紧地拥抱在怀里，形成一股冲刺的力量。

当时八路军 129 师根据毛泽东同志创建以太行山为依托的抗日根据地的指示，抽调干部，下放连队，组织了许多工作团和游击支队，分散到太行山区的各地发动群众。10 月，太行山剧团开展了一次纵跨中太行的巡回演出，沿着太行山主峰北上，然后下东麓，再返主峰到西麓。就这样，剧团从屯留县东古村出发，历时 3 个月，行程 2500 里，到襄垣、武乡、邢台、元氏、昔阳、和顺等 11 个县的 30 多个城镇演出，《在太行山上》这首战歌也就唱遍、教遍了华北敌后根据地。流动演出期间，还有一个随团通信班做保卫工作。父亲在回忆录中写道：“在赞皇、高邑间，离日军据点20华里处，为我军前沿部队举行慰问演出时，部队向平汉铁路方向派出监视哨，保护我们安全演出。与敌近在咫尺，随时都可能发生战斗的肃杀秋夜星光下，金鼓齐鸣，纵情高唱《在太行山上》，将士振奋，群情振奋。”

这次大流动，是太行山剧团第一次长途行军。一边行军一边演出，每到一地，放下行李包就四处向老乡借搭舞台的东西，演出结束后又连夜行军。剧团演出时，两盏大汽灯一亮，红光映到沟沟洼洼，哨子一响，幕帘拉开，前女后男，站得整整齐齐一台子。群众议论：八路军还有这样好嗓音的人，唱《义勇军进行曲》真够有劲头，歌声钻进周围山里又返回时，还在“前进进”呢！当高歌《在太行山上》时，那洪亮的声音、磅礴的气势、亲切的歌词，把大家的心都扣住了。

1938年11月冼星海抵达延安时，他的音乐已先期到达。无论在当晚的鲁艺欢迎晚会、隔日的戏剧演出还是几天后大礼堂开会，他和夫人钱韵玲总被要求“来一次‘全面抗战’的《在太行山上》！”每次开会前也都要请冼星海指挥全场合唱，曲目必有《在太行山上》。

太行山，是英雄的山，是抗日烽火中的铜墙铁壁，在大家心中，这首歌的艺术形象，就是中国共产党，就是八路军。无论当年还是现在，直到永远，它都是中共领导的敌后抗日根据地伟大的音乐标志。

父亲多年后写下了这样的文字：“《在太行山上》，像晨光旭日照耀着太行山，温暖着每个战斗中的军民的心，引起的共鸣，像群山回声，长期在烽火中回荡着。事实上到现在仍然在回荡着。”

多少八路军战士高唱着这曲雄壮的《在太行山上》，与敌人浴血奋战；多少老百姓聆听着这曲深情的《在太行山上》，期盼子弟兵得胜归来。在抗战烽火中诞生的《在太行山上》，凝聚了全民族抗战的钢铁意志，为争取民族独立和自由解放发出了时代强音。如今，我们再次唱响这首歌，珍视来之不易的和平，赓续伟大的民族精神，汲取开创未来的磅礴力量。

（作者为阮章竞之女）

《人民日报》2025 年 6 月 12 日